마음챙김의 인문학

마음챙김의 인문학

2021년 2월 10일 초판 1쇄

지은이·임자헌
펴낸이·박영미
펴낸곳·포르체

출판신고·2020년 7월 20일 제2020-000103호
전화·02-6083-0128 | 팩스·02-6008-0126 | 이메일·porchebook@gmail.com

ISBN 979-11-971873-8-4 (04800)
ISBN 979-11-971413-0-0 (세트)

마음챙김의 인문학

임자헌 지음

날마다 인문학 3

하루 10분 당신의
고요를 위한 시간

포르체

차례

3장 여름, 맺히다

5장 겨울, 마음챙김의 인문학

흘러가는 시간의 숨결을 느끼며

　해마다 열두 달을 거쳐 사계절을 지난다. 연말의 반성은 새해의 계획으로 이어지고, 1월 1일의 다짐은 설날이 따로 있어 한 번 더 새로워진다. 그렇게 1, 2월을 보내면 3월에는 개학이라는 학교의 시작을 맞게 되고, 덩달아 모두 함께 또 한 번 시작의 기회를 갖는다. 4월이 되고 봄이라는 설렘의 바람에 살짝 취하다 보면 계절의 여왕을 지나 벌써 여름. 아, 한 해의 반이 지나가는구나! 상반기를 결산해보면 뭔가 또 그럭저럭 시간만 흘려보낸 것 같다. 아냐, 아냐, 이제부터라도! 두 주먹을 불끈 쥐어본다. 쥐어보는데… 땀이 난다. 성큼 다가온 여름 앞에 더위로 지치고 휴가 생각에 들뜬다. 4계절을 나열할 때 대부분 '봄, 여름, 가을, 겨울'이라 하기에 언뜻 생각하면 여름까지가 1년의 절반인 것 같다. 하여 더위만 어떻게 좀 지나고 가을부터 새롭게 시작하자고 마음먹지만 사실 한 해는 겨울로 시작한다. 즉, 더위가 한풀 꺾이면 1년의 2/3가 지나갔다는 뜻이다. 이제 선선한 바람을 느끼며 일을 손에 잡아볼까 생각했는데 추석, 민족의 대명절에 살짝 들떠 지내다 보면 선선한 바람은 이내 곧 차가워지고, 어? 연말이네! 이렇게 정신없이 인생의 열차는 달려간다.

나이를 생각해보면 '내가 벌써?'라는 탄식이 절로 나온다. 적지 않은 세월이 쌓인 나이. 나이가 이 두께가 되도록 나는 무엇을 쌓았을까. 나는 얼마나 탄탄하고 든든한 사람이 되어있을까 돌아보면 뿌듯하기보다는 아쉬움과 후회가 더 많이 밀려든다. 하지만 1년이 얼마나 빨리 흐르는지, 그래서 아주 살짝만 느슨하게 마음을 먹어도 '벌써 12월이네!' 하는 아쉬움과 함께 한 해가 저물어버리는 것을 보면, 그렇게 흘러가는 1년을 계속 쌓는다고 무엇이 더 깊고 넓어질 것 같진 않다. 하루하루, 순간순간의 시간을 붙잡는 방법을 이제 찾아보아야 하지 않을까? 시간에는 크로노스의 시간과 카이로스의 시간이 있다고 한다. 크로노스는 물리적 시간이고 카이로스는 의미의 시간이다. 크로노스의 시간을 붙잡으려면 우리는 쉴 새 없이 강박적으로 살아야 한다. 그렇게 하고도 그리 많은 것을 얻지는 못할 것이다. 방향이 설정돼 있지 않은 시간이기 때문이다. 카이로스의 시간, 즉 의미의 시간을 붙잡는다면 우리는 크로노스의 시간은 조금쯤 흘려보내며 쉬고 웃고 즐겨도 시간을 남길 수 있을 것이다. 내가 설계한 방향에 따라 내가 시간을 운용했고, 그 시간이 남겨준 추억과 의미를 내 안에 간직했기 때문이다.

우리는 이 카이로스의 시간을 어떻게 찾을 수 있을까? 다행히 우리에게는 오래된 미래가 아주아주 많이 쌓여 있다. 찬란한 역사를 가진 우리가 아니던가! 우리 역사의 멋진 인물들은 오늘의 지혜가 되기에 충분하다. 그들은 자신이 어떤 처지에 있든 가장 멀리 보고 가장 진실하게 가장 바른길을 찾으려 모색했던 지성인들이었고, 그래서 그들의 글은 오늘의 상황에도 깊은 울림을 남긴다. 역사적 인물들의 행적이, 그리고 그들의 글이 오늘까지 살아 있는 이유는, 그들이 자신의 시대에 그들 앞에 놓인 과제에 최선을 다하면서 그 과정에서 인간이라면 지녀야 할 기준과 덕성을 지켜내기 위해 또한 노력했던 삶의 궤적을 남겼기 때문이다. 그 궤적이 시대를 뛰어넘어 적용할 수 있는 길이 되는 것이다. 만약 편법과 쉬운 길, 혹은 나만을 위한 길을 찾는다면 과거의 지혜는 오늘에 해줄 수 있는 것이 없을지 모른다. 그러나 그럼에도 제대로 된 길, 오래오래 머물 수 있는 길, 너와 내가 함께 행복할 수 있는 길을 찾는다면 과거의 지혜는 우리에게 새로운 길을 보여줄 수 있을 것이다.

옛 선현들의 멋진 모습이 이 짧은 글들을 통해서 조금이나마 오늘에 잘 전달되었으면 좋겠다. 우리에게는 무궁무진

한 지혜의 자원이 있다. 아직 그 문을 제대로 열어젖히지 않은 꽤 괜찮은 과거와 꽤 훌륭한 인물들이 우리를 여전히 기다리고 있다. 이 책을 통해 그 문 너머의 가치가 조금이라도 잘 와닿아 마음챙김의 시간이 되길 바란다. 앞으로 남은 우리의 시간이 카이로스의 의미로 때로 소담하고 때로 찬란하게 빛나는 세월이 되기를 희망한다. 흘려보낸 시간도 있겠지만 인생을 덮을 만큼 소중하게 확장시킨 시간도 있어서 긴 세월로 셈하면 아쉽고 안타깝기보다는 충만하고 멋지고 괜찮았다 말할 만한 인생이 되기를, 과거의 지혜를 통해 시간에 대한 새로운 문을 발견할 수 있기를 소망해본다.

2021년 새해
임자헌

1장

새날의 마음챙김

1. 선택과 집중

노인장, 나무를 하려거든
푸른 솔가지는 찍지 마오
소나무 높이 커서 만 길이 되면
기우뚱한 큰 집도 괼 수 있다오
노인장, 나무를 하려거든
가시덩굴은 모조리 베어내 주소
가시덩굴이 모조리 베어내지면
지초와 난초, 그 얼마나 무성하겠소
나무꾼이여, 나무꾼이여
산중에는 오래 머물면 아니 된다오
날 위해 어서 가서 성군의 기대에 부응해주시게

請叟當採樵 莫斫青松枝, 松樹高萬丈, 枝梧大廈危,

청수당채초, 막작청송지, 송수고만장, 지오대하위,

請叟當採樵, 荊棘在芟夷, 荊棘芟夷盡, 芝蘭何猗猗,

청수당채초, 형극재삼이, 형극삼이진, 지란하의의

樵叟兮樵叟, 山中不可久淹留, 爲我徃副明時求

초수혜초수, 산중불가구엄류, 위아왕부명시구

정도전鄭道傳(1342년(충혜왕 복위 3)~1398년(태조 7)). 『삼봉집三峯集』 권1 「칠언고시七言古詩」 중 '나무꾼이 나무하는 그림을 보고 짓다(제초수도)題樵叟圖'

새로운 한 해가 시작되면 어김없이 마음을 다잡고 새로운 계획을 세워보게 된다. 몇 달도 아니고 그저 며칠 만에 그 계획이란 게 별다른 성과도 거두지 못하고 은근슬쩍 자취를 감춘다 해도, 새해란 미지의 기대로 충만한 특별한 시간. '올해만은 기필코 꼭!' 두 주먹을 불끈 쥐며 비장하게 책상 앞에 앉는 것은 더 나은 미래를 기대하는 인간의 어쩔 수 없는 반복행동인지도 모른다. 올해의 큰 목표와 다달이 이루어야 할 월별 목표를 세워본다. 이런 중요한 순간에 이 비장한 결심을 격려받기에 적합한 인물이 있다. 조선이란 나라를 연 사람, 한 나라의 시작을 설계하고 주도한 인물인 정도전이다.

이 시는 1390년 고려 마지막 임금이었던 공양왕恭讓王 2년 여름에 정도전이 명나라 천자天子의 생일을 축하하러 갔었던 사행길에 나무꾼이 나무하는 것을 소재로 한 그림을 보고 지은 것이다. 그 그림은 중국 한漢나라 때 주매신朱買臣이란 인물이 나무하는 일로 생계를 꾸리며 공부해서 한 무제에게 등용되어 크게 쓰였던 일을 묘사하고 있었다. 이에 정도전은 나무꾼이 나무하는 일을 조정에서 바른 지성인을 등용하고 소인배를 물리치는 일에 비유하고, 아울러 그런 재능 있는 선비들에게 초야에 있지 말고 조정에 나와 갈고닦은 기량을 펼쳐줄 것을 당부하는 등 그림에 빗대 자신의 생각을 풀어놓았다.

제대로 된 나무꾼이란 어떤 나무를 자라게 두고 어떤 나무를 베어내야 할지 아는 사람이다. 숲을 가꿀 줄 모르면 제대로 된 나무꾼이라고 할 수 없다. 가시덩굴을 베어주어야 지초와 난초 같은 좋은 풀이 상하지 않고, 터를 뺏기거나 성장에 방해받지 않고 자랄 수 있다. 그래야 이다음에 겨우 땔나무 정도가 아니라 진짜 값이 나가는 나무를 해다 팔 수 있는 것이다. 나무꾼은 나무를 잘 알아야 하고, 숲을 잘 이해해야 하며, 미래를 내다보며 참을 줄 알아야 한다.

또한 숲이나 산에 대해 '어차피 이 산도 이 숲도 내 것이 아니니 나는 다만 내 이득만 보면 된다'는 심보로, 지켜야 하는 좋은 나무든 어린 나무든 상관없이 마구잡이로 베어내는 짓을 해서는 안 된다. '중요한 것'을 제대로 알아 선택과 집중을 해야 하는 것이다.

삶도 마찬가지 아닐까? 정도전은 새로운 나라라는 멋진 숲을 꿈꾸고 그 나라의 인재를 기르고 훌륭한 인재를 초청하기 위해 이 시를 썼지만, 자신의 삶을 바라보는 우리의 안목도 이 시와 다르지 않을 것이다. 우리는 우리 인생이란 산과 숲의 주인이고, 그 산과 숲을 가꾸는 나무꾼이다. 그러나 때로 주인 없는 산과 숲처럼 삶을 대하곤 한다. 늘 급한 일로 쫓기고 당장 해결해야 하는 일에 급급해서 정작 '중요한 것'은 종종 놓치고 마는 것이다. 당장의 땔나무를 해결하느라 눈앞의 나무가 무슨 나무인지 상관하지도 않는다. 소나무도 베고 가시나무도 베고, 지초와 난초가 그냥 풀과 뭐가 어떻게 다른지 신경 쓰지도 않고, 되는대로 뽑아내서 값 쳐주는 이에게 대충 팔아넘기며 살아간다. 그러다 보니 나에게도 너에게도 남에게도 세상에게도 아쉬움만 가득한 인생이 되어간다.

사실 '급한 일'을 해결하는 것보다 '중요한 일'을 해결하는 것이 훨씬 더 중요하다는 것을 모르는 것은 아니다. 그러나 당장 발등에 불이 떨어졌는데, 그것을 못 본 척하고 중요한 일로 눈을 돌린다는 것은 절대 쉬운 일이 아니다. 그래서 '이번까지만, 여기까지만, 올해까지만, 이 일이 해결될 때까지만' 하며 급한 불부터 끈다. 하지만 그렇게 불을 끄다 보면 문득 깨닫게 되는 순간이 온다. 그 '~까지만'이라는 게 도무지 끝나질 않는다는 사실이다! 자신의 삶을 설계하기에는 외부에서 요구하는 것이 너무 많고 압력도 거세다. 공부라는 것이 시작되는 순간부터 우리 인생은 내 것이 아니라 남의 것이 되는 느낌이다. 입학과 동시에 전전긍긍이 시작된다. 모의고사가 끝나면 중간고사, 중간고사가 끝나면 또 모의고사, 모의고사가 끝나면 기말고사, 그러다 보면 대학수학능력평가가 기다리고 있다. 그사이에 자잘한 내신 정비용 시험들도 무수히 많다. 공부를 왜 하는지 생각해볼 새도 없이 과제가 휘몰아친다. 직장인이 되어도 마찬가지다. 당장 올리라는 서류, 해결하라는 기안 때문에 회사를 내 시각으로 '조망'해보고 그 안에서 스스로 배울 것과 도전할 과제를 찾는 것이 불가능하다. 집안일도 다르지 않다. 여기저기 문제가 터지다 보면 가족과의 진솔한 관계는 오간 데 없고 문제 해결만 남는다. '급한 일'은 절대로 나를 포기하지 않는다. 내가 먼저 놓기 전에는 다른 수가 없다.

새로운 시간이 시작되었다. 올해는 기어이 숲과 산을 면밀하게 들여다보는 시간을 갖는 도전을 해보는 게 어떨까? 중요한 것에 시간과 노력을 쏟는 일은 투입과 산출이 곧장 이어지는 일이 아니다. 그래서 어렵다. 하지만 훌륭한 나무꾼은 나무를 알아볼 줄 알고, 베어낼 시기를 알고, 기다릴 줄 안다. 당장의 작은 이익 때문에 아무렇게나 난도질한 숲과 산에 비해 제대로 공들여 가꾼 숲과 산이 후일 가져다줄 이로움이 얼마나 클지는 세세히 따지지 않아도 쉽게 짐작해볼 수 있을 것이다. 『장자』의 「경상초庚桑楚」에는 이런 말이 있다.

"하루 단위로 계산하면 부족하지만 1년 단위로 계산하면 남음이 있다."

日計之而不足 歲計之而有餘

(일계지이부족 세계지이유여)

정도전은 고려 말 혼란한 시기에 벼슬길에 나와 많은 부침을 겪었다. 공민왕의 유학진흥책과 개혁이 펼쳐졌을 때는 큰 기대를 품었으나, 공민왕이 시해되고 우왕이 즉위하자 기대는 가뭇없이 사라졌다. 나라의 혼란과 함께 정도전의 인생도 혼란스러워졌다. 원나라와 명나라 교체기에 그 틈바구니에 놓인 고려의 신하로, 친원親元 세력에 반발하다가 전라도 나주 거평부곡居平部曲으로 유배를 가게 되고, 이후 무려 9년간 지방을 전전하며 떠돌게 되었다. 절망으로 가득해도 충분할 법한 이 시간에 정도전은 복수나 정계복귀로 절치부심한 것이 아니라 세상을 보는 눈을 길렀다. 그리고 거기에서 개혁이 아닌 혁명이 필요하다는 답을 얻고 그 '중요한' 혁명을 제대로 시도하고 완성하기 위해 꼼꼼한 청사진을 그렸다. 이후 이성계와 손을 잡고 조선을 건국하자 곧 토지, 조세, 재정, 군사, 중앙관제, 관료제, 과거, 법제도, 지방제, 구휼제, 교통에서부터 노비, 신분제, 상례, 의례, 혼례에 이르기까지 사회를 구성하는 모든 부분을 총망라하는 개혁법령 등을 쏟아내며 새롭게 태어난 나라가 쉬이 흔들리지 않도록 곧장 시스템을 정리해갔다. 그리고 조선은 그가 정비한 큰 틀 안에서 계속 운영되었다. 그는 선택과 집중의 가치를 자신의 삶으로 증명해 보였던 것이다.

새해가 무사히 시작되었다면 하늘이 우리 각자의 인생을 기대하며 다시 한 번 기회를 허락했다는 의미일 것이다. 이런 귀한 기회를 급한 일에 쫓겨 또다시 잃어버린다면 너무 어리석지 않겠는가? 기어이 '중요한 일'을 위해 나만의 시간을 붙잡는 한 해가 되길 바란다.

2. 속도의 세상에서 숨 고르기

산을 꺾을 기세로 분노를 다스리고, 골짜기를 메울 기세로 욕
망을 막으라. 분노와 욕망이 모두 사라지면 구름을 열치고 해
가 나오리라. 중문中門을 활짝 열어젖히고 바르지 않은 것들은
눈에 들이지 않으면 온 세상 온 우주가 모두 내 집 안에 들어
오리라. 예전에 내가 나를 이기지 못했을 때는 욕심에 빠졌으
나 이제 나를 이기고 나니 천 리가 회복되네. 나를 이기느냐
이기지 못하느냐가 쪼잔한 꼰대가 되느냐 인간다운 성숙한 인
간이 되느냐의 관건. 인간다운 성숙한 인간이 되기를 바란다
면 반드시 자기를 이겨내야만 한다네.

장흥효張興孝(1564년(명종 19)~1633년(인조 11)). 『경당집敬堂集』권1「잡저
雜著」'새해를 시작하며(신세잠)新歲箴' 중에서.

懲忿摧山, 窒慾塡壑, 忿慾消盡, 披雲睹日.

징분최산, 질욕전학, 분욕소진, 피운도일.

洞開中門, 不見邪曲, 四海八荒, 皆入我闥.

통개중문, 불견사곡, 사해팔황, 개입아달.

昔未克己, 人欲之汨, 今旣克之, 天理之復.

석미극기, 인욕지골, 금기극지, 천리지복.

克與不克, 小人君子, 欲爲君子, 必須克己.

극여불극, 소인군자, 욕위군자, 필수극기.

지은이 장흥효가 1631년(인조 9) 그의 나이 68세 때 새해를 맞이하며 쓴 글이다. 완전한 노년이었음에도 이렇게 인간다운 인간으로 살기 위해 정초부터 이런 글을 썼다. 얼마나 꼿꼿하고 바른 정신으로 살기 위해 노력했는지를 미루어 짐작하게 한다. 먼저 전문을 한 번 살펴보자.

경오년이 가고 신미년이 밝았네.

나쁜 것은 묵은해와 함께 떠나가고 좋은 것이 새해와 함께 찾아오는구나.

저 깊은 골짜기를 벗어나 이 아름다운 곳에 이르니

불길한 안개 사라지고 부드러운 바람 불어오누나.

산을 꺾을 기세로 분노를 다스리고, 구덩이를 메울 기세로 욕망을 막으라.

분노와 욕망이 모두 사라지면 구름을 열치고 해가 나오리라.

중문을 활짝 열어젖히고 바르지 않은 것들은 눈에 들이지 않으면

온 세상 온 우주가 모두 내 집 안에 들어오리라.

예전에 내가 나를 이기지 못했을 때는 욕심에 빠졌으나

이제 나를 이기고 나니 천 리가 회복되네.

나를 이기느냐 이기지 못하느냐가

쪼잔한 꼰대가 되느냐 인간다운 성숙한 인간이 되느냐의 관건.

인간다운 성숙한 인간이 되기를 바란다면 반드시 자기를 이겨내야만 한다네.

사람이냐 짐승이냐는 털끝만 한 차이

짐승이 되지 않으려 할진대 어찌 경계하고 두려워하지 않겠는가.

저 새를 봐도 제가 있을 곳을 아는데 사람이 되어 있을 곳을 몰라서야 되겠는가.

있을 곳을 알면 있을 곳을 얻으리라.

사람이 걸어야 할 길은 큰길과 같으니 눈으로 보고 발을 내디디면 될 뿐.

모든 이치를 밝게 아는 것도 한 번 보는 데서 시작하고

천 리 길을 가는 것도 한 걸음부터 시작한다네.

오늘 하나 깨우치고 내일 하나 깨우치고 오늘 하나 행하고 내일 하나 행하고

하나를 깨우치는 데서부터 모든 것을 깨우치는 데 이르고

하나를 행하는 데서부터 모든 일을 행하는 데 이르는 법.

쉬지 않고 힘쓰고 또 힘써야 비로소 인간다운 성숙한 인간이 될 수 있다네.

이 밖에 다른 무엇을 구하겠는가? 우리 무리의 젊은이들이여!

68세의 노학자가 새해를 맞으며 바라는 소망이 '사람다운 사람이 되기 위해 정진하고 또 정진하는 것'이다. 그리고 이것밖에 뭘 더 바랄 게 있느냐고 젊은이들에게 묻는다. 아직도 그는 달려갈 길이 한참 남았다고 생각하는 것이다. 분노를 다스리기 위해서는 산을 깎을 만큼의 에너지가 들고, 욕망을 진정시키려면 그 산에 패어 있는 골짜기를 다

메울 만큼의 에너지가 든다. 분노와 욕망은 '참아볼게' 정도로 참아지는 것이 아니다. 끊임없이 공부해서 오늘 하나를 깨우치고 내일 하나를 깨우쳐가며, 깨우친 대로 오늘 하나를 행하고 내일 하나를 행하는 그 끈기가 나를 비로소 짐승이 아닌 사람이 되게 한다는 것이다.

헬라어로 '진리'를 '알레테이아^{aletheia}'라고 하는데, 이는 '덮여 있다' 혹은 '은폐된 것'이라는 뜻의 'letheia'에 부정의 접두사 'a(제거하다, 드러내다)'를 붙인 것으로, '가려져 있던 것이 드러나다'라는 뜻을 가지고 있다. 진리는 달리 먼 데 있는 것이 아니라 가리고 있던 것을 벗겨내면 드러나게 된다는 의미를 내포하고 있는 셈이다. 이는 성리학의 인간관, 그리고 장흥효의 이 글과 일맥상통하는 면이 있다. 우리의 시야를 가득 메워 가리고 있는 분노와 욕망을 걷어내면 밝은 해가 드러나 인간으로서 걸어야 할 인간의 길이 떡하니 드러난다는 점에서 그렇다. 이렇게 본다면 사람답게 산다는 것은 대단한 것이 아니다. 길이 좁은 것이 아니라 그저 가려져 보이지 않아서 길을 잃은 것뿐이다.

세상을 살다 보면 좋은 이야기, 덕이 되는 이야기보다 화나는 이야기, 울화 치미는 이야기가 더 많다. 인터넷으로 세계가 연결되자 더 많은 사람보다 더 많은 충돌이 발생했다. 그런데 그 분노의 원인이 모두 상대방에게 있는 것일까? 혹시 내가 스스로 해소하지 못한 욕망과 분노를 미지의 장소 미지의 누군가에게 쏟아놓고 해소하려 하는 건 아닐까? 그렇다면 해소가 아니라 다툼이 일어나는 건 너무나 당연한 귀결일 것이다. 먼저 돌아보아야 할 것은 '나' 자신이다. 그렇다면 어떻게 그 산을 깎고 구덩이를 메우는 노력을 할 수 있을까? 순간순간 솟구쳐 오르는 분노와 다스려지지 않는 욕망을 어떻게 해야 할까? 자기를 이겨내는 방법으로는 어떤 것이 있을까?

조선 후기의 실학자 성호 이익李瀷은 '숨을 세어보라'고 권한다. 그분의 글 중에 「수식잠數息箴」이란 글이 있다.

> 정신을 모으고 고요히 앉아
> 이런저런 생각 일으키지 말고
> 나의 들숨과 날숨을 세어보면서
> 마음을 보존하는 법으로 삼으라
> 내쉴 때는 봄기운 퍼지듯 양기陽氣를 뿜고

들이쉴 때 바다의 밀물이 밀려들 듯 음기(陰氣)를 모으도록

억지로 하지 말고 자연스럽게

서둘지 말고 천천히 천천히

한 번에서 열 번, 백 번까지 해보면

마음에 똑똑히 기억되리라

하지만 잠깐 소홀히 하면 곧 어그러지니

경건한 마음이 아니면 어찌 해낼 수 있으랴

사람들이 우스갯소리로 "요즘 운동해?"라고 물으면 "하지, 숨쉬기 운동"이라고 답하곤 한다. 그러나 성호 이익은 이 숨쉬기로 마음을 다스릴 수 있다고 말한다. 각종 호흡법으로 수련하는 곳이 있기도 하지만 일단 그저 집중해서 내가 들이쉬는 호흡, 내쉬는 호흡만 정돈할 수 있어도 마음을 다스리는 데에 크게 도움을 얻을 수 있다는 것이다. '진정하라'는 말도 결국 호흡을 가라앉히라는 것이 아닐까? 흥분한 사람을 달랠 때는 제일 먼저 호흡을 크게 하는 것부터 시키지 않던가? 순간적으로 분노가 뻗쳐오르면 이를 해소하기 위해 맵거나 짜고 단 것 등 자극적인 음식을 먹거나, 많이 먹거나, 쇼핑을 하거나, 수다를 떨거나, 술이나 담배 같은 것을 찾을 때가 많은데, 일단 이 호흡을 시도해보

는 것도 좋을 것 같다. 숨을 내쉴 때는 봄기운이 퍼지듯 화기를 내뿜고, 숨을 들이쉴 땐 바다에 밀물이 조용하고 서서히, 그러나 가득 메워들 듯 기운을 모으면서 천천히 백까지 세다 보면 일단 잡념이 사라지고 화를 만들어내던 기운이 정리되고 차분히 상황을 돌아볼 여유가 생길 것이다.

분노의 생각이든 욕망의 생각이든 생각은 생각을 잡아먹는다. 그래서 이익은 생각 자체를 멈추라고 말한다. 한 번의 호흡이라도 허투루 하면 말짱 도루묵이 되므로 신중하고 진지하게 호흡을 고르는 방법을 익히라고 권한다. 그렇게 생각이 잔잔해져 마음속의 음기와 양기가 정리된 상태에서 하나를 깨우친 뒤 또 하나를 깨우치고, 깨우친 그 하나를 행한 뒤 또 하나를 행하다 보면 어느새 욕망으로 나 자신을 옭아매지 않고 분노로 타인을 할퀴지도 않는 나를 발견할 수 있게 되지 않겠는가? 속도의 세상이다. 바쁠수록 돌아가야 하는 법, 올해는 내 가쁜 호흡을 돌아보고 욕망과 분노를 진정시켜 한층 성숙해지는 우리 일상, 그런 우리 사회가 되었으면 좋겠다.

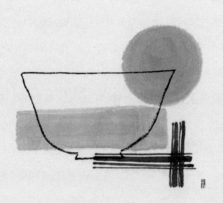

3. 시처럼 일하는 삶

나는 공의 돌아가신 아버님의 시에 대해서 느낀 점이 있다. 시의 운韻(소리)은 맑고도 높았고, 그 시의 격은 조화로우면서도 엄정했고, 그 시의 말은 담박하면서도 화려했으니, 읽는 이가 감동하여 가슴 가득 선한 마음을 일으키고 악한 마음을 징계하게 하는 단초가 있었다. (중략) 일찍이 무릎을 치며 감탄하기를, '맑고 높은 것은 고상함高尚이고, 조화로우면서 엄정한 것은 법도에 맞음典則이고, 담박하면서도 화려한 것은 바탕과 꾸밈이 서로 걸맞은 것이다. 정치를 하는 사람이 만일 고죽孤竹 최경창崔慶昌 공이 시에서 얻은 것을 가지고 정치에 시행한다면 아마도 제대로 다스리는 데 가까울 것이다.

조찬한趙纘韓(1572년(선조 5)~1631년(인조 9)).『현주집玄洲集』권15「서序」'연기 현감으로 떠나는 최집에게 주다(증최연기서)贈崔燕岐序' 중에서.

吾於公之先大夫之詩, 有所感矣.

오어공지선대부지시, 유소감의.

其韻淸而高, 其格和而嚴, 其詞淡而華.

기운청이고, 기격화이엄, 기사담이화.

讀之使人興起, 藹然有感發懲創之端.

독지사인흥기, 애연유감발징창지단.

(중략)

嘗擊節歎曰, 淸高者, 雅也; 和嚴者, 典也; 淡而華者, 質文稱也.

상격절탄왈, 청고자, 아야; 화엄자, 곡야; 담이화자, 질문칭야.

人之從是政者, 苟以孤竹公之得於詩者施之, 則其亦庶乎其近矣.

인지종시정자, 구이고죽공지득어시자시지, 즉기역서호기근의.

조찬한이 충청도 연기 현감으로 떠나는 최집崔澲(1556~?)에게 써준 송서送序인데, 이 글에 등장하는 고죽 최경창은 아주 뛰어난 시인으로 이름이 높았던 인물로, 최집의 아버지다. 이 글에는 지방관으로 떠나가는 벗에게 주는 축원과 당부가 담겨 있는데, 지방관으로서 어떻게 지역을 다스리는 것이 좋을지에 대한 방법을 '시'에 빗대어 제시하고 있는 것이 매우 흥미롭다. 시를 잘 쓰는 방법을 정치에 적용하는 것을 본 적이 있는가? 아마도 없는 것 같다. 나도 이 글에서 처음 봤는데 꽤 그럴싸하다. 이 글에 이어 조찬한은 누군가 자신에게 전해주더라며, 최집이 다른 지방의 지방관으로 있었을 때, 그리고 호조좌랑으로 있었을 때 일을 잘 처리했던 것을 시에 빗대 다음과 같이 이야기한다.

어떤 사람이 그대가 지방관으로 있었을 때 시행했던 일을 가지고 내게 이렇게 말해주었다.

"백성에게 매섭게 대하지 않았는데 백성이 스스로 잠잠하고 부드러워졌으니, 이것이 고상한 것 아니겠습니까? 백성을 얽어매지 않았는데 백성이 스스로 복종하였으니, 이것이 법도대로 한 것이 아니겠습니까? 지위에 나아가서는 직무에 힘쓰고 물러나서는 백성을 생각하였으니, 이것이 바탕과 꾸밈이 서로 걸맞게 된 것 아니겠습니까?"

그리고 조금 뒤에는 또 다른 어떤 사람이 그대가 호조에 있을 때 시행했던 일을 가지고 내게 이렇게 말해주었다.

"간소하게 하려고 애쓰지 않았는데 번다하지 않았으니, 고상함을 얻은 것이지요. 아래에 내리는 것을 덜어내지 않고도 넉넉함을 이루었으니, 법도에 맞은 것이고요. 동료와 아전들이 그 공정함에 승복하고 그의 능력 있음을 칭송하였으니, 바탕과 꾸밈을 모두 얻고 어그러지지 않은 것입니다."

지은이 조찬한은 "이 모든 업적이 그대의 아버지가 시에서 얻은 것을 그대가 정치에 펼쳐본 것일 뿐"이라고 말하며, "여기에 만족하지 말고 더 나아가야만 한다"고 최집을 분발시킨다. "그대 아버지가 이룬 시의 업적 수준을 생각한다면, 그대는 사통팔달한 거대한 도회지나 큰 고을의 방백이나 장군이 되어 이를 적용해보아야 하며, 마침내 재상의 반열에 올라 적용해서 한 나라의 정사를 보좌한 뒤에라야 제대로 아버지 시에 대해 답했다고 말할 만하다"고 말이다.

시와 정치가 과연 어울릴까 의구심을 품었지만 조찬한이 시의 법칙을 정치와 행정에 적용한 것을 보니 상당히 잘 맞아떨어진다. 시에는 음악적 요소가 있다. 그것을 '운韻'이라고 한다. 그리고 시는 일정한 틀을 가지고 있다. 그것을 '격格'이라고 한다. 또한 시는 언어로 구성된다. 그것을 '시어' 혹은 '사詞'라고 한다. 조찬한은 이 3요소에 대해 운은 맑고 높아야 하고, 격은 조화로우면서도 엄격해야 하며, 시어는 담박하면서도 화려해야 한다고 말한다. 운이 맑고 높을 때 시는 고상함을 얻고, 격이 조화로우면서도 엄정할 때 법도를 갖추었다고 하며, 시어가 담박하면서도 화려할 때 바탕과 꾸밈이 서로 걸맞게 되었다고 한다. 맞는 말이다. 이 세 요소가 잘 갖추어져 있을 때 우리는 좋은 시, 시다운 시라고 느낀다. 시라는 문학 갈래가 대개 산문보다 짧은데도 간단하지 않게 느껴지는 건 이런 요소들이 제대로 잘 자리잡고 있어야 하기 때문이다. 그리고 이런 요소들이 조화를 이룬 시에 익숙해지면 이 글과 같이 우리는 인생에 대해 배울 수 있다. 잡다하지 않게 꼭 필요한 것들을 추리고, 그것을 시기적절하게 시행하고, 그 모든 것이 사람에 대한 이해를 바탕으로 하고 있어 상대를 배려하는 기품을 유지하는 것이다.

사실 시의 효용에 대해 깊이 생각해보게 된 것은 올해 들어 새로이 프리모 레비Primo Levi의 『이것이 인간인가』를 읽으면서였다. 프리모 레비는 아우슈비츠에서 살아남은 작가로, 이 책은 그가 수용소에서 겪은 일을 기록한 것이다. 풍요로움과 속도 속에서 내가, 그리고 우리가 잊어가는 소중한 것이 있을지도 모르겠다는 생각에 이 책을 펼쳤다. 화학자 출신답게 그의 글은 덤덤하다. 그 덤덤함이 오히려 더 깊은 생각으로 이끄는 듯하다. 인간이란 무엇인가? 인간은 어떻게 인간이 되는가? 인간은 어떻게 인간 아닌 존재가 되는가? 덤덤하게 이 같은 질문을 던지게 되는 책이다. 우연히 던져진 수용소. 자신을 기다리는 것은 오로지 죽음뿐인 곳, 그래서 생존 외에는 아무것도 없는 그곳에서 프리모 레비는 단테의 『신곡』과 함께 그 고통과 절망의 시간을 견뎌낸다.
이 책의 중반부 이후에 장엄한 한 장면이 펼쳐진다. 어린 동
료 한 명과 죽을 받으러 가며 레비가 단테의 『신곡』을 읊어
주는 장면이다. 우연히 시작된 그 시간에 어린 동료는 홀린
듯 조금 더 들려달라고 간청하며 둘은 그 길을 걷는다.

> 그대들이 타고난 본성을 가늠하시오.
> 짐승으로 살고자 태어나지 않았고
> 오히려 덕德과 지知를 따르기 위함이라오.

레비는 그 순간에 대해 이렇게 썼다.

"마치 나 역시 생전 처음으로 이 구절을 듣는 것 같았다.
날카로운 트럼펫 소리, 신의 목소리가 들리는 듯했다. 잠시
나는 내가 누구인지, 어디 있는지 잊을 수 있었다. 피콜로
가 다시 들려달라고 간청한다. 피콜로는 얼마나 착한 사람
인지 그는 지금 이렇게 하는 게 나를 위한 일임을 알고 있
다. 어쩌면 그 이상일지도 모른다. 어쩌면 보잘것없는 번역
과 진부하고 성급한 해석에도 불구하고 그가 메시지를 들
었는지도 모른다. 그게 자신과 관련된 이야기라고 느꼈을

지도 모른다. 고된 노동을 하는 인간, 특히 수용소의 우리들과, 죽통을 걸 장대를 어깨에 지고 이런 이야기를 나누는 우리 두 사람과 관련된 이야기라고 느꼈을지 모른다."

그리고 '마침내 바다가 우리 위를 덮쳤다'는 『신곡』의 한 구절로 이 시간은 끝이 난다.

그가 끝까지 인간으로 남을 수 있게 한 힘이 그가 외운 이 운문에 있지 않을까. 아무것도 가지고 들어갈 수 없는 공간에서 그가 외우고 있던 이 운문은 인간학이자 신학으로 그의 존엄을 지켜주었다. 이 장엄한 순간이 끝나고 아우슈비츠는 얼마 뒤 습격을 당해 포화로 엉망이 된다. 러시아군이 그곳에 도착해 이들을 구출하기까지 암흑의 열흘을 보내게 되는데, 당시 레비는 성홍열에 걸려 병동에 있었다. 제대로 먹지도, 치료를 받지도 못한 그가 자신보다 더 심한 상태인 환자들을 지켜낸다. 단 한 명만 죽었을 뿐이다. 모든 것을 자력으로 해결해야만 하는 그 죽음의 열흘간 레비가 보인 행동은 조찬한의 시를 체화한 지방관·행정관의 모습과 닮아 있었다. 군더더기가 없는 행동, 예민함과 병과 피로의 극한에서도 감정대로 움직이지 않고 해야 할 일을 하고 지시하는 행동, 인간을 인간으로 대하기 위한 극도의 노력, 그것에서 비롯된 타인에 대한 배려의 행동—이것이 죽음 직전에 있는 자기 소관 하의 병동 사람들과 함께 그 지옥을 버틴 힘이었다. 그는 인간으로 버티기 위해 얼마나 많이 자신을 다독여야 했을까? 낙관할 수 없는 상황일 때 내 안에서 무엇이 읊조려지냐에 따라 나의 무의식적 행동이 결정될 것이다.

시는 산문과 달리 운문이라 외우기에 좋다. 『신곡』이 운문이었기에 수용소에서 문득문득 그의 마음에 솟아올랐던 게 아닐까 하는 생각이 들었다. 올해는 내 영혼을 지탱할 시를 외워보는 데 노력을 기울여보면 어떨까? 한 달에 한 편, 혹은 두 편씩, 친구와 가족, 좋아하는 사람들에게 암송도 해주고 써주기도 하면서 더불어 함께 영혼을 다독여 이 거친 세상을 버텨내면 어떨까? 조찬한이 말한 것처럼 시가 내 안에 담뿍 무젖어 익으면 사람과의 관계에서나 일을 할 때도 드러나 빛을 보게 될 수도 있을 것이다. 군더더기 없이, 해야 할 일을 다 하면서도 고상하게, 조화로우면서도 엄정하게, 내면의 아름다움이 자연스럽게 밖으로 드러나는, 시처럼 일하는 사람이 될 수 있다면 정말 멋지지 않겠는가?

4. 올바르게 건강을 추구하는 자세

일본의 상인들이 부산에 정박해서는 '담파괴爽破塊'라는 약을
하나 팔았는데, 덩어리가 된 가래도 문제없이 치료해내는 약
이라고 했다. (중략) 옛사람들이 말하기를, '삼대를 거친 의술
이 아니면 그 약을 복용하지 않는다'라고 했으니, 약이란 여러
대에 걸쳐 많이 먹어보고서 약효에 이상이 없어야 복용할 수
있는 것이다. (중략) 나는 이른바 '담파괴'라는 것을 '담파귀'라
고 부르니, 그것이 간과 쓸개를 망가뜨리는 어떤 요망한 귀신
이기 때문이다.

유몽인柳夢寅 (1559년(명종 14) ~ 1623년(인조 1)). 『묵호고默好稿』하편 '담
파귀에 관한 이야기(담파귀설)贈破鬼設' 중에서.

日本商倭, 泊釜山, 販一藥, 名痰破塊, 言能治成塊之痰也.

일본상왜, 박부산, 판일약, 명담파괴, 언능치성괴지담야.

(중략)

古人日, 醫不三世, 不服其藥.

고인왈, 의불삼세, 불복기약.

凡藥餌經累世多食, 效不見傷, 方可服也.

범약이경누세다식, 효불견상, 방가복야.

(중략)

余謂所謂痰破塊乃膽破鬼也, 能消破肝膽之一怪鬼也.

여위소위담파괴내담파귀야, 능소파간담지일괴귀야.

새해가 되면 정말 많은 결심을 하는데, 무엇보다 건강에 관한 결심이 꽤 많다. 운동, 식사, 다이어트 등등. 그중에서도 단연 '금연'이 1등을 차지하는 결심이 아닐까? 이 글의 제목은 '담파귀에 관한 이야기'인데, 사실 '담배 이야기'라고 해도 된다. 담파귀가 바로 '담배'이기 때문이다. 일본 상인들이 붙인 이름은 '담파괴'이고, 작가 유몽인이 아재개그처럼 언어유희로 붙인 이름은 '담파귀'다. 이 글은 담배를 소재로 한 글 중 제일 먼저 쓰인 글로 알려져 있다.

조선 말기의 문인이었던 이유원李裕元이 쓴 『임하필기林下筆記』에 의하면, 담배는 1622년(광해군 14)에 일본에서 들어왔다고 한다. 담배는 그 이름이 이 글에서처럼 '담파괴'부터 시작해서 담박귀淡珀鬼, 담파고淡婆姑·淡巴菰 등등으로 불렸다. 현재는 '담배'가 담배의 포르투갈어인 'tabacco'를 음역音譯한 것이라 알고 있지만 당시에는 여러 전설이 있었던 것 같다. 남쪽 오랑캐의 나라에 '담파고'라는 여인이 있었는데, 담질痰疾을 앓다가 남령초南靈草(담배)를 먹고 병이 낫자 이에 그 여자의 이름을 따서 이 풀의 이름을 지었다고도 하고, 원元나라 때에 '답화선踏花仙'이라는 기생이 있었는데 그 여자의 무덤 위에 난 풀이 사람을 즐겁게 하였으므로 더러 이것을 '답화귀踏花鬼'라고 부르기도 한다는 전설도 있다. '남령초'라는 이름마저도 조금 신비롭다. 박지원의 『열하일기』에는, 한 청나라 학자가 담배에 대해 이것이 일본이 아니라 서양에서 온 것인데 서양 아미리사아彌利奢亞(아메리카)의 임금이 여러 가지 풀을 맛보고는 이것으로 백성들의 입병을 낫게 하는 효험을 봤기 때문에 신령한 풀, 즉 '영초靈草'라 일렀다고 말하니까 박지원이 그래서 우리나라에서도 이것을 '남령초'라고 부른다고 대답하는 구절이 나온다.

담배는 가는 곳마다 급속도로 사람들을 사로잡았던 모양이다. 오죽하면 정확한 효능도 모르는데 '뭉친 가래를 치료하는 약'이라는 이름이 붙었을까. 담배를 피면 없던 가래도 생기는데 묵은 가래까지 치료한다니 얼마나 담배가 맛있었으면 그랬을까 싶다. 일본에서 전파된 순간 신약이란 명성과 함께 순식간에 민간으로 퍼져갔는데, 요즘 사람들이 담배를 찾는 이유처럼 이때도 담배를 한두 번 태우는 사이에 가슴이 답답한 증세와 체한 증상, 순간적으로 목을 시원하게 하는 증상 등을 경험했을 것이다. 한편, 담배의 재가 종기 치료에도 효과가 있었다고 한다. 그래서 서울에서는 남녀노소 불문하고, 병이 있건 없건 정말 신나게 담배를 피워댔다고 기록되어 있다. 심지어 젊은이들이 '예쁜 여자나 술은 참을 수 있지만 담파괴는 참을 수 없다네'라는 노래를 흥얼거리며 다니기도 했다고 한다.

유몽인은 자신이 직접 경험해보니 맛도 향도 영향도 모두 상당히 독했기에 이런 유행을 매우 걱정스러운 눈으로 바라보았다. '어떤 약이든 삼대, 즉 90년은 지나야 그 효능을 제대로 알 수 있는 것이고, 그 효능이 확실해진 뒤에야 복용해야 하는데, 딱 봐도 독한 것에 이렇게 무분별하게 빠져들어도 되는 것인가' 하면서 말이다. 좀 지나친 감이 없지 않아 있지만 음모론도 제기한다. 일본이 어떤 나라인가? 왜란을 일으켜 우리를 고통에 빠뜨렸던 나라인데 그 나라에서 들여온 것을 의심도 없이 좋아해서야 되겠느냐고. 또 독한 담배를 무분별하게 태우다가 죽음에 이른 사례들도 기록해두고 있다. 그러면서 우리나라 사람들은 문자의 음과 뜻을 정확히 분변할 줄 몰라 이름이 같으면 흔히 같은 음을 가져다 쓰고 뜻은 살피지 않는다고 지적하면서 이 풀 덩어리는 '뭉친 가래를 치료하는 약'이 아니라 '간과 쓸개를 망쳐놓은 요물'이라고 새롭게 명명한다. '담파괴'와 음이 비슷한 '담파귀'라 해야 한다는 것이다. 어차피 음역한 단어이니 경종을 울리는 뜻으로 이름을 바꾸어도 사실하등 문제 될 것은 없다.

담배에 울리는 경종도 중요하지만, 이 글에서 이보다 더 중요한 것은 아무리 좋다는 약이나 건강보조제도 한 번쯤 의심하고 거리를 두는 유몽인의 자세가 아닐까 생각한다. 요즘 세상은 건강식품의 홍수라고 해도 과언이 아니다. 몸매와 외모를 아름답게 가꾸는 약도 넘쳐난다. 약만 챙겨 먹으면 충분히 건강할 수 있을 것 같고, 보조제 없이는 몸매도 건강도 아름다움도 유지할 수 없을 것 같다. 그러나 약은 약이다. 아무리 실험을 거쳤고 시판되고 있는 것이라 해도 자연물과 같을 수는 없다. 앞에서도 언급했듯 유몽인은 어떤 약이든 90년은 지켜보며 그 효능의 누적을 살핀 뒤에 받아들여야 한다고 말했다. 일시적 효과가 어떨지, 누적 효과가 어떨지, 그 누적된 상태가 다음 대에 가면 어떤 변화를 보일지 말이다. 인체의 조화로움에 관한 신비를 통달하지 못한 우리로서는 몸으로 흡수하는 것에 대해 조금은 겸손할 필요가 있지 않을까?

일시적 효과에 맛을 들이다 장기적인 피해를 보는 경우가 심심찮게 전해진다. 담배 예찬론자도 많이 있었지만 요즘에 와서 담배는 결국 득보다는 실이 많은 기호식품임이 드러났다. 지금 유행하는 숱한 건강식품들도 훗날 어떤 결과가 나타날지 모를 일이다. 일시적인 효과가 있고 모두가 따라 하는 유행일지라도 조금은 거리를 두고 스스로 효능을 살펴보는 유몽인의 자세는, 아는 것보다 모르는 것이 더 많을 수밖에 없는 한계를 지닌 인간에게 반드시 필요한 겸손한 자세가 아닐까 한다. 무언가 나를 혹하게 하거든 냉정하게 거리를 두고 좀 더 직접 살펴보고 관찰해보자. 그 습관이 올해 여러 부화뇌동으로부터 나를 보호하고 건강한 일상으로 이끌어줄 것이다.

5. '좋아요'의 그물

사람다운 사람이 나를 사람이라 하면 좋아할 만한 일이고, 사람답지 못한 사람이 나를 사람이 아니라고 한다면 그것도 좋아할 만한 일이다. 사람다운 사람이 나를 사람이 아니라 하면 그건 걱정할 만한 일이고, 사람답지 못한 사람이 나를 사람이라 한다면 그 또한 걱정할 만한 일이다.

人而人吾, 則可喜也; 不人而不人吾, 則亦可喜也.

인이인오, 즉가희야; 불인이불인오, 즉역가희야.

人而不人吾, 則可懼也; 不人而人吾, 則亦可懼也.

인이불인오, 즉가구야; 불인이인오, 즉역가구야.

———

이달충李達衷(1309년(충선왕1)~1384년(우왕10)). 『제정집霽亭集』 권2 「잠箴」
'사랑받고 미움받는 일에 대해 경계함(애오잠)'愛惡箴 중에서.

요즘 '관종(관심종자)'이란 말이 유행이다. SNS(사회 관계망 서비스)로 개인이 다수에게 주목받을 수 있게 되면서 생긴 현상인 듯하다. 다른 사람으로부터 관심과 사랑을 받는 걸 좋아하지 않는 사람은 없겠지만, 인터넷이 발달하기 이전에는 대개 '나와 내 주변' 정도로 타인과의 관계가 제한적이었다. 그런데, 온라인으로 불특정 다수와 접촉할 수 있게 되면서 이른바 '인기'가 매체에 등장하는 소수의 전유물이 아니라 평범한 사람도 누릴 수 있는 것이 됨에 따라 점점 더 많은 SNS 사용자들이 '좋아요'에 취해가고 있다. '좋아요'가 많을수록 내가 멋진 사람 혹은 영향력 있는 사람이된 것 같고, 그렇게 '관종'에 발을 들여놓게 된다. 그러나다른 사람들이 '좋아요'를 많이 눌러준다고 정말 내가 괜찮고 멋진 사람인 것일까?

이 글은 참 재미있게 짜여 있다. 이달충은 이 글에서 유비자有非子와 무시옹無是翁이라는 가상의 인물을 설정해서 이야기를 풀어나간다. 유비자는 '아닌 사람'이란 뜻이고 무시옹은 '없는 늙은이'란 뜻으로 '존재하지 않는 사람'이란 뜻이다. 이름부터가 재미있다. 양자역학적(?)이다. 어느 날 유비자가 무시옹에게 이런 말을 했다.

"얼마 전에 사람들이 모여 인물에 대해 논했는데, 누구는 그대를 가리켜 사람답다고 했고, 또 다른 누구는 그대를 가리켜 사람답지 못하다고 했습니다. 왜 그대는 누구에게는 사람 대접을 받고, 또 다른 누구에게는 사람 대접을 받지 못하는 겁니까?"

무시옹이 이 말을 듣고는 별일 아니라는 듯 덤덤히 대답했다.

"사람들이 나를 사람다운 사람이라고 해도 나는 기분이 좋지 않고, 사람들이 나를 사람다운 사람이 아니라고 해도 별로 화나거나 걱정되지 않아요. 그것보다는 사람다운 사람이 나를 사람이라고 하고, 사람답지 않은 사람이 나를 사람이 아니라고 하는 게 더 낫죠. 나는 나를 사람이라 하는 사람이 어떤 사람이며, 나를 사람이 아니라 하는 사람이 어떤 사람인지 몰라요. 사람다운 사람이 나를 사람이라 하면 좋아할 만한 일이고, 사람답지 못한 사람이 나를 사람이 아니라고 한다면 그것도 좋아할 만한 일이죠. 사람다운 사람이 나를 사람이 아니라 하면 그건 걱정할 만한 일이고, 사람답지 못한 사람이 나를 사람이라 한다면 그 또한 걱정할 만한 일이고요.

기분 좋아하거나 기분 나빠하고 걱정하기 전에 평가하는 사람부터 살펴야 할 일이죠. 나를 사람이라 하고 나를 사람이 아니라 하는 사람이 사람다운 사람인지 사람다운 사람이 아닌지부터 살펴야 하는 겁니다. 그러므로 '오직 사람다운, 제대로 된 사람이어야 능히 사람을 사랑할 수 있고 사람을 미워할 수 있다'고 하는 것입니다. 나를 사람이라 하는 사람이 제대로 된 사람이던가요? 혹은 나를 사람이 아니라 하는 사람이 제대로 된 사람이던가요?"

이에 유비자가 웃으면서 물러갔다.

이달충은 말한다. 내가 받는 평가 그 자체가 중요한 것이 아니라 '누가' 내리는 평가인지가 더 중요하다고.

『논어』「자로」편에 보면 공자가 제자 자공과 이런 대화를 나누는 장면이 등장한다.

자공이 물었다.

"어떤 사람이 있는데요, 주변 사람이 모두 그를 좋아해요, 그 사람은 어떻습니까?"

공자가 말했다.

"좀 그런데?"

"그럼 주변 사람이 그를 모두 싫어하면요? 그 사람은 어떻습니까?"

"그것도 좀 그런데? 주변 사람 중에서 착한 사람들은 좋아하고 못된 사람들은 싫어하는 사람이 낫지 않겠나?"

정말이지 맞는 말이다. 좋은 사람이 나를 칭찬해야 내가 좋은 사람인 거지 나쁜 사람이 나를 좋은 사람이라고 하면 나는 대체 어떤 사람인 건가? 그리고 좋은 사람이든 나쁜 사람이든 누구에게든 좋은 사람이라고 칭찬을 받는다면 그

건 이도 저도 아닌, 그저 칭찬받기 위한 자아만 있을 뿐 아무 판단도 기준도 없는 사람일 수 있다. 그래서 공자는 그런 사람을 매우 싫어했다. 세상의 가치판단을 흐리는 사람이라면서 말이다.

사실 누군가 나에 대해 "그 사람은 참 아니야"라고 말한다면, 그걸 전해 듣는 순간 머리꼭지가 돈다. "네가 뭔데 날 판단해?"라며 화부터 치솟는다. 인격이 성숙한 사람이 나를 칭찬하고 인격이 미성숙한 사람이 날 배척한다면 내가 옳은 길을 가고 있다는 반증이니 그러려니 할 만도 하건만, 상대가 어떤 인격을 지녔든 나에 대해 좋지 않은 반응을 보이거나 좋지 않은 말을 했다 하면 일단 화부터 난다. 사랑받고 인정받고 싶은 욕구가 이성을 마비시키는 것이다. 자신의 상관이 어떤 사람이든지 간에, 자신이 소속된 회사나 학교가 얼마나 비효율적이고 비논리적인 시스템을 가지고 있든지 간에, 그리고 평소에 그런 문제를 얼마나 입 아프게 지적했든지 간에, 평가가 내려질 시기가 되면 그 사람의 눈에 들기를, 그 조직의 평가에 적합한 사람이기를 간절히 소망하게 되고, 그 기준에 맞춰 행동하고 일하느라 스스로 기기묘묘해지고, 그러느라 진이 다 빠진다. 나를 평가하는 대상의 문제점을 지적하고 거기에 반발하는 사람에게 우리는 이런 속담을 들려주며 자제시키곤 한다. '모난 돌이 정 맞는다.' 그러나 세상은 그런 모난 돌들로 인해 불합리와 비논리와 부정의를 고치고 쇄신하며 변화해왔다.

SNS로 권위적이고 위계적이었던 세계의 틀이 많이 붕괴된 것도 사실이지만 평범한 사람들의 일상이 SNS에 잠식당하고 있는 것도 사실이다. '좋아요'가 주는 즐거움에 취해 실제 내가 어떤 사람인지, 실제 나의 삶이 어떤 상황인지, 내가 가야 할 옳은 방향은 어디인지 종종 놓치게 된다. 게다가 나와 SNS상에서 관계를 맺는 이들은 대체로 나와 취향이나 성향이 비슷한 사람들이다. 내 편을 들어주고 내 의견에 맞장구쳐주는 사람들 속에서 나도 모르는 사이에 어떤 틀 안에 갇히게 된다. 더 다양하고 더 많은 의견이 있는 더 넓은 세상이 있다는 것을 잊어버리게 되는 것이다. 이달충의 이 이야기에서 무시옹은 대화를 마친 후 이 대화를 토대로 다음과 같은 잠箴(훈계하는 뜻을 적은 글의 형식)을 지어 스스로를 경계했다.

정우성이 잘생긴 것이야 / 子都之姣(자도지교)

누군들 아름답게 여기지 않겠는가 / 疇不爲美(주불위미)

고든 렘지가 만든 음식이야 / 易牙所調(역아소조)

누군들 맛있다 하지 않겠는가 / 疇不爲旨(주불위지)

'좋아요'와 '미워요'가 혼란스럽거든 / 好惡紛然(호오분연)

그저 자기 자신을 되돌아볼 뿐 / 盍亦求諸己(합역구저기)

　보편적인 취향에 맞추다 보면 자기 자신을 잊게 된다. 기준을 외부에 두면 나도 모르는 사이에 '나'를 잊게 되는 것이다. '좋아요'에 취해 진짜 자기를 잃으면 굳이 가상현실이든 증강현실이든 혼란스러운 공간에 발을 들이지 않아도 현실에서의 '나'가 지워지는 셈이다. 매일 '좋아요' 개수를 확인하면서 늘었는지, 줄었는지 따지기보다 내가 올린 이 게시물의 내가 '진짜 나인지', '진짜 나는 어떤 사람인지'를 돌아보는 시간을 가져보는 것도 좋겠다.

2장

봄, 열리다

1. 진짜 한가로움이란?

이른바 한가로움이란 것은 일없이 내키는 대로 즐기는 것을 말한다. 사람은 반드시 스스로 한가로운 뒤에야 남들도 그를 보고 한가롭다고 하는 법이니 한가로움에 일부러 마음을 쏟는 것은 진짜 한가로움이 아니다.

夫所謂閑者, 無事而自適之謂.
부소위한자, 무사이자적지위.
人必自閑而後人閑之, 役志於閑, 非眞閑也.
인필자한이후인한지, 역지어한, 비진한야.

———
이정귀李廷龜(1564(명종 19)~1635(인조 13)).『월사집月沙集』권37「기記」
'애한정의 뜻을 밝히다(애한정기)愛閑亭記' 중에서.

봄이다. 성취에만 몰두해 달리기엔 너무도 찬란하고 아름다운 계절이다. 반복되는 계절이지만 올해의 봄은 올해한 번뿐, 모든 봄은, 모든 계절은, 모든 순간은 모두 '한정판'이다. 리미티드 에디션. 쉬지 않으면 달릴 수 없다. 한가로움의 매력을 가득 말하고 있는 글 한 편 읽으며 다가오는찬란한 봄을 제대로 끌어안을 준비를 해보면 어떨까.

이정귀의 오랜 벗인 박익경朴益卿이 충북 괴산에 집을 짓고 살면서 그곳 정자에 '애한정愛閑亭'이란 이름을 붙이고는, 명사들에게 이 정자에 대한 글을 청했다. 그중 이호민李好閔이 맨 먼저 글과 시를 짓고는 그 정자 이름을 '한한정閑閑亭'이라고 바꾸어 보냈다. '애한', 즉 '한가로움을 사랑함'이라고 표현하면 한가로움이 오히려 자신의 바깥에 있는 어떤 대상이 되어버리니 '한가로움을 등한시함'이라는 뜻의 '한 한閑閑'으로 바꾸라는 것이었다.

한가로움에 대해 이렇게까지 심각할 일인가 싶기도 하다. 군이 따져보자면, '한가로움을 사랑함' 혹은 '한가로움을 아낌'이란 말은 운치 있긴 하지만, 한편으로 한가로움에 마음이 매여 있어 한가롭지 않은 역설적인 상태이기도 하다. 이를테면 명상과 같다. 명상은 잡생각을 애써서 지우는 것이기 때문에 고도의 집중을 요한다. 평안과 고요를 위해 뇌가 부지런히 움직이고 있는 역설적 상태인 것이다. 한가로움을 애써 추구하면 실은 하나도 한가롭지 않은 상태라 할 수 있다. 한가로움이란 일없이 내키는 대로 유유자적한 상태이기 때문이다. 그래서 이호민은 한가로움을 인식하는 그 인식마저 없애야 진짜 한가로운 것이란 의미로 '한한'을 권한 것이다.

일견 맞는 말이다. 문득 요즘 우리네 '즐김' 혹은 '오락'이 떠오른다. 즐기고 쉬는 것도 굉장히 맹렬히 하는 모양새이기 때문이다. 짧은 시간 동안 효율적으로 놀고, 쉬기 위해 논다. 그러니 쉬는 일마저 여유가 없다. 힐링이 대세인데 힐링도 무척 열심히 한다. 긴장한 마음을 좀 놓고, 가쁜 호흡을 좀 고르자는 취지에서 힐링이 대두했는데 힐링할 거리를 맹렬히 찾아다니는 모습을 보면 힐링인데 힐링이 아닌 것 같은 느낌적 느낌이랄까… 그런데, 이렇게 생각해보니 '애한'의 뜻을 굳이 '한한'으로 고쳐준 섬세함은 한가로움의 또 다른 적이 된 듯하다. 이 섬세한 지적 자체가 한가로움을 화두로 한 정자 이름에 대해 한가로움이라고는 찾아볼 수 없는 집중이자 몰두이니까.

정자의 주인 박익경은 고민에 빠졌다. 이정귀에게 찾아와 의견을 물었다. 이정귀는 물론 이호민의 의견이 일리 있기는 하지만 그래도 '아끼는' 과정이 있어야 한가로움이 내 것이 될 수 있지 않겠느냐고 말한다. 아끼는 마음이 없으면 한가로움의 가치 자체를 모르고 기꺼이 한가롭게 즐길 수 있는 상황에서도 무얼 어떻게 받아들이고 즐겨야 할지 모른 채 세상의 아름다움들을 잗다란 삶의 욕심들 속에서 놓쳐버릴 수 있다고 말이다. 그러면서 다음과 같이 박익경이 한가로움을 아낄 줄 알기에 누릴 수 있는 삶의 한가로운 풍경들을 이야기한다.

"박익경은 번화함을 거절하고 느긋하고 한가로운 것을 즐겨 호젓한 방 한 칸에서 늙음이 찾아드는 줄도 모르고 지낸다. 아침에는 해가 떠서 한가롭고, 저녁에는 달이 밝아 한가롭다. 봄에는 꽃이 피니 한가롭고, 겨울에는 눈이 내려 한가롭다. 거문고를 타면서 그 흥취를 사랑하고 낚시를 드리운 채 유유자적하기를 사랑하며, 시를 읊으며 거닐고 누워 책을 보며, 높은 곳에 올라 멀리 경치를 바라보며 물가에 서서 헤엄치는 물고기를 구경한다. 어떤 장면이든 모두 한가로우니, 아낀다愛는 말로 정자 이름을 짓는 것이 마땅하지 않겠는가. 사랑해 마지않아 마침내 스스로 자기가 한가로운 줄 모르는 경지에 이르면 한가로움을 잊는 '한한閑閑'의 뜻 또한 그 가운데 담겨 있는 것이 아니겠는가. 이렇게 되면 진실로 한가로움과 내가 하나이면서 둘이요, 둘이면서 하나인 것이라 하겠다."

이렇게 한가로움을 아끼고 있는 상태, 사랑하고 있는 상태가 정점에 다다르면 한가로움에 완전히 빠져 자신이 한가로운지조차 자각하지 못하는 상태가 되는 것이니 '애한'에는 또한 '한한'의 의미가 이미 담겨 있다는 점을 지적한다. 그러고는 박익경의 선택을 묻는다. 그리고 그는 '애한'을 선택한다. 이름이 바뀔 위기를 무사히 넘긴 애한정은 아직까지 남아 있어 충북 괴산에 가면 직접 볼 수 있다.

아울러 이정귀는 애한정에서 볼 수 있는 여덟 가지 경치에 대한 시도 지어주었다. 이 여덟 수의 시는 대단한 풍경들이 아니라 그저 소소한, 애한정만이 아니라 그 어디에서든 볼 수 있을 듯한 풍경들을 그리고 있어 또한 한가롭다. 한 수만 읊어보겠다.

산허리 오솔길 구름 속으로 얽혀 들어가는데
지팡이 짚고서 느릿느릿 석양을 띠고 걷는다
앞마을에 개 짖는 소리, 거의 다 도착했나 봐
아이들은 이미 사립문 앞에 서서 기다릴 테지
ㅡ '돌길을 가는 행인(석등행인)石磴行人'

평범하기 그지없는 풍경이다. 이렇게 한가로움은 일상 안에 있다. 우리는 자칫 한가로움을 게으름과 똑같이 취급하는 실수를 범하곤 한다. 그러나 한가로움은 게으름이 아니다. 한가로움은 평범한 일상에 던지는 찬찬한 시선이다. 굳이 유난을 떨며 어딘가를 찾아 떠나지 않아도 일상을 소중하게 들여다볼 마음만 있다면 한가로움은 그 안에서 발견된다.

요즘은 봄이 되면 고운 꽃과 어린 새순의 아름다움을 먼저 떠올리기도 전에 강렬한 미세먼지의 공격에 두려움이 앞선다. 봄 내내 황사 걱정에 외출을 망설이게 된다. 이정귀의 이 글을 보며 미세먼지는 '자연과 더불어 사는 일상의 아름다움을 발견하는 한가로움'을 잊으면서 시작된 인간이 만든 재앙이 아닐까 생각했다. 산업화와 속도, 효율, 편리의 추구 이면에 미세먼지 등 환경오염이라는 재앙이 자리하고 있다. 한가로움을 잊고 '특별함'과 '있어 보임', 혹은 '남들이 하면 나도'를 좇다가 일상은 물론 환경까지 피폐해진다. 정신의 여유와 자연의 회복은 함께 가는 것이다. 마음이 여유로워야 개인의 삶이 피폐해지지 않고, 인간을 둘러싼 자연도 보존될 수 있다.

올봄에는 '쉴 거리'와 '즐길 거리'마저 맹렬히 찾아다니기보다는 평범한 일상을 유유자적 호젓하게 둘러보는 것으로 시작해보면 어떨까? 그렇게 '한가로움'의 가치를 깨달아보면 어떨까? 아스팔트 사이에서도 새싹은 솟아나고 도

시의 가로수에서도 새순을 돋아난다. 봄은 곁에 있고 쉼은 마음에 있다. 우리 모두 한가로움에 푹 빠져 한가로움을 잊는 경지에 이를 수 있다면 몇 년 뒤엔 어느새 미세먼지를 지운 봄다운 봄을 만날 수 있지 않을까?

2. 왜 공부하는가?

사람의 타고난 외모는 못생긴 것을 예쁘게 고칠 수 없고, 타고난 체력은 약한 것을 강하게 바꿀 수 없으며, 타고난 키는 작은 것을 크게 늘릴 수 없다. 이것은 이미 정해진 분수이기 때문에 고칠 수 없는 것이다. 그러나 오직 내면은(심지는) 어리석은 것을 지혜롭게, 못난 것을 멋지고 훌륭하게 변화시킬 수 있다. (중략) 지혜로움보다 아름다운 게 없고, 멋지고 훌륭한 인품보다 귀한 게 없는데 왜 멋지고 지혜로워지려 하지 않고 하늘이 내려준 본성을 훼손하고 있는 것인가?

이이李珥(1536년(중종 31)~1584년(선조 17)).『율곡집栗谷集』「격몽요결擊蒙要訣」제1장 '뜻 세우기(입지)立志' 중에서.

人之容貌, 不可變醜爲妍, 膂力, 不可變弱爲强,

인지용모, 불가변추위연, 여력, 불가변약위강,

身體, 不可變短爲長, 此則已定之分, 不可改也.

신체, 불가변단위장, 차즉이정지분, 불가개야.

惟有心志, 則可以變愚爲智, 變不肖爲賢.

유유심지, 즉가이변우위지, 변불초위현.

(중략)

莫美於智, 莫貴於賢,

막미어지, 막귀어현,

何苦而不爲賢智, 以虧損天所賦之本性乎?

하고이불위현지, 이휴손천소부지본성호?

새 학기가 시작되는 계절이다. 무작정 교과서를 펼치기 전 먼저 해야 할 일은 무엇일까? 학문하는 자세와 방법을 다루고 있는 『격몽요결擊蒙要訣』과 함께 이에 대해 생각해보자. 그 유명한 율곡 이이의 이 책은 시작하는 말을 지나면 곧장 '뜻 세우기'로 본편이 시작된다. '공부를 하려면 뜻부터 세워야 한다.' 익숙한 것 같지만 낯선 말이다. 우리는 일정한 나이가 되면 학교에 들어가고, 그렇게 학교에 들어가면 좋든 싫든 상관없이, 공부란 무엇인가를 한 번도 생각해보지 않아도 공부가 시작된다. 그리고 그 공부는 성적으로 이어지며, 성적은 상급학교로의 진학으로 이어지고, 진학은 대학 입학으로, 대학 입학은 취업으로 이어진다. 그래서 공부에 엄청난 시간과 청춘을 다 쏟아붓고, 부모님들은 허리가 휘도록 교육비를 대지만 정작 왜 공부하는지는 모르는 기묘한 상황을 살아간다. 나 스스로 '뜻을 세워' 공부에 임해본 적이 없고 아무도 그것을 꼭 필요하다며 권하지 않는다. 공부법에 대해 쓰인 책이 대뜸 '뜻 세우기'부터 시작되는 것을 보고 조금은 낯설어하는 나를 보며 오늘날 교육 풍토에 쓸쓸함을 느끼지 않을 수 없었다. 그래, 공부는 '목표 세우기'부터 시작하는 게 아니라 '뜻 세우기'부터 시작하는 게 맞지.

이이의 이 글을 처음 읽었을 때 나는 설핏 웃었다. 요즘은 타고난 얼굴도 맘대로 고치는 세상인데… 심지어 키도 키울 수 있고, 체력도 어느 정도는 향상시킬 수 있는데… 하지만 곧이어 이런 것들에 신경 쓰느라 정작 돈 들이지 않고 억지로 애쓰지 않아도 고칠 수 있는 내면에는 관심을 두지 않는 건가 하는 생각이 들었다. 외모에 들이는 돈의 반의 반만 들여도 내면이 곱고 아름다워질 텐데… 요즘은 얼굴이든 키든 근육이든 뭐든 바깥으로 보이는 것을 가만 두질 않는다. 오히려 가만두면 경쟁력이 없다고들 한다. 그러나 내면은 되레 고칠 수 없거나 어쩔 수 없는 것으로 여기는 것 같다. '사는 게 그런 거야', '사람이란 동물이 원래 그래', '욕망은 본능이야.' '누가 알아준다고?' 같은 말들이, 더 나은 인품이나 인격을 위해 힘을 다해 공부하고 노력한다는 말보다 너무 자주 들리기 때문이다. 나는 왜 배우는가? 무엇을 위해 공부하는가? 공부를 시작하기 전에 스스로 진지하게 물어보는 과정을 통해 스스로 공부의 방향을 결정해야 한다.

'뜻 세우기'를 하고 나면 무엇을 해야 할까? 이이는 '낡은 습관 고치기'라고 말한다. '사람이 비록 배움에 뜻을 두었더라도 용감하게 곧바로 나아가 이뤄내지 못하는 것은 낡은 습관이 발목을 잡아서 그 뜻을 허물어버리기 때문'이라는 말로 이 장을 1장 다음에 배치한 이유를 밝히고 있다. 습관을 고치지 않는다면 어떤 뜻을 얼마나 굳세게 세웠든 곧 뿌리내리지 못하고 무너져버릴 것이라고 경고한다. 율곡 선생이 말하는 나쁜 습관은 다음과 같다.

1) 마음은 게으르고, 몸은 함부로 놀려서, 그저 놀고 편한 것만 생각하고 구속받는 것을 매우 싫어한다.

2) 늘 부산스럽게 뭔가를 하고 가만히 있지 못해서 고요하게 자기를 추스르지 못하고, 분주히 움직이며 남과

수다 떠는 것으로 시간을 보낸다.

3) 남 따라 하는 걸 좋아하고 남과 다른 것을 싫어해서
세속에 잘 동화되어 자기 자신을 좀 수양해서 변화해
보려 하다가도 남과 부딪히게 될까 두려워한다.

4) 문장을 잘 써서 한때의 명예를 얻는 데에 취하고, 경
전을 표절해서 겉만 그럴싸하게 꾸민다.

5) 글씨와 편지(요즘으로 치면 SNS)에 공을 들이고 악기
연주(요즘의 클럽쯤에 해당)와 술 마시기를 일삼아 유
흥을 즐기면서 이걸 스스로 '운치 있는 삶'이라고 말
한다.

6) 한가한 사람들과 게임을 즐기고, 종일 먹기를 탐하
고, 내기를 일삼는다.

7) 부귀를 부러워하고 빈천貧賤을 싫어하며, 보잘것없는
옷과 음식을 매우 부끄러워한다.

8) 기호와 욕망에 절제가 없고, 돈과 이익과 놀이와 연
애에 탐닉한다.

이런 안 좋은 습관들을 먼저 정리하지 못하면, 오늘 한
일을 내일 고치기 어렵고, 아침의 행실을 저녁에 다시 저지
르게 되니 발전이 없어 공부를 해도 진척이 없다는 것이다.

그렇다면 이런 잘못된 습관을 어떻게 고쳐나갈 수 있을까?

율곡 선생은 '몸가짐'을 바로 하는 데서부터 새로운 습관이 시작된다고 말한다. 그래서 3장은 '몸가짐'에 대해 다룬다. 돌아보건대 요즘은 '몸가짐'에 대해 시간을 할애해서 정성을 들여 가르치는 것을 본 적이 없는 것 같다. 성적만 중요하게 생각할 뿐 그 사람이 어떻게 자아를 확립해가고 있는가에는 관심이 없기 때문이다. 그러나 공부의 목표가 '더 사람다운 나'가 되는 것이라면 내가 세운 뜻이 잡다한 것들로 어지럽혀지지 않아야 비로소 배움의 첫발을 뗄 수 있다.

『격몽요결』에서는 '구용九容'과 '구사九思'를 몸과 마음을 가다듬는 방법으로 제시하고 있다.

  1. 구용(아홉 가지 몸가짐)

  1) 발걸음을 묵직하게

  2) 손놀림을 공손하게

  3) 눈매를 단정하게: 눈동자를 함부로 굴리거나 흘겨보아서는 안 된다.

4) 입매도 단정하게: 입을 벌리고 있지 않는다.

5) 말소리는 조용하게

6) 머리와 몸을 곧고 바르게

7) 호흡을 고르게

8) 바르게 서고

9) 얼굴빛을 씩씩하게

2. 구사(아홉 가지 생각)

1) 볼 때: 바르게 보아야지

2) 들을 때: 똑똑히 들어야지

3) 얼굴빛: 부드럽고 품위 있게 해야지

4) 용모: 공손한 자세를 갖추어야지

5) 말: 신뢰할 만하고 진실하게 말해야지

6) 일: 신중하고 충실하게 일해야지

7) 의문이 생기면: 꼭 물어봐서 알고 이해해야지

8) 화가 나면: 화나는 대로 행동하면 문제가 생기고 말
   테지

9) 이익을 보면: 정당하게 얻은 것인지 따져보아야지

각각의 경우마다 이렇게 생각하고 행동한다.

이렇게 어려워서야 어디 공부하겠나 싶지만 이런 자세부터 먼저 갖추도록 한 것은 이이가 학문이란 일상에서부터 시작하는 것이라고 생각했기 때문이다. 평소 몸가짐을 공손히 하고 바르고 진실되게 일을 처리하고 진심을 다해서 남을 대하는 것이 바로 학문을 하는 것이니, 글을 읽는 것, 즉 굳이 '공부'라 칭하는 것을 하는 이유는 이렇게 행동하는 이치를 스스로 깨치고 스스로에게 납득시키려 하는 것일 뿐이라고 그는 말한다. 유가에서는 이런 공부의 자세를 '신독愼獨'이라고 한다. '홀로를 삼간다'라는 뜻인데, 남이 보지 않는 곳에서도 나를 한결같이 다잡는 것이다. 이렇게 몸가짐을 바로잡는 일이 끝나야 비로소 '책 읽는 법'을 말한다. 학문을 하는 핵심적인 방법을 가르치는 책에서 앞의 세 장을 무려 자기 자신을 돌아보는 데에 할애하고 있다.

'왜 공부하는가?'라는 질문이 사라진 시대다. '꿈이 사라진 시대'라는 것이 교육의, 혹은 우리 사회의 문제라면 문제일 것이다. 그러나 그 '꿈'이라는 것이 실은 대개 '일'과 '직업'을 묻는 것 아닌가? 그러나 이이는 '존재'에 대해서 질문한다. '당신은 지금 어떤 사람입니까?' '앞으로 어떤 사람이 되길 원합니까?' '어떤 사람으로 살고 싶습니까?' 평생 직업의 개념이 사라진 시대라면서 우리는 자꾸 '일'을 질문한다. 어쩌면 그래서 우리는 더 답을 찾지 못하는 것인지도 모른다. 어쩌면 지금 우리는 '나는 누구인지, 나는 왜 사람으로 태어난 건지, 그렇다면 어떤 사람으로 살아갈 건지, 일은 무얼 해도 좋으니 내가 '나'로 살아간다는 것이 무엇인지' 같은 질문에 답해야 하는 기로에 서 있는지 모른다. 그리고 그 질문의 답은 고원한 어딘가에 있는 게 아니라 너무 단순하게도 방치해두었던 일상의 나를 되돌아보는 데서 시작하는 것인지도 모른다.

3. 봄나들이 작당 모의

과거 공부를 한다는 핑계로 친구들이 모인 것이지만 실제로 계획한 것은 대개가 다 놀러 가는 계획이었다. 이것이 '남고의 규약'이 만들어지게 된 까닭이다. 이에 각자 거문고와 책, 투호 기구 같은 도구들을 모아놓고 다음과 같이 약속한다.

功令之業, 乃托而會友者, 其實謨多在遊, 此南皐約之所以作也.
공령지업, 내탁이회우자, 기실모다재유, 차남고약지소이작야.
於是各集琴書投壺之具而約之云云.
어시각집금서투호지구이약지운운.

권상신權常愼(1759년(영조 35)~1824년(순조 24)). 『서어유고西漁遺稿』 책5 '남고에서 맺은 봄나들이 규약(남고춘약)'南皐春約' 중에서.

꽃이 핀다. 꽃잎이 바람에 흩날린다. 그렇게 우리를 유혹한다. "나 좀 봐! 내게로 와! 나를 즐겨!" 그럼 어쩌겠는가? 가서 봐주는 수밖에! 봄나들이 준비를 해보자. 이 글은 권상신이란 분이 친구들과 모여 놀러 갈 계획을 세우며 쓴 것이다. 조선시대 선비가 놀러 갈 계획을 세웠다고? 그걸 또 글로 써서 자기 문집에 남겼다고? 그렇다. 심지어 계획을 참 잘 짰고, 읽는 내내 참 멋진 삶을 살았다는 생각이 들게 하는 예쁜 글이다. 이 글은 형식이 재미있는데, 무슨 법전처럼 '1조, 2조…' 하면서 지켜야 할 규칙들을 하나하나 나열하고 있고, 뒤에 가면 이 조항들을 어겼을 때 받게 되는 벌칙도 '1조, 2조…' 하면서 형법전 내용처럼 기록하고 있다.

각자 부모님에게는 "다 함께 모여서 과거시험을 준비하고 오겠습니다"라고 하고서 집을 나선 모양이다. 과거 공부를 핑계로 모여서 어떻게 놀지 계획을 세웠다는 걸 보면 그때나 지금이나 시험을 핑계로 모여서 어떻게 놀지 작당 모의하는 건 똑같은 모양이다. 그런데 또 공부 잘하는 사람들이 놀기도 잘하는 모양인지 이 글은 권상신이 진사시에서 장원하기 2년 전에 쓴 글이다. 권상신은 진사시에 장원을 하고 증광문과의 장원에 이어 전시殿試에도 장원해 '삼장장원三場壯元'으로 불렸던 인물이다. 똑같이 놀아도 그저 놀기만 하는 사람이 있는가 하면, 이렇게 제 할 일을 놓치지 않는 사람이 있다. 놀 때는 놀 줄 알면서도 자신의 앞날에 제대로 대비하니 심지어 얄미울 정도다. 이때 모인 사람이 모두 일곱이었는데, 그중 한 명인 심윤지沈允之의 집이 남산에 있었다. 그 집 정원이 높은 언덕에 있었기 때문에 '남고南皐에서 맺은 봄나들이 규약'이라고 제목을 지었다.

이 글에 있는 규약들을 몇 개 살펴보겠다. 제1조는 '상화賞花', 즉 꽃구경에 관한 규약이다.

하나. 밥을 먹기 전에 어디에서 꽃구경을 할지 상의해서

정한다. 의견이 갈리면 다수의 의견을 따른다. 의견을 말하지도 않고 미적거리며 잘 따라나서지 않는 자는 아래와 같이 벌한다.

하나. 부슬비나 짙은 안개, 사나운 바람도 가리지 않는다. 일 년 중 봄놀이를 갈 때 비가 오고 안개 끼고 바람 부는 날을 빼면 놀기 좋은 날이 매우 적기 때문이다. (중략) 만약 옷이나 신발을 아껴서 아프다고 핑계 대면서 미적거리며 안 따라오는 자는 아래와 같이 벌한다.

하나. 다닐 때 소매를 나란히 하거나 걸음걸이를 나란히 한다. 때로는 두셋씩 모여 걷는다. 이렇게 걸어도 반드시 각각 서로 돌아보아서 한 무리를 이루도록 한다. 만약 성큼성큼 걸어서 뒷사람과 보조를 맞추지 않거나 느릿느릿 걸으면서 앞사람을 부르지 않는 자 등 일행이라는 흐름을 망가뜨리는 자는 아래와 같이 벌한다.

하나. 꽃을 즐기는 자 중에 간혹 꽃을 꺾기 좋아하는 자가 있는데 이것은 매우 형편없는 짓이다. 봄의 신이 꽃을 키우는 것은 농부가 곡식을 기르는 것과 같아서 꽃 하나하나가 모두 조물주와 고된 시간을 함께 겪으며 생의 의지가 넘치는 것들이다. 함께 노니는 우리가 어찌 차마 그 의지를 꺾겠는가? 꽃을 꺾는 자는 아래와 같이 벌한다.

제2조는 거문고, 책, 투호에 관한 규약이다.

하나. 식후에 꽃구경을 하지 않을 때는 반드시 거문고 연주나, 독서, 투호 놀이를 한다. 세 가지를 놔두고 잡다한 놀이를 하려는 자는 아래와 같이 벌한다.

하나. 거문고를 탈 때는 거문고의 홍취를 즐길 뿐 전문가처럼 이해하려 하지 않는다. (중략) 거문고를 탈 때 악기를 소중히 다루고, 아끼지 않아 손상을 입히는 자는 아래와 같이 벌한다.

하나. 독서할 때는 경서는『시전詩傳』을, 역사책은『사기』를, 제자서諸子書는『장자』를, 문집은 (중략) 또 시집은 ○○의 작품을 읽는다. 그 밖의 책들은 얻어지는 대로 읽는다. 찌(글을 써서 붙이는 좁은 종이쪽)를 빼놓고 밀어두거나 책을 쌓아서 베개로 쓰며 책의 장정을 훼손하거나 책갑을 더럽힌 자는 아래와 같이 벌한다.

하나. (중략) 함께 즐기는 우리들은 독서를 하다가 이해하기 어려운 대목을 만나면 매번 돌려가며 보여주어서 이해를 구하는데 반드시 이해할 때까지 그렇게 한다. 만약 엉뚱하고 어지럽게 읽어서 의미를 전혀 이해하지 못한 자는 아래와 같이 벌한다.

각각의 규약 뒤에는 다 같이 '아래와 같이 벌한다'는 대목이 있는데 이것이 바로 징벌에 대한 내용이다. 징벌은 다섯 등급으로 이루어져 있으며, 각 등급에 대한 속죄는 술을 마시는 것으로, 최대 다섯 잔에서부터 차감해간다. 예를 들어, 제1조 꽃구경에 관한 규약의 1조 6항은 운을 내어 시를 짓는 규약인데, '고심하여 생각해내고 교묘한 시어를 찾는 경우에는 아래와 같이 벌한다'라고 되어 있으며, 이에 대한 징벌은 다음과 같다.

하나. 고심하여 생각해내고 교묘한 시어를 찾아내려 하는 일. 경經에 말하기는 '말은 전달되면 그뿐이다'라고 하였다. 이것으로 단죄한다. 그 벌은 최하 등급이고, 속죄는 술 한 잔이다.

참 재미있지 않은가? '이렇게 모여 저렇게 놀자'라고만 해도 재밌는데, 마치 법조문처럼 엄격하게 규약을 만들어 벌칙도 정하고, 벌칙의 근거도 그럴 듯하게 제시하고, 징벌 내용도 벌금 같은 것이 아니라 벌주라니 말이다. 그것도 많아야 다섯 잔이니 귀여울 정도다. 어떻게 놀아야 진짜 우정을 다지며 노는 것인지 아는 사람들 같다. 놀기 위해 세운 계획이지만 이런 놀이라면 어떤 부모라도 얼마든 보내 줄 만하지 않겠는가. 자연을 벗삼아 즐길 줄 알고, 혼자 즐기는 시간이 아니라 '여럿이 함께' 즐기는 시간임을 분명히 밝힌다. 혼자 빨라도 안 되고 멋대로 뒤처져서도 안 되며 둘이서 혹은 셋이서 걸음을 맞추어 천천히 함께 즐기는 것이다. 놀이도 제멋대로 아무거나 해서는 안 된다. 함께 계획한 놀이 도구들을 가져가서 그 안에서 즐긴다. 즐기는 시간에도 규칙을 잊지 않는다. 누가 무엇을 잘하든 못하든 서로 인정할 줄 알고, 친구가 가져온 도구는 아낄 줄 안다. 시를 나누고 책을 나누고 생각을 나눈다.

최근에 『이야기의 탄생』이란 책을 읽고 있다. 뇌과학으로 인간이 어떤 이야기를 만들고 즐기게 되었는지를 설명하는 책인데, 흥미로운 내용이 있었다. 인간은 자기가 속한 집단의 문화규범을 유년기의 신경 모형을 통해 통합적으로 인식하게 되는데, 이는 놀이를 통해 습득된다는 것이다. 놀이는 사회성이 발달하는 과정에서 결정적인 역할을 한다고 한다. 반사회적 살인자들의 성장 배경을 조사한 한 연구에서는 그들 사이에 다른 연관성은 발견하지 못했는데, 다만 어린 시절에 놀이가 극단적으로 부족했거나 아동기에 가학

증이나 약자 괴롭히기 같은 비정상적인 놀이를 경험했다는 결과를 얻었다고 한다.

우리는 종종 놀이의 중요성을 간과하곤 한다. 아이들이 놀이를 하게 할 때도 주목적은 '두뇌 계발'인 경우가 많다. 사실, 놀이는 여럿이 무언가를 하는 과정에서 서로 의견을 나누고 규칙을 정하면서 '함께 하는 것'이 무엇인지 배우는 시간이라는 데 큰 의미가 있다. 더불어 지내는 방식을 알아야 성인이 되어서도 꽃놀이 하나로도 이렇게 풍성한 시간을 만들 줄 안다. 실컷 놀고 와도 결국 남는 것은 유명 음식점에 다녀온 것을 보여주는 몇 장의 사진뿐인 시간이 아니라, 자연을 바라보는 방식을 배우고, 서로의 시간을 함께 나누며, 성숙한 사고를 이끄는 충만한 시간을 경험하는 것이다.

코로나19를 겪으며 우리 모두가 실천하고 있는 사회적 거리두기가 '혼자 놀기의 달인'이 되라는 것은 아닐 것이다. 오히려 사람들과 함께할 수 없는 외로움에 대해, 인간이 자연을 함부로 대했던 자세에 대해 돌아보라는 시간이 아닐까? 평범하게 지나쳤던 관계, 혹은 당연하게 여겼던 자연에 대해 더욱 깊이 이해하며 이 위기의 시간을 보낸다면, 다시 찾아올 봄은 더욱 찬란하게 빛날 것이며 우리는 그 봄날을 맘껏 누릴 수 있을 것이다. 사회적 거리두기로 인해 가족과 함께하는 시간이 많아진 요즘이다. 일상에서 가족과 이런 소박하고 즐거운 규약집을 만들어보면 어떨까? 부모라면, 내 아이가 공부를 핑계로 친구들과 모여서 조금쯤 딴짓을 하더라도 모르는 척 눈감아줄 수 있는 여유를 가져보면 어떨까? 친구들과 어울려 노는 시간은 사회성 발달은 물론 멋진 어른으로 성장하는 데 꼭 필요한 과정이다. 우리 아이가 제대로 노는 법을 익힌다면, 권상신처럼 놀 때 놀면서도 세 번이나 장원하는 인물이 될지 모를 일이다. 제대로 놀 줄 아는 만큼 스스로 책임지는 사람이 될 것이다.

4. 가난한 여인의 노래

미색이 어찌 남보다 못하랴
바느질 솜씨에 길쌈 솜씨까지
보잘것없는 집안에서 자란 탓에
좋은 매파가 알아주질 않는다네

豈是乏容色, 工鍼復工織, 少小長寒門, 良媒不相識
기시핍용색, 공침부공직, 소소장한문, 양매불상식

허초희許楚姬(1563(명종 18)~1589(선조 22)). 《난설헌시집蘭雪軒詩集》〈오언
절구五言絶句〉'가난한 여인의 노래(빈녀음)貧女吟' 중에서.

3월 8일은 세계 여성의 날이다. 참 많은 옛 선조와 그들의 글을 다루어왔지만 그 많은 글쓴이 중에 여성은 거의 없었다. 옛 시대가, 그리고 유학이 여성에게 그리 우호적이지 않았기 때문이다. 그러나 그런 분위기에서도 빛나는 여성들이 있었다. 앞의 시를 쓴 허난설헌許蘭雪軒은 그런 여인들 중에서도 첫째로 손꼽히는 인물이다. 굳이 성별을 따지지 않아도 그저 한 사람의 시인으로서 넘치고도 남을 만한 글솜씨를 자랑했던 그와 그의 시를 이 시기에 즈음하여 이야기해보려 한다.

허초희는 허난설헌으로 잘 알려져 있는데, 사실 난설헌은 그의 호이고, 본명은 초희다. 그리고 자는 경번景樊이다.

이렇게 이름과 자와 호를 모두 가지고 있는 것 자체로도 조선에서 매우 드문 일이다. 조선의 여인들은 대개 이름이 없다. 기록되어 후대에 전해지지 않았다는 말이다. 허난설헌만큼이나 유명한 신사임당도 그 이름은 정확하지 않다. '사임당'은 당호이지 이름이 아니다. 조선의 왕비들도 이름을 모른다. 다만 성만 남아있을 뿐이다. 허난설헌은 아주 특별하고 예외적인 경우인 셈이다.

그의 이런 특별함은 득이 됐을까, 독이 됐을까? 작은 특별함은 시대를 살아가는 데 도움이 되지만 큰 특별함은 대개 독이 된다. 큰 특별함은 그 반짝거림을 사회와 시대가 잘 감당하지 못하기 때문이다. 난설헌의 집안은 글 잘하기로 유명했다. 당시에 문장에 관한 재능이 이 허씨 집안에 죄다 모였다고 말할 정도로 이 집안 4남매, 즉 악록^{岳麓} 허성^{許筬}, 하곡^{荷谷} 허봉^{許篈}, 교산^{蛟山} 허균^{許筠}, 여기에 난설헌 허초희까지 모두 문장력이 유별나게 뛰어났다.

부유하고 좋은 집안에서 태어난 허난설헌은 어려서부터 여신동^{女神童}이라 불릴 정도로 문장에 두각을 나타냈다. 아버지는 처음에 딸에게 글을 가르치지 않으려 했다. 당시 유학적인 분위기 속에서 사대부들은 여자가 글을 알면 팔자가 사나워진다고 생각했기 때문이다. 그러나 어깨너머로 배웠을 뿐인데 나날이 실력이 향상되는 딸을 그냥 보고만 있을 수는 없었다. 결국, 허난설헌은 남자와 대등하게 제대로 교육을 받게 되었다. 집안에 갖추어져 있던 만 권의 책을 모두 읽었다고 한다. 그래서 그의 시는 고전을 인용한 곳이 엄청나게 많다. 특히 13살 연상이었던 둘째 오빠 하곡 허봉은 누이를 적극적으로 지원했다. 누이에게 붓을 보내주기도 하고 두보의 시집을 보내주기도 했는데, "내가 열심히 권하는 뜻을 저버리지 않는다면 희미해져 가는 두보의 소리가 누이의 손에서 다시 나오게 될 것이다"라며 힘껏 격려해주었다고 한다. 또 그를 허균과 함께 손곡蓀谷 이달李達에게 보내서 시를 배우게 해주었다.

손곡 이달은 최경창崔慶昌, 백광훈白光勳과 함께 삼당시인三唐詩人으로 이름을 날린 유명한 시인이었다. 서자 출신이라는 탓에 글재주가 몹시 뛰어났어도 세상에서 쓰이지 못한 깊은 설움을 안고 있으면서, 동시에 자신의 재주에 대한 자부심이 대단한 사람이었다. 사회로부터 배척받는 신분임에도 불구하고 자신의 재주로 세상에 맞서고 있다는 점이 이

여제자와 잘 통했을지 모른다. 당나라 시에 능했던 스승을 두었던 만큼 허난설헌의 시 또한 국제적 감각에 잘 맞아 훗날 중국 명明나라 신종神宗 때의 문신인 주지번朱之蕃이 조선에 사신으로 왔다가 『난설헌집蘭雪軒集』을 가지고 가서 명에서 간행해 크게 인기를 끌었고, 일본에서도 간행되어 큰 관심을 모았다. 요즘 말로 문단의 한류스타가 되었던 셈이다.

이렇게 조선 여성으로서는 아주 드문, 아니 전무했던 지원과 지지를 받으며 재능을 꽃 피우던 허난설헌은 잘 알려진 바와 같이 결혼과 함께 무너져내렸다. 그의 남편 김성립金誠立은 뛰어난 아내를 품기에는 재능과 역량 모두 부족한 인물이었다. 결혼하고 10년 동안 과거에도 급제하지 못했다. 끊임없이 기방을 전전하며 집에 얼굴도 잘 내비치지 않았다고 한다. 시어머니는 시어머니대로 성품이 아주 강한 사람이어서 아들이 집에 안 들어오는 것이 며느리 탓이라며 못마땅해했다고 한다. 허균은 매형 김성립에 대해 다음과 같은 기록을 남겼다.

"세상에 문리文理는 모자라도 글깨나 지을 수 있는 자가 있다. 나의 매부 김성립에게 경전이나 역사책을 읽어보라

하면 제대로 혀도 놀리지 못하지만 과문科文은 기가 막히게 요점을 맞춰낸다. 그래서 논論이나 책策이 여러 번 높은 등수에 들었다."

이런 그가 언제 과거에 급제했을까? 뛰어난 아내가 죽은 직후였다. 허난설헌의 불행한 결혼생활은 남편과 시어머니로 끝나지 않았다. 그나마 마음 기댈 곳이 되어주던 두 자녀마저 어렸을 때 세상을 떠나고, 끝내 태중의 아이와도 이별을 고했다. 결혼이라는 인생 제2막이 허난설헌에게는 너무 잔인하고 야속했다. 결국 27세의 젊은 나이로 생을 마감하고 만다. 죽음을 앞둔 순간, 모든 것이 절망적이었는지 자신의 모든 원고를 불태우라는 유언을 남긴 탓에 그의 아름다운 꿈이 한줌의 재로 사라졌다. 안타깝고 안타깝다. 그 안타까움은 남동생 허균도 마찬가지였다. 그래서 본가에 남아 있던 것과 자신이 외우고 있던 것을 모아서 누이의 글을 문집으로 간행했다. 지금 허난설헌의 시를 볼 수 있는 것은 모두 허균 덕분이다.

허난설헌의 많은 시 중에서 '가난한 여인의 노래貧女吟'를 선택한 것은 이 시가 허난설헌의 허한 마음을 잘 대변하고

있다고 생각하기 때문이다. 이 시에는 3개 연이 더 있다. 전
문을 다시 한 번 읽어보자.

미색이 어찌 남보다 못하랴
바느질 솜씨에 길쌈 솜씨까지
보잘것없는 집안에서 자란 탓에
좋은 매파가 알아주질 않는다네

춥고 배고픈 기색 드러내지 않고
하루 진종일 창가에 앉아 길쌈만 하지
그저 부모님만 안쓰럽게 여기실 뿐
이웃들이야 내 속을 어찌 알 수 있으랴

밤늦도록 길쌈을 놓지 못하니
삐걱삐걱 차가운 베틀만 울어대네
베틀에 짜여 있는 베 한 필
결국 누구의 옷감이 되려나

가위 잡아들고 옷감을 마르고 있자니
밤기운 차가워 열 손가락 곱아오네

남 위해 시집갈 옷 짓는데

정작 나는 해마다 독수공방

참 가만가만한 말씨인데 정말로 절절하게 쓸쓸하고 쓸쓸한 마음이 느껴지지 않는가? 재주도 갖추었고 미색도 갖추었고 부지런함도 갖추었는데, 오직 가난하다는 이유만으로 미래를 가질 수가 없다. 결혼이라는 제도 안으로 들어갈 수가 없다. 잠도 못 자고 차가운 밤과 씨름하며 짜낸 옷감으로 남의 결혼 예복을 짓는 처지. 자신이 꿈꾸는 세상을 살게 될 다른 이를 위해 자신은 노동력을 제공할 뿐.

가난하다는 것은 말 그대로 돈과 재산이 없는 것을 의미하기도 하지만, 기득권 사회에 편입되지 못한 처지를 의미하기도 한다. 가난의 원인을 개인에게서 찾을 수도 있지만, 가난에는 반드시 구조적 문제가 영향을 끼친다. 개인이 아무리 잘났더라도 한계가 분명한 곳에서 출발한 사람은 대개 발버둥치면 칠수록 올라가기는커녕 기득권을 가진 사람들로부터 더 많은 질타와 모욕을 당하게 마련이다. 허난설헌은 좋은 집안에서 태어나 남부럽지 않은 지원을 받으며 성장했다. 오히려 이것이 가난한 시대정신을 더 절감하게 만들었는지 모른다. 한 개인이 발버둥쳐서 벗어나기에는 조선이란 사회에서 여성이 가진 한계는 너무도 뚜렷했다. 게다가 결혼과 동시에 그 한계가 더욱더 분명해졌다. 밤새 워 베를 짜고 밤새워 옷감을 마르고 찬바람에 곱아가는 열 손가락을 호호 불어가며 아무리 멋진 옷을 지어도 그 옷은 내 옷일 수가 없었다.

기가 막혔을 것이다. 숱한 밤을 새워 공부하고 문장을 짓고 시를 지었지만 스스로 자신의 작품에 날개를 달아줄 수 없었으니까. 그래서 모두 불태우라 유언했는지 모른다. 사회의 구조가 만들어낸 약자들은 언제나 눈물겹다. 이웃들은 가난한 처녀의 마음을 알지 못한다. 기득권 세력 안에서 그 삶을 일상으로 누리는 자들은 약자들의 외침을 이해하기 힘들다. 허난설헌의 시가 지금 우리에게 다시 필요한 까닭은 그가 여성이었기 때문이라기보다 그가 조선이라는 시대의 그물에 걸린 약자였기 때문이다. 지금 우리 시대에는 어떤 나쁜, 혹은 병든 시대정신이 있을까? 그 그물이 어떤 약자들을 집어삼키고 있을까? 보다 깊고 넓고 섬세한 시선으로 우리 시대의 사각지대에 놓인 약자를 돌아보며 여성의 날을 맞이했으면 좋겠다.

5. 4월, 눈물로 써낸 주인의 달

조정에 있는 사람들이 항상 하는 말이 있는데, 민심이 악하다거나 아니면 민심이 야박하다는 말이다. 그러나 민심은 참말이지 선하고, 참말이지 후한데, 도리어 사람들이 살피지 못한 것이다. (중략) 내 잘 모르겠다만, 백성이 악한 것인가, 백성을 다스리는 자가 악한 것인가? 백성이 야박한 것인가, 백성을 다스리는 자가 야박한 것인가? 백성은 아래에 있고, 백성을 다스리는 자는 위에 있으니, 아래에서 위에 대해 뭐라 하면 곧은 말이라 해도 먹혀들지 않고, 위에서 아래에 대해 뭐라 하면 거짓말이라도 따질 수 없다. 그렇게 상하가 실제로 정확히 어떤지를 알지 못한 지 이미 오래되었다.

신흠申欽(1566년(명종 21)~1628년(인조 6)). 『상촌집象村集』 권40 「잡저雜著」 '민심편民心篇' 중에서.

仕于朝者有恒言矣, 不曰民心惡, 則必曰民俗薄.

사우조자유항언의, 불왈민심악, 즉필왈민속박.

民心固善矣, 民俗固厚矣, 人顧不之省也.

민심고선의, 민속고후의, 인고부지성야.

(중략)

吾未知爲民者惡乎? 宰民者惡乎? 爲民者薄乎? 宰民者薄乎?

오미지위민자악호? 재민자악호? 위민자박호? 재민자박호?

民居下宰居上, 以下而論上, 雖直不售, 據上而論下, 雖讐莫驗.

민거하재거상, 이하이논상, 수직불수, 거상이논하, 수위막험.

上與下之不得其情久矣.

상여하지부득기정구의.

2019년 4월 4일 강원도 고성-속초 간 5개 시군에 기록적인 산불이 일어났다. 많은 이재민이 발생했고 국민들은 안타까운 마음으로 진화작업과 후속 조치를 지켜보았다. 무척 가슴 아프고 안타까운 일이었다. 하지만 한편으로 놀라움을 느끼기도 했다. 민·관·군이 함께 엄청난 속도와 규모로 대처해서 하루 만에 불길을 잡아냈기 때문이다. 그중에서도 소방차 행렬은 전 국민의 가슴을 찡하게 만들었다. 소방청은 소방차량 872대, 소방공무원 3,251명을 포함해서 산림청 진화대원, 의용소방대원, 군인, 시·군 공무원, 경찰 등 총 1만여 명을 산불 진화에 투입했다. 각 시·도의 소방공무원이 끝없는 소방차 행렬을 이끌고 밤새 달려와 화재 현장에 합류해서 불길을 잡았다. 공교롭게도 이 사건이

4월에 발생했기 때문일까? 소방차 행렬을 보며 모두의 마음을 너무나 아프게 했던 세월호 사건이 떠올랐다. 그때도 이렇게 빠르게 힘을 다해 대처했더라면… 참혹한 사건에 대해 그때와 지금의 대처와 결과가 이렇게나 다른 것은 왜일까? 국민에게 닥친 재난과 사고에 기민하게 대처하는 정부를 보며, 그리고 그런 대처가 상식이 되어가는 나라를 보며 국민이 나라의 진짜 주인이 된다는 것에 대해 다시 생각해보게 되었다.

이 나라의 주인은 국민이건만 국민들 자신은 물론 이른바 권력자들도 이 사실을 종종 잊어버린다. 그래서 힘을 가진 이들은 군림하는 것을 당연하게 생각하고, 별 힘을 갖지 못한 지극히 평범한 사람들은 그들이 멋대로 나라를 주무르는 것을 그러려니 받아들일 때가 많다. '민본民本'으로 시작한 조선시대에도 이 생각은 비슷했다. 백성들을 두려워해야 나라가 바로 설 수 있다는 원칙을 가지고 있긴 했지만 신흠이 쓴 앞의 글에서 볼 수 있는 것처럼 조정에서 벼슬하는 사람들이 늘상 하는 말이란 것이 '민심이 악하다'거나 아니면 '민심이 야박하다'는 말이었다. 민본의 이념을 바탕으로 했어도 왕정국가인데다가 신분제 사회였던 탓이다.

그러나 신흠은 이런 말이 크게 잘못되었다고 지적한다. 그는 관료로서 관료들의 못난 모습을 너무나 잘 알고 있었기 때문이다. 부정한 세상에서 그 시류에 편승해 뇌물을 쓰거나 권력자에게 발탁되어 한 자리씩 차지하고서는 엉망진창으로 일하는 자들이 태반이었다. 신흠은 이렇게 말한다.

"뇌물로 시작한 자는 항상 탐욕으로 마무리 짓고, 권력으로 시작한 자는 늘 포악함으로 끝맺는다. 탐욕을 부려야만 썼던 뇌물을 보충할 수 있고 포악해야만 힘이 드러나기 때문이다."

그런데 이런 썩어빠진 관리들에 비해 백성은 어떤가? 지배자들의 말대로 정말로 악하고 야박한가? 신흠이 보기에는 그렇지 않았다. 백성들은 가혹한 통치를 거부할 힘이 없었고, 그래서 곧이곧대로 받아들였다. 세금으로 얼마를 부과하든, 또 얼마를 더 뜯어가든 다 내놓았고, 아무리 원망스러운 마음이 들더라도 관에서 정한 기한을 넘기는 법이 없었다. 그런데 대체 뭐가 악하고 뭐가 야박하다는 것인가? 그래서 그는 본문의 말처럼 되물었던 것이다.

"백성이 악한 것인가, 백성을 다스리는 자가 악한 것인가? 백성이 야박한 것인가, 백성을 다스리는 자가 야박한 것인가?"

아무리 생각해보아도 백성은 착하고 후했다. 그는 그 자신이 벼슬아치로서 벼슬아치의 부정을 너무도 잘 알고 있었다. 그들은 공적인 영역뿐만 아니라 사적인 영역의 비용까지도 백성들에게 떠맡겼다. 뇌물로 바칠 비용, 처자의 생활비, 하인들에게 드는 비용 등을 죄다 백성들에게서 뜯어왔다. 그러나 백성들이 아무리 권리가 없어 당하고 있다지만 다스리는 자와 다스림을 받는 자이기 이전에 모두 인간이다. 그래서 그는 경고한다. 인간은 이익에 따라 움직인다고. 자기를 이롭게 해주면 따라가고 자기를 해치면 등지는 것이 사람의 마음이라고 말이다. 백성들이 당하는 학대가 임계치를 넘으면 관을 등지게 되는 건 당연한 수순이라고 보았다. 그러면서 관중管仲의 말을 인용한다.

"자기 자신을 나무랄 줄 아는 사람에 대해서는 백성들이 탓하지 못하고, 자기 자신을 나무랄 줄 모르는 사람에 대해서는 백성들이 탓한다."

아랫사람이 윗사람에게 책임을 물어 처벌할 권리가 전혀 없는 시대였음에도 그는 민본의 의미를 알았다. 뿌리가 뒤집히면 세상도 뒤집힐 수밖에 없다는 것을 말이다. 그래서 이 원리를 명심하고 자기 잘못을 스스로 돌아보라고 말한다. 스스로 돌아보고 스스로를 나무랄 줄 아는 사람은 강해지고, 그 죄를 남 탓으로 돌리는 자는 망하고 만다고. 그러면서 재미있는 원리를 하나 말한다.

"등 돌리기 전에 이롭게 해주면 등을 돌리려던 자가 마음을 돌이켜 다시 따르게 되지만, 이미 등을 돌린 뒤에 이롭게 해주면 그에게 돌아오려던 사람까지도 모두 등을 돌리게 되는 법이다."

이 말은 오늘날에도 정확히 들어맞는다. 윗사람이 된다는 것은 기꺼이 더 큰 책임을 진다는 뜻이다. 그러나 어쩐 일인지 세상은 위로 갈수록 책임은 지지 않고 권리만 챙기려 든다. 내 것도 내 것이고 네 것도 내 것이고, 그러나 잘못에 있어서만큼은 내 것이 네 것이라고. 신흠은 백성들에게 아무 권리가 없던 시대에도 그러다간 호되게 당하는 게 사람 사는 이치라는 걸 간파하고 있었는데, 오히려 민주국가인 대한민국에서 종종 이 이치를 놓치는 우를 범하곤 한다. 우리 국민은 사실 조용히 참는 것 같지만 전혀 참지 않는 유난한 국민성을 가지고 있다. 현대사 내내 줄곧 이어졌던 시위를 보면 알 것이다. 등 돌리기 전에 조금만 정신 차렸다면, 어쩌면 그 작은 괜찮음에 혹해 마음을 고쳤다고 믿고 다시 따라줬을지도 모르는데… 늘 지배층의 어리석음은 끝까지 가고 말았다.

신흠은 도의적 측면에서가 아니라 합리적으로 봐도 백성을 학대하는 것은 말이 안 된다고 충고한다.

"뇌물이 어디에서 나오는가? 재물에서 나온다. 그럼 재물은 어디에서 나오는가? 백성이 가지고 있다. 그렇다면 백성이 흩어진다면? 당연히 재물도 바닥난다. 권력은 어디에서 나오는가? 나라에서 나온다. 나라는 권력이 기대어 의지하는 곳이다. 그럼 나라가 망한다면? 당연히 권력도 없어진다. (벼슬아치들의 자세는) 털을 붙이려 하면서 먼저 가죽을 도려내고, 가지를 무성하게 하려 하면서 먼저 뿌리를 뽑는 것이니, 도무지 생각이란 걸 하지 않기 때문이다."

조금만 생각해도 절대 하지 않을, 절대 해서는 안 될, 스스로를 해치는 일을 스스로를 위하는 짓이라고 생각하고 지금 행하고 있다는 것이다. 백성들의 마음을 순하게 하고, 그 근심과 수고를 살펴 삶을 편안하고 즐겁게 해주고, 두려워 피하는 것을 고쳐서 삶을 보존하고 안정되게 해주는 것이 정치의 급선무인 까닭은 그것이 정부와 관료들이 가져야 할 올바른 자세이기 때문이기도 하지만, 가만히 생각하면 그렇게 해야 나라가 뒤집히지 않고 국가적 혼란이 발생하지 않아서 공직자 자신의 삶 자체가 안전해질 수 있기 때문이기도 하다. 민심이 선하고 후해져서 공직자에게 나쁠 일은 전혀 없지 않은가?

민본의 시대에도 민주주의 시대에도 평범한 한 사람 개인이 자신의 힘을 자각하는 일이란 거의 없다. 나라에서 어지간히 부당한 일을 벌여도 내 답답함과 내 한스러움이 어떤 큰 목소리가 될 수 있다고 생각하기는 쉽지 않다. 못 가진 게 죄라며 그냥 참고 말 때가 많다. 모래처럼 흩어져 모래처럼 힘없이 살아갈 때가 대부분이다. 그러나 참는 데에도 한계가 있는 법이다. '여기까진 참아주겠어'라고 선을 그어놓고 있다가 그 선을 넘기면 일어서는 것이 아니라 나도 모르던 한계선이 무너지니 더 이상은 삶 자체를 지속할 수가 없어 저절로 일어서게 되는 것이다. 이렇게 일어서면 모래는 어느새 찰흙이 된다. 엉겨 붙어 하나가 된다. 그렇게 되면 절대 무너질 것 같지 않던 벽도 모두가 하나되어 누르는 힘에 밀려 무너지고 만다. 4월 세월호의 눈물이 무너뜨린 벽을 생각해본다. 400여 년 전 신흠의 경고가 오늘날 역사에 그대로 반영되어 있다. 우리는 원래 선하고 후하다. 도의적으로든 합리적으로든 우리가 주인임을 인정하고 잊지 않는다면 우리는 앞으로도 계속 선하고 후할 것이다. 4월은 우리가 진짜 주인이 되지 못한 미안함과 후회와 서러움이 쌓여 이 나라를 새롭게 빚어낸, 눈물로 써낸 주인의 달이다.

6. 봄을 봄답게 간직하는 방법

봄은 조화의 자취입니다. 조화는 마음이 없어 만물에게 모든 것을 맡기고, 사사로이 무언가를 하려하지 않습니다. 그래서 봄은 붙잡아 간직해둘 수 없습니다. (중략) 봄은 봄이 생기는 때이고, 여름은 봄이 성장하는 때이며, 가을은 봄이 완성되는 때이고, 겨울은 봄을 간직해두는 때입니다.

夫春, 造化迹也. 造化無心, 付與萬物而不爲私焉.

부춘, 조화적야. 조화무심, 부여만물이불위사언.

然猶不可得而藏也.

연유불가득이장야.

(중략)

春則春之生也, 夏則春之長也, 秋則春之成也, 冬則春之藏也.

춘즉춘지생야, 하즉춘지장야, 추즉춘지성야, 동즉춘지장야.

기대승奇大升(1527년(중종 22)~1572년(선조 5)), 『고봉선생문집高峯集』 권2 '영원히 봄을 간직하는 법(장춘정기)藏春亭記' 중에서.

환경이 망가져 계절의 기온들이, 계절의 모습들이 기이해져 가고 있다. 어그러져 가는 환경이 계절의 아름다움을 앗아가고 있다. 아쉬움에 자연을 응시해본다. 어떻게 되돌릴 수 있을까? 손 놓고 있기엔 자연이 너무 아프다. 우리가 지금이라도 계절의 의미를 깨치려 노력한다면 사계절이 사계절다운 내일을 빚어낼 수 있을지도 모른다. 늘 그래왔듯 우리는 제멋대로 굴다가 세상을 망치기도 하지만 잘못을 깨닫고 뉘우치는 순간 길을 찾기도 하니까 말이다.

이 글은 유충정柳忠貞이란 사람이 '장춘정藏春亭'이란 정자를 지은 뒤 여러 명승지에서 지은 시들을 새겨 정자를 장식하고, 아울러 기대승의 글도 걸어 자랑하려고 글을 부탁해

와서 짓게 된 글이다. 이 정자의 이름은 '간직하다, 저장하다'라는 뜻의 '장藏', '봄'을 나타내는 '춘春'의 조합으로, '봄을 간직하다'라는 뜻이다. 기대승이 왜 정자의 이름을 이렇게 지었느냐고 묻자 유충정은 신이 나서 대답한다.

"봄바람이 불어 얼음이 녹으면 숨어 있던 벌레들이 나오면서 작은 양陽의 기운이 지상을 덮습니다. 그러다가 복사꽃이 피고 꾀꼬리가 울면 양의 기운이 가득해서 온갖 꽃이 피고 숲이 땅을 덮으며 고운 모습을 드러냅니다. (중략) 옛사람이 시름을 잊고 감상에 빠진 것은 정말 그럴 만합니다. 그러나 개구리가 울고 불의 신이 계절을 다스리게 되면 봄이 여름으로 바뀌니 봄을 간직할 수 없는 것이 사실입니다. 그렇지만 나의 정자는 그렇지 않습니다."

왜 그렇지 않다는 걸까? 유충정은 이 정자에 봄을 1년 내내 간직하기 위해 기이한 화초 수십 종을 모았고, 그 한 종마다 열 개씩 심었다. 그래서 이쪽 꽃이 지면 저쪽 꽃이 피고, 저쪽 꽃이 지면 이쪽 꽃이 피어 어느 계절이든 꽃이 만발하게 했으며, 상록수를 심어 모든 계절, 심지어 눈 속에서도 푸른빛을 볼 수 있게 했다. 정말 대단한 노력이다.

엄청나게 봄을 좋아했던 모양이다. 이렇게 자신의 정자에 1년 내내 봄을 간직할 수 있는 까닭을 자랑스럽게 말했는데, 기대승의 반응이 탐탁찮았다. 기대승은 이렇게 말했다.

"그대가 대단하긴 한데 놓친 게 있다. 천지의 조화에 따른 변화는 형체를 지닌 것들이라면 피할 수 없는 것이다. 봄은 6월이 되면 사라지니 어찌 그대 정자에 간직할 수 있는 것이겠는가? 예컨대 사람이 나이가 들면 얼굴에 주름이 없고 머리가 안 빠지고 근력도 여전하더라도 젊음 자체는 이미 오래 전에 사라진 것이다. 그런데 억지로 젊은이로 남아 있으려 한다면 잘못이 아니겠는가? (중략) 그대가 봄을 간직하겠다는 것도 이 비슷한 것이다. 봄은 조화의 자취다. 조화는 마음이 없어 만물에게 모든 것을 맡기고 사사로이 무언가를 하려 하지 않는다. 봄조차 간직할 수 없는데, 하물며 높은 공명과 부귀, 넘치는 재물 같은 없어지기 쉽고 사람들이 다투어 경쟁하는 것은 더 말할 필요 없지 않겠는가? 화려하게 쌓아두었던 것이 며칠 되지도 않아 먼지가 되어 순식간에 날아가니 붙잡아두기에 부족하다. 노심초사하고 급급해하면서 차지하려 애썼던 것들이 하루아침에 이 지경이 된다면 참 슬픈 일이지. 그러니 간직해서 무엇하겠는가?"

유충정이 "그럼 어떡하지요?"라며 걱정스레 물었다. 기대승의 대답이 참으로 멋지다.

　"주희朱熹 선생님이 사계절로 사람 본성의 네 가지 덕을 말씀하신 적이 있다. '봄은 봄이 생기는 때이고, 여름은 봄이 성장하는 때이며, 가을은 봄이 완성되는 때이고, 겨울은 봄을 간직해두는 때이다'라고. 계절엔 봄, 여름, 가을, 겨울이 있고, 여기에 맞춰 자연은 낳고, 자라게 하고, 거두고, 숨겨 간직해둔다. 인간은 봄을 상징하는 인仁, 여름을 상징하는 의義, 가을을 상징하는 예禮, 겨울을 상징하는 지智, 이 네 가지 덕을 갖는다. 이 네 가지 덕은 다시 안타까운 것을 보면 측은하게 여기는 마음, 부끄러움을 아는 마음, 겸양할 줄 아는 마음, 옳고 그름을 분간할 수 있는 마음이라고 표현해볼 수 있다. 이 네 가지 덕은 각각 다른 것 같지만 봄이 사계절의 핵심이듯 측은하게 여기는 마음이 모든 마음을 관통한다. 하늘이 나에게 준 것을 가지고 거꾸로 되짚어 생각해본다면, 봄은 간직할 수 없지만 간직할 수 없는 그 봄이 애당초 내게 없었던 적이 없음을 알게 될 것이다. 이 점을 음미하여 마음을 다 쏟으면 영원히 봄을 간직할 수 있지 않겠는가?"

　이렇게 멋지게 봄을 간직하는 방법이 있을 줄이야! '측은지심'이란, 예컨대 아기가 이리저리 기어다니다가 우물가 앞에 이르러 빠지기 직전인 상황을 목격한 사람이 이것저것 생각하지 않고 일단 아이를 위험에서 구해내고 보는 마음이다. 사람이라면 누구나 마땅히 그렇게 하지 않겠는가? 사람에게는 안타까운 것을 보면 그냥 지나치지 못하는 마음이 있다. 그것이 '봄'의 마음이다. 이 마음을 잘 간직한 사람이 있고 그렇지 못한 사람이 있을 뿐이다. 영원히 봄을 간직하는 것은 별것 아니다. 생명을 피어나게 하는 마음을 지니면 되는 것이다. 어려움을 겪는 생명에 기꺼이 손을 내미는 마음 하나만 잘 간직하면 내 봄은 영원히 내 안에 간직된다. 정말 찬란한 말이다. 지구가 망가진 것도 물질의 봄을 붙잡으려 마음의 봄을 놓쳤기 때문에 빚어진 결과가 아니겠는가? 세상이 빚어가는 마음이 아니라 마음이 빚어가는 세상을 꿈꾸어본다.

7. 나무 심는 사람

황린黃璘은 판서 황림黃琳의 형이다. (중략) 양주에 별장이 있었는데, 거기에 작은 정자를 짓고 그 뜰에 직접 해송海松을 심었다. 그때 나이가 54세였다. 동네 사람들이 모두 그를 말리면서 이렇게 말했다.

"해송은 늦게 자라서 수십 년이 걸려도 다 자랄지 어떨지 모릅니다. 이것은 정말이지 노년에 직접 심어볼 것이 아닙니다."

유몽인柳夢寅(1559년(명종 14)~1623년(인조 1)). 『어우야담於于野談』 제4편 「사회편」 중에서.

黃璘, 判書黃琳之兄也.

황린, 판서황림지형야.

(중략)

於楊州有別業, 構小亭, 手植海松樹于庭, 時年五十四.

어양주유별업, 구소정, 수식해송수우정, 시년오십사.

村人皆止之曰: "海松晚成, 不可以數十年期, 此豈宜耆年之手植者哉!"

촌인개지지왈: "해송만성, 불가이수십년기, 차기의기년지수식자재!"

벚꽃이 한창 만발할 즈음에는 새순들도 돋기 시작해서 알록달록 푸릇푸릇 세상이 정말 아름다워진다. 봄에는 식목일이 있다. 나무 심는 날, 4월 5일이 바로 그날이다. 하지만 요즘 식목일을 기억하고 나무 심는 사람은 사실 거의 없다. 산이 푸르른 게 너무 당연한 시절을 살고 있다. '산이 푸르지 않기도 하나? 나무가 없는 산도 있나?' 아마 다들 그렇게 생각할 것이다. 나에게도 산에 나무가 많은 것은, 그래서 산이 푸른 것은 너무 당연한 일이었다. 그러나 우리나라 식목의 역사를 알고 매우 놀랐다. 우리나라 산에 나무가 많은 것이 전혀 당연한 일이 아니었기 때문이다. 불과 몇십 년 전만 해도 우리의 산은 푸른 산이 아니라 붉은 산이었다. 풀조차 없어 붉은 흙이 고스란히 드러나 있는 민둥

산이었던 것이다.

앞에서 소개한 글은 황린이란 인물이 54세 때 해송을 심으며 벌어졌던 이야기를 다루고 있다. 예전에는 54살이면 노년이었고, 그래서 동네 사람들은 다 자라려면 오랜 시간이 걸리는 나무를 마당에 심으려는 황린에게 나무가 다 자라는 걸 못 볼 것이라며 말렸다. 수고했으면 수고의 결실을 누리고 싶은 것이 인지상정이니 동네 사람들이 말리는 것도 당연했다. 그럼에도 불구하고 황린은 마음먹은 대로 해송을 심는다. 황린은 자신을 말리는 사람들에게 이렇게 말한다.

"산비탈의 지혜로운 노파는 절굿공이를 갈아서 바늘을 만들었고, 우공愚公은 산을 옮겼지요. 모두 늙었다고 해서 뜻을 바꾸지는 않았어요. 사람의 일에는 '반드시'라는 말을 하기 어렵죠. 그러니 늙었다고 스스로 한계 두어서는 안 돼요. 더구나 내가 살아있을 때 끝을 보지 못하더라도 훗날 이것이 내 자식들과 손자들에게 이어질 것이니 그것도 나쁘지는 않죠."

멋진 말이다. 하늘도 이 말이 멋있다고 느꼈는지 그에게 긴 수명을 내려 해송을 누릴 수 있게 해주었다. 그는 87세까지 살았고, 해송은 그의 생전에 아름드리나무로 자라 가을이면 그 해송의 열매를 먹은 것이 여러 해라고 한다.

나무 심는 사람 황린을 보며 우리나라 나무 전문가들이 떠올랐다. 산이란 산은 죄다 붉은 산이었던 대한민국을 푸른 산으로 바꾸어놓은 나무 전문가들 말이다. 사실 우리 역사를 조금만 되짚어봐도 우리나라에 푸른 산은 가당치도 않은 일이란 것을 금세 알 수 있다. 일제 강점기 내내 수탈과 가난에 허덕였고, 해방 이후 얼마 되지 않아 한국전쟁 3년을 겪었다. 대한민국은 세계 경제 최하위의 극도로 가난한 나라였다. 먹을 것이 말 그대로 전혀 없어 풀뿌리와 나무껍질을 먹던 시절이, 해마다 보릿고개면 수많은 사람들이 굶주림으로 죽던 시절이 그리 멀지 않은 과거다. 게다가 우리나라는 4계절이 뚜렷해서 난방을 하지 않고 지날 수 없는 겨울이 1년이면 최소 넉 달이다. 얼어 죽지 않으려면 풀뿌리까지도 긁어모아 불을 때야 했다. 당연히 나무가 남아날 리 없다. 그리하여 우리의 산은 참혹할 정도의 민둥산이었다. UN은 한국전쟁 직후 그런 우리나라에 회생불가라는 평가를 내렸다.

그러나 지금 우리의 모든 산은 나무로 빽빽한 푸른 산이다. 회생불가의 미래를 인간의 힘으로 바꾼 것이다. 어떻게 우리는 불과 50~60년 만에 이런 극적인 변화를 이뤄낼 수 있었던 것일까? 정부가 정책을 만드는 노력도 필요하지만, 산림녹화는 나무의 개발과 인간의 의지가 함께 해야만 성공할 수 있다고 한다. 그저 열심히 심는다고 되는 일이 아니라 토양에 맞고 병충해를 잘 견디며 빠르고 건강하게 성장할 육종을 먼저 개발해야 하고, 나무에 인생을 걸고 헌신적으로 심고 가꾸는 사람이 필요한 것이다. 감사하게도 우리나라에는 그런 '사람'이 있었다. 바로 현신규 박사와 임종국 선생 같은 분들이다.

현신규 박사는 우리나라 최초의 임학박사로, 리기테다 소나무와 은수원사시나무를 개발했다. 당시 미국에 '리기다'와 '테다'라는 두 가지 종의 소나무가 있었는데, 리기다 소나무는 추위에 강하고 척박한 땅에서 잘 자라지만 생장 속도가 느리고 목질이 좋지 않다는 단점이 있었고, 테다 소나무는 목질이 좋고 빨리 자라지만 추위에 약하고 토질이 좋아야만 잘 자라는 단점이 있었다. 이 두 나무는 자연적으로는 잡종을 만들지 못하는데, 현신규 박사는 이 두 종을 교배할 수만 있다면 우리나라에 꼭 알맞은 기적의 소나무가 될 것이라고 생각해서 결국 인공교배를 성공시켰고, 그렇게 우리나라에 꼭 알맞은 새로운 소나무 종을 개발해냈다. 리기테다 소나무가 바로 그것이다. 심지어 이 나무는 병충해에도 강해서 덕분에 우리나라는 푸른 산의 초석을 다질 수 있었다. 또한, 우리나라는 산지가 많아 당연히 비탈도 많은데, 비탈에서는 나무가 뿌리내리기 어렵다. 현신규 박사는 유럽 토착종인 은백양나무와 한국 토종인 수원사시나무를 교잡해서 비탈에서 잘 자라는 은수원사시나무를 탄생시켰다.

이 나무들이 한국을 살렸다. 뿐만 아니라 미국과 오스트레일리아, 뉴질랜드도 살렸다. 1962년, 미 의회에 한국 원조에 대한 안건이 올라왔는데, 한국은 경제발전도 뒤처지고 정치도 불안하여 원조할 가치가 없으니 원조 예산을 삭감하자는 내용이었다. 그러나 이때 알렉산더 와일리^{Alexander Wiley} 의원이 보고서를 작성하여 반론을 펼치고 의회를 설득했다. 그 내용이 바로 현신규 박사의 리기테다 소나무에 관한 것이었다. 이 나무가 미국의 소나무와는 달리 추위에 강하고 성장도 빠르며 재질도 좋은데 현재 미국으로 들여와 일리노이주와 미시건주 탄광 폐색지를 녹화하고 있으니 한국에 지원한 자금원조는 전혀 헛된 것이 아님을 역설했고, 이로 인해 원조 삭감안이 부결되었다. 호주에서는 포플러나무가 녹병균 때문에 잎이 일찍 떨어지는 낙엽병이 심해 애를 먹고 있었는데, 은수원사시나무가 이 녹병균에 대한 저항성을 가지고 있고 생장도 아주 우수하다는 사실을 알고 이 나무를 요청해왔다. 현신규 박사는 당시 나무가 자라던 여기산의 이름을 따 '여기'란 이름을 붙여 호주에 보냈다. 아울러 뉴질랜드에서도 이 나무를 수입해 가서 사방공사에서 조림용으로 심고 있다.

또 다른 한 분인 임종국 선생은 사재를 털어 삼나무와 편백나무 숲을 조성했다. 전남 장성군에서 양잠과 특용작물을 재배해서 괜찮은 수입을 올리며 살고 있었는데, 어느 날 인촌 김성수 선생 야산에서 쭉쭉 뻗어 자라 있는 삼나무와 편백나무를 보고 우리나라 강산도 이렇게 될 수 있겠다는 생각에 1958년부터 본격적으로 조림을 시작했다고 한다. 끊임없이 사재를 털어 임야를 사들여서 나무를 심었다. 이를 본 주변 사람들이 조롱했으나 그의 신념은 변하지 않았다.

1968년 극심한 가뭄으로 나무들이 말라 죽을 위기에 처하고 실제로 말라 죽어가자 어깨가 피투성이가 되도록 물지게를 지고 산을 오르내리며 나무에 물을 줬다. 그 노력에 감동한 온 가족이 물지게를 졌고, 그 모습을 본 온 마을 사람들이 달려들어 물지게를 졌다. 그렇게 나무를 살렸다. 1971년까지 20여 년을 그렇게 조림사업에 몰두하는 동안 그가 나무에 투자한 비용이 거의 1억원에 달했다고 한다. 당시에 무려 1억원이라니 상상을 초월하는 액수다. 어느 시상식에서 그가 말한 바에 따르면, 자신이 심은 나무가 280만 그루에 달한다고 했다. 그중 편백나무가 250만 그루, 삼나무가 634,000그루, 밤나무가 5만 4,000그루였다. 한 사람이 마음에 품고 심어 가꾼 나무가 무려 이만큼이었다.

모두가 안 될 거라고 말하는 상황에서도 꿈꾸는 사람들이 있다. 자신의 욕심이 아니라 모두를 위해 기꺼이 자기 전부를 내던지는 사람들이 있다. 그리고 그들의 꿈과 희생으로 우리가 오늘을 누린다. 유몽인은 이 글의 말미에 이런 평을 남겨두었다.

"요즘 사람들은 늙기도 전에 뜻과 기개가 먼저 꺾이니, 추진하는 힘이 멀리 가지도 못할 뿐만 아니라 오래 인내하며 일을 이뤄내는 방법도 전혀 아니다."

한계가 보인다 해도 그것은 오늘의 추측일 뿐이다. '그 럼에도 불구하고' 뛰어든 사람들이 미래를 바꿨다. 푸른 강 산을 더 깊은 눈과 더 감사한 마음으로 바라보며 더 아끼고 사랑해야겠다. 세상에 당연히 주어지는 건 없다. 우리의 푸 른 산은, 사람의 손으로 붉은 산을 바꾸어 이룬 것이다.

8. 어떤 선비의 가정교육

고반룡이 말했다.

"사람은 재주가 없는 것을 근심할 것이 아니니, 지식이 진전되면 재주도 진전된다. 사람이 국량이 넓지 않은 것을 근심할 것이 아니니 견문이 넓어지면 국량도 커진다. 모두 배움에서 얻어진다."

高攀龍曰, 人不患無才, 識進則才進;

고반룡왈, 인불환무재, 식진즉재진;

不患無量, 見大則量大.

불환무량, 견대즉량대.

皆得之學也.

개득지학야.

―

이덕무李德懋(1741년(영조 17)~1793년(정조 17)). 『청장관전서青莊館全書』권 28 「사소절士小節」 중에서.

5월은 계절의 여왕이기도 하지만 가정의 달이기도 하다. 요즘도 집집마다 가훈이 있을까? 초등학교나 중학교에서 이따금 가훈을 알아오라는 숙제를 내준다. 그러면 대체로 한 줄, 혹은 길어야 두세 줄 정도를 적어간다. 액자로 만들어 집에 걸어두기에는 한 줄이 좋긴 하다. 예전에는 어땠을까? 가훈이 무려 '한 권'이기도 했다. 율곡 이이의 『격몽요결』도 일종의 가훈서다. 유명한 선비들은 가훈을 조목 별로 세세하게 나열하여 한 권씩 쓰기도 했다. 이 글이 포함되어 있는 『사소절』도 일종의 가훈이다. 오늘날 가훈은 한 가족으로서 '함께 마음에 지니고 살 중요한 한마디' 정도지만 조선에서 가훈은 집안에서 작성한 일종의 윤리서의 성격을 띠었기 때문에 매우 길었다. 가정교육의 '끝판왕'이라고 할 수 있겠다. 자신이 배우고 공부하고 깨달았던 것을 집대성해서 나와 내 자손들의 삶을 바르게 이끌어줄 지침서로 만들었던 것이다.

'사소절'은 사족士族, 즉 선비가 일상에서 지켜야 하는 절목들이란 뜻이다. 조선에 본격적으로 유학적 기풍이 자리 잡기 시작하면서 『소학小學』이 크게 대두되었는데, 이것이 중국 송나라 때 편찬되었기 때문에 시대가 다르고 나라가 다르고 환경이 달라서 일상 윤리서로 활용하기에 좀 부족한 점이 없잖아 있었다. 이덕무는 이 점을 안타깝게 여겨 스스로 『사소절』이란 책을 집필하게 되었다. 그런데 이 책에는 아주 흥미로운 특징이 있다. 지은이인 이덕무가 당시 신분제로는 출세에 한계가 분명했던 서자 출신이기 때문에 갖는 특징이다. 양반은 아니지만 그렇다고 평민도 아니고, 사士·농農·공工·상商의 신분으로 치자면 '사'에 속하지만 사대부는 아니고, 관직에 나아가지 않거나 혹은 나아가지 못하면서, 관료가 아니고 꼭 관료를 꿈꾸지는 않지만 공부를 업으로 삼아 힘을 쏟는 계층이 써낸 윤리서인 것이다. 잘나가는 집안 출신으로 앞으로 당연히 관료가 될 사람이었다면 이 책의 내용이 전혀 달라졌을지 모른다. 정치적 책무에 대해 가르치고 있을지도 모른다. 그러나 이 책은 수신修身을 목표로 한다. 계층의 애매한 경계가 담겨 있다. 이덕무의 공부는 철저하게 나를 잃지 않기 위해 하는 공부였고, 아웃사이더였지만 세상을 포기하지 않고 세상을 고민하고 세상에 도움이 되기 위해 고민한 공부였다. 시간을 투자한 만큼 얻을 것이 있느냐를 먼저 계산하고 공부를 시작하는 오늘날 모습과는 사뭇 다르다.

『사소절』은 엄청날 정도로 꼼꼼하게 일상의 모든 면들을 다루고 있는데, '사전士典'이라 해서 선비가 지켜야 할 것들, 그리고 '부의婦儀'라 해서 아녀자들이 지켜야 할 것들, 마지막으로 '동규童規'라 해서 아이들이 지켜야 할 것들로 나누고, 일상에서 맞닥뜨릴 수 있는 교육, 오륜, 마음씀, 몸가짐, 의복, 음식 등등 온갖 세세한 주제를 총 924개 항목에 걸쳐 기술하고 있다. 이렇게까지 세세해도 될까 싶을 정도로 세세해서 더욱 읽는 재미가 있다. 몇 가지 예를 들어보겠다.

"농사짓고, 나무하고, 고기 잡고, 짐승 치는 일은 원래 본분이다. 목수의 일, 미장이의 일, 대장장이의 일, 옹기장이의 일에서부터 새끼 꼬는 일, 신 삼는 일, 그물 깁는 일, 발 엮는 일, 먹과 붓을 만드는 일, 재단하는 일, 책 매는 일, 술 빚는 일, 밥 짓는 일에 이르기까지 인생이 일상생활에 필요로 하는 일은 효도와 공경, 오륜과 더불어 행하고 폐지할 수 없는 것이니, 재주와 능력에 따라 글 읽고 수신하는 여가에 때때로 배워 익혀야 하며, 조그만 기술이라고 해서 우습게 봐서는 안 된다. 그러나 마음을 쏟은 나머지 거기에 빠져 헤어나오지 못한다면 또한 크게 잘못하는 것이다."

이 책에서 그는 가난한 선비는 생업을 영위해야 한다고 말한다. 사실, 우리가 생각하는 것과는 달리 남 부리는 양반은 그리 많지 않았다. 대개는 가난했다. 그래서 이덕무는 가장은 먼저 가계를 돌보아야 한다고 말한다. 그는 선비의 일로 '부모에게 효도, 어른 공경, 낮에는 농사, 밤에는 독서' 이 네 가지를 꼽고, 행실이 아름다운 친구가 있으면 사례를 인용하곤 했는데, 그중에 유정모란 인물은 밭을 짜고 새끼를 꼬며 가지와 포도를 심어 그것을 팔아 생활했다면서, 가족이 모두 생업에 열심히 종사했고 그래서 가난했지만 굶주리는 일이 없었다며 미담으로 적어두었다. 조선 선비의 새로운 모습이다.

한편, 서울의 사치스런 풍속에 대해서도 일침을 가한다.

"요즘 풍속을 보면, 서울의 부인들은 베 짜는 법을 모르고 사대부 부인들은 밥 짓는 법을 알지 못하니, 모두 비루한 풍습이다. 베 짜고 밥 짓는 일을 부끄러운 것으로 생각하니 이들을 부인이라고 할 수 있겠는가?"

이때도 지금처럼 아이들이 머리가 굵어지면 말을 안 들었던 모양인지 다음과 같은 내용도 있다.

"어느 집안이든 자제들이 머리가 좀 굵어지면 어른이 쉽게 일을 시키지 못한다. 자제들도 편안한 것에 버릇이 들어 어른을 위해 이부자리를 마련하고 정리하는 것도 자기들을 괴롭히는 일로 여긴다. 이것은 서로 남인 양 구분하는 틀이 잡히기 시작한 것이니 절대 안 될 일이다."

부부 사이에서도 예의를 지킬 것을 권한다.

"부부는 작은 잘못도 서로 쉽게 알 수 있는 사이다. 그래서 서로 뭐라 하는 일이 쉽게 생긴다. 그러나 조용히 주의를 줄 일이지 큰소리를 내고 사나운 얼굴을 하며 서로 나무라고 원망해서는 안 된다. 이렇게 하면 부모가 걱정하고 자녀들이 상심한다. 위로 부모를 생각하고 아래로 자녀를 안쓰럽게 여겨 각각 뉘우치고 반성해서 사이좋게 지내려고 노력해야 한다."

남의 집에 갔을 때 조심해야 할 일도 언급한다.

"남의 집에 갔을 때 앉은 자리 주변에 편지 조각이 있거든 주워서 읽어서는 안 된다. 책상에 달력이 있거든 뒤져 보아서는 안 된다. 거기에는 장부처럼 개인의 사사로운 기록들이 많이 있기 때문이다. 천장이나 벽, 그리고 방구들에 붙은 종이에 은은히 비치는 글자도 눈여겨보아서는 안 된다."

"남의 집에 가거든 그 집이 소장하고 있는 책이든 물건이든 보자고 요구해서는 안 된다. 남에게 보일 수 있는 물건이 아니라면 주인이 부끄러워하고 무안해할 뿐만 아니라 그것을 요구한 내 마음 역시 불안하지 않겠는가? 경계하고 경계하라."

더 보여주지 못해 안달인 요즘의 텔레비전 프로그램이나 개인방송들과는 사뭇 다른 말씀이다. 우리는 타인의 사생활에 지나치게 관심이 많다. 그렇다고 남의 일기나 스마트폰을 훔쳐봐서는 안 될 일이다. 단지 조회수 때문에 너무 쉽게 사적인 영역을 공개하는가 하면, 타인의 사생활을 들여다보는 것을 자연스럽게 생각하는 것은 아닌지 생각해볼 필요가 있다.

음식을 먹을 때 주의해야 할 사항도 적어두었는데, 그가 요즘 먹방을 본다면 기절할지도 모르겠다.

"상추, 취, 김 따위로 쌈을 싸먹을 때는 손바닥 위에 직접 놓고 싸지 말라. 방만한 행동이 보기 좋지 않기 때문이다. 쌈을 쌀 때는 먼저 숟가락으로 밥을 뭉쳐 떠서 그릇 위에 가로 놓은 다음 젓가락으로 쌈 두세 잎을 집어다가 뭉쳐놓은 밥 위에 단정히 덮고, 숟가락을 들어서 입에 넣은 다음 장을 찍어서 먹는다. 그리고 입에 넣을 수 없을 정도로 크게 싸서 볼이 불거져 보기 싫게 만들지 말도록 하라."

정말 세세하지 않은가? 남에게 베풀 때 인색하지 말 것,

칭찬을 할 때도 눈치를 봐가며 할 것 등 정말 많은 항목을 꼼꼼하게 다루고 있다. 가난하지만 최선을 다해서 품위를 지키려 한 그의 모습이 보인다. 그렇다. 이 책을 읽으면 무엇보다 그의 '품위'가 보인다. 이덕무는 이 책이 『소학』을 대체할 규범서가 되길 바라며 자신이 지금까지 공부한 모든 것을 털어 넣어 만들었다. 알아주지 않아도 사회를 위해 자신이 할 수 있는 것에 매진하는 지식인의 모습이 멋지다. 세상의 부족한 부분에 자신의 지식을 쏟아 넣고, 앞으로 세상을 살아갈 젊은 세대를 위해 어른이 해줄 수 있는 일을 한 것이다. 이렇게 꼼꼼한 가정교육이 또 있을까? 배운다는 것, 그리고 자신을 확장시킨다는 것에 대해 새롭게 생각해보게 하는 책이다. 지식은 출세와 화려한 내일을 위해서만 필요한 것이 아니다. 우리나라처럼 교육열이 높은 나라에서 그 많은 돈을 들여 애써 배운 것들이 이렇게 가족을 향해, 그리고 다음 세대를 향해 전해질 수 있다면 우리 아이들과 우리나라가 얼마나 멋진 미래를 가지게 될까. 이덕무의 마음결을 고요히 묵상하며 배워본다.

9. 작은 사악함 VS 큰 사악함

마포 지역은 물가여서 벌레와 뱀이 많다. 내가 나갔다 집에 와 보니, 어린 종이 큰 뱀 두 마리를 잡더니 이내 놔주고, 작은 뱀 두 마리를 잡더니 둘 다 죽여버리는 것이 아닌가? 궁금해서 그 까닭을 물었더니 그 아이가 이렇게 답했다.

"큰 뱀은 영물이라 죽이면 안 됩니다. 죽이면 사람에게 복수하거든요. 작은 놈은 죽여도 복수를 못하죠."

西湖近水, 多虫蛇, 余至寓舍, 家僮執二大蛇放之, 執二小蛇殺之.
서호근수, 다충사, 여지우사, 가동집이대사방지, 집이소사살지.

問其故, 云: "蛇之大者有靈, 不可殺. 殺之, 報人;
문기고, 운: "사지대자유령, 불가살. 살지, 보인;

小者, 殺之, 不能報人."
소자, 살지, 불능보인."

심익운沈翼雲(1734(영조 10)~?). 『백일집百─集』 중 2책 「백일문집百─文集」
'크기에 따라 달라지는 대우(대소설)大小說' 중에서.

5월엔 절대 잊을 수 없는 날이 있다. 바로 5·18 민주화운동 기념일이다. 오늘 우리나라가 이름만이 아니라 실제로도 민주주의를 실현하며 살 수 있게 된 데에는 광주 시민들의 위대한 희생이 있었다. 매년 5월 18일이 되면 광주 시민분들께 감사한 마음과 함께 우리가 앞으로 후세에 물려줘야 할 제대로 된 민주주의에 대해 다시 한 번 진지하게 생각하고 책임의식을 느끼게 된다. 힘 있는 자나 힘 없는 자 모두 동의할 수 있는 정의와 자유, 그것이 지금 우리나라에는 제대로 실현되고 있는가? 사실 아직 1980년 광주에 그 끔찍한 일을 자행했던 정부와 관련자들이 제대로 처벌받지 않았다. 아직 그때의 모든 일이 제대로 다 밝혀진 것도 아니다. 그렇다면 우리는 여전히 민民이 온전히 주인이 된 세상을 구현하지 못하고 있는 것이다. 우리가 체감하는 법의 온도는 유전무죄, 무전유죄 혹은 유력무죄, 무력유죄를 벗어나지 못하고 있기 때문이다. 여전히 주춤거리고 있는 우리나라 정의의 현실, 어디로 가야 하는 걸까?

이 글을 제대로 이해하기 위해서는 지은이 심익운의 일생에 대해 알 필요가 있다. 그는 뛰어난 재능을 가졌으나 정쟁의 한복판에서 모든 꿈이 좌절되어야 했던 인물이다. 소론 명문가 출신인데다가 과거시험에서 장원급제를 할 정도로 뛰어난 재주를 가지고 있었기에 장래가 촉망되는 젊은 날을 보냈다. 그러나 이후 펼쳐진 그의 앞날은 어둡기 그지없었다. 가족사의 불행이 그의 발목을 잡았다. 먼저 그의 발목을 붙잡은 건 그의 고조할아버지였다. 영조가 세자였던 때, 고조부인 심익창沈益昌이 영조를 시해하려는 시도였던 신임사화에 적극적으로 가담했던 것이다. 그러나 결국 영조는 즉위했고 심익창은 빼도박도 못하는 역적이 되었다. 그래도 어찌어찌 이 사건이 해결되었지만, 그 다음으로 그의 형 심상운沈翔雲이 발목을 잡았다. 정조가 세손이었던 때 대리청정을 하게 되자 심상운은 이 대리청정이 부당하다는 글을 올렸다. 정조의 즉위에 반대하는 쪽에 섰던 것이다. 그러나 결국 정조는 즉위했고, 심상운은 국문을 받고 처형되었다. 이때 심익운도 형의 죄에 연좌되어 흑산도로 유배되었다가 육지 상인들과 내통하여 서울에 연락을 취할 수 있다고 하여 다시 제주도 대정현으로 이배되었다. 이후 그는 이곳에서 일생을 마친 것으로 추정된다. 그가 자신의 이런 처지를 얼마나 비통해했는지는 그가 아들이 태어나자 썼던 시에 잘 드러나 있다.

낙우가 태어나다

서른에 아들을 낳는 건 괜찮지만
총명한 아들 낳은 건 괜찮다 못하겠네
앞으로 미련해질 모습 있는지 보려고
한밤중 도리어 촛불 들고 살펴보네

지금 부모들이라면 절대 이해할 수 없는 시가 아닐까? 총명한 아들이 미련해지기를 바라다니… 총명한 아이라면 반드시 세상을 향해 꿈을 키울 텐데, 그렇게 되면 아비가 짊어진 불행이, 그리고 벗어내지 못할 집안의 불행이 아들의 족쇄가 될 것이라 생각했던 것이다. 벗지 못할 그 족쇄

안에서 발버둥치느라 지치고 힘들게 살아야 할 아들의 삶이 그의 눈앞에 훤히 그려져 숱한 밤 잠 못 이루고 잠든 아들의 얼굴을 눈물로 쓸어내렸으리라… 이런 삶 속에서 빚어낸 그의 글은 날카롭다. 좌절을 드러내고, 현실을 지적하며, 세태를 풍자한 글들이 많다.

앞에서 소개한 글도 그렇다. 날카롭고 예리하다. 읽는 순간, '그래 맞아! 그렇지!'라는 생각이 든다. 사람은 미물을 쉽게 죽인다. 하루살이 같은 작은 벌레를 죽이는 건 아무 일도 아니다. 그러나 크기가 큰 생명체 앞에서나 붉은 피가 눈에 보이면 움츠러든다. 내가 죽이는 대상의 '보복'을 생각하게 된다. 어떤 생명체든 하나뿐인 목숨인 건 똑같은 이치건만 우리는 그 크기로 생명의 경중을 나눈다. 동식물은 물론이고 같은 인간에 대해서도 마찬가지다. 은연중에 생명의 등급을 나누는 것이다. 심익운은 지적한다.

"뱀은 사악한 짐승이니, 큰 뱀은 사악함도 클 테지만 작은 뱀은 사악함도 작을 것이다. 그런데 지금 큰 뱀은 사악함이 크다고 죽음을 면하고 작은 뱀은 사악함이 작다는 이유로 도리어 죽임을 당하는구나!"

맞는 말이다. 뱀이 사악해서 죽인다면 큰 뱀부터 죽이는 게 맞다. 그 사악함을 없애기 위해 죽이는 것이라면 큰 사악함을 먼저 처단해야 합당하지 않겠는가? 그러나 사악해서 죽인다면서 오히려 작은 사악함에 대해서만 용기와 과단성을 발휘한다. 작은 사악함은 여지없이 처단하면서 큰 사악함은 무서워서 그냥 놔둔다. 그렇다면 뱀을 죽인 이유에는 아무 의미가 없는 것이다. 심익운은 이런 현상을 사람 사이의 관계에도 적용한다. 이 글은 이렇게 이어진다.

"사람도 마찬가지다. 크게 사악한 자는 그 악이 크기 때문에 힘을 갖게 되고, 도리어 사악함이 작은 자가 죽임을 당하게 된다. 그러나 선함에 있어서는 다르다. 크게 선한 경우는 알려지지 않고 작게 선한 경우만 소문이 난다. 그렇기 때문에 커다란 충忠은 상을 받지 못하고 작은 충은 상을 받으며, 크게 현명한 자는 세상에 쓰임 받지 못하고 작게 현명한 자는 세상에 쓰임 받는다. 이것이 어찌 선과 악이 크기에 따라 행·불행이 있는 것이 아니겠는가?

몇 마디 더 하자면, 어마어마한 도둑인 도척盜跖은 죽이지 않고 담이나 넘은 좀도둑은 찢어 죽이며, 살인자는 놔두고 베 두 필 훔친 자는 죽이며, 힘깨나 쓰는 아전이 공갈

하면 힘없는 백성은 삶이 망가진다. 한마디 더 해볼까? 공자와 묵자는 조정에서 벼슬하지 못하고, 별것 없는 유생은 승승장구하며, 천하에 이름 높은 예장豫章 나무는 버려두고 말뚝으로 대들보를 삼는다. 지금 이 백성들은 누구를 격려하고 누구를 징계할 것인가?"

오늘날을 다시금 돌아보게 하는 내용이다. '한 명을 죽이면 살인자이지만 수백, 수천 명을 죽이면 영웅이 된다'는 말이 있다. 어떤 영화에는 '한 명을 죽이면 살인자가 되지만 100만 명을 죽이면 정복자가 되지!'라는 대사가 나온다. 심익운은 정확히 이런 세태를 지적하고 있다. 정작 엄히 처단해야 할 사람은 수백, 수천, 수만을 죽인 사람인데, 우리는 되레 그런 경우에 처하면 그 사람의 힘이 무서워 덜덜 떨다가 시간이 지나면 그를 영웅으로 추앙하기도 하고, 그의 힘을 숭배하며 그를 받아들인다. 역사를 통해 숱하게 보아온 인간사의 모습이다. 요즘도 다르지 않다. 검찰개혁과 사법개혁과 언론개혁의 목소리가 괜히 높겠는가?

2018년 10월 우리를 몸서리치게 하는 사건이 발생했다. '강서 피시방 살인사건'이라 불린 이 사건은 단지 화가 난다는 이유만으로 무려 피시방 직원을 칼로 32번이나 찔러 사망하게 한 사건이었다. 그 사람은 엄히 처벌받아야 한다. 그래서 그에게는 법정 최고형인 사형이 구형되었다. 하지만 그가 사형을 구형받았다면, 나라를 마음대로 주무르며 수많은 젊은이들과 무고한 시민들을 죽음으로 몰고 가고 그들에게서 미래를 빼앗은 사람에게는 어떤 처벌이 내려져야 옳을까? 그러나 우리는 그런 자들에게 내려진 형량이 얼마나 보잘것없는지 잘 알고 있다. 구운 달걀 18개를 훔친 일반인에게는 징역 18개월이 구형되었는데 마약을 밀반입한 유명인사의 딸은 집행유예에 그쳤다. 듣기만 해도 기운 빠지는 이런 예들이 우리 사회에는 여전히 안타까울 정도로 많다. 돈과 권력에 의해 몸체를 바꾸는 정의가 정의일 수 있을까?

선한 일도 마찬가지다. 진짜로 크게 선한 일이란 그 혜택이 다수에게 돌아가는 것이니 '정의'에 해당할 것이고, 작게 선한 일이란 소수가 행복한 일이니 '자비'에 해당할 것이다. 옳은 것을 옳다 말할 수 있는 세상은 시혜가 아닌 평등함으로 자신의 삶을 자유롭게 영위해가는 정의가 구현된 세상이다. 자비는 아름답지만 옳은 것을 옳다 말하는 세상을 만들지 못한다. 자비는 평등보다는 시혜에 가깝다. 우리는 정의를 위해 투쟁했던 이들, 혹은 여전히 투쟁하고 있는 이들에 대해 모두가 응원하고 그들에게 고마워하는 세상을 아직까지도 완전히 만들지 못했다. 그러나 작은 자비에 대해서는 너나 할 것 없이 입에 침이 마르도록 칭찬한다. 자비가 옳지 않다는 건 아니다. 자비 역시 옳고 아름다운 일이다. 그러나 그보다 더 큰 선함이 더욱 칭송받고 대우받아야 하지 않을까. 우리는 옳지 않은 것에 대해 날카롭게 지적하는 이들은 부담스러워하면서 기술적 지식을 현란하게 드러내는 사람들에 대해서는 천재라며 찬사와 경외를 아끼지 않는다. 그러나 세상은 자신의 지혜를 총동원해 불의에 맞서는 지혜로운 이들 덕분에 살만한 곳이 되어 왔다. 선과 악에 대한 관점이 두려움을 떨쳐내고 제자리를 찾는다면, 이 세상은 심익운의 아들처럼 불행한 집안에서 총명하게 태어난 아이들이 '차라리 미련할걸… 이런 빌어먹을 세상…'이라며 절망하거나 고통받지 않는 새로운 세상으로 거듭날 수 있을 것이다.

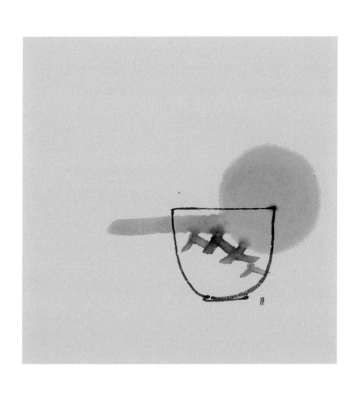

10. 1만 번은 읽어보았는가?

「백이전伯夷傳」은 11만 3,000번을 읽었고, 「노자전老子傳」·「분왕分王」·「벽력금霹靂琴」·「주책周策」·「능허대기凌虛臺記」·「의금장衣錦章」·「보망장補亡章」은 2만 번을 읽었다.

伯夷傳讀一億一萬三千番, 老子傳·分王·霹靂琴·周策·
백이전독일억일만삼천번, 노자전·분왕·벽력금·주책·
凌虛臺記·衣錦章·補亡章讀二萬番.
능허대기·의금장·보망장독이만번.

무시무시한 글이다. 여러분은 마음에 드는 글을 몇 번까지 반복해서 읽어봤는가? 아무리 많아도 10번쯤? 인생을 걸 책이면 30~40번쯤? 책 한 권을 서너 번만 읽어도 얼마나 자랑하는데 이 글의 지은이는 스케일이 달라도 너무 다르다. 무려 만 단위로 얘기하다니. 그동안 지적으로 자만했던 것을 절로 반성하게 되는 순간이다.

김득신은 조선 후기의 이름난 문인이다. 그런데 이렇게 문장으로 이름나기까지는 사연이 있다. 할아버지가 임진왜란 때 진주대첩을 이끈 김시민金時敏 장군이다. 아버지 김치金緻도 대사성, 동부승지, 경상도 관찰사 등을 지내는 등 집안이 좋았다. 얼마든지 공부하고 공부한 만큼 장래가 창창

한 환경이었다. 그런데 이게 웬일인가? 어린 김득신이 천연두에 걸린 것이다. '호환마마'보다 무섭다고 할 때 '마마'가 바로 천연두다. 당시에는 앓으면 거의 모두 사망에 이르는 엄청나게 무서운 병이었다. 죽음의 목전까지 갔으나 다행히 나았다. 그런데 이 무서운 병을 호되게 앓아서인지 두뇌발달에 문제를 겪었다. 미련하고 굼뜨고 둔했다. 10살이 되도록 글을 잘 읽어내지 못했다.

하지만 그에게는 끈기라는 장점이 있었다. 노력의 달인이었다. 그는 39세 때 진사시에 낮은 성적으로 겨우 합격했고, 대과는 그로부터 20년 뒤인 59세 때 그것도 병과 19등이라는 그리 좋지 않은 성적으로 합격했다. 그는 34세 때부터 본격적으로 글다운 글을 읽기 시작했다고 한다. 이 글은 그가 이때부터 읽기 시작해서 67세까지 34년간 읽은 고문의 목록과 횟수를 적어놓은 것이다. 특히 앞에서 언급했듯이 「백이전」을 11만 3,000번이나 읽었는데, 당시에는 10만을 '1억'이라고 했으므로 그는 자신의 서재 이름을 '억만재億萬齋'라고 지었다.

이 같은 노력 끝에 그는 특히 시詩에 뛰어난 능력을 보였다. 본인이 시를 잘 짓기도 했고 타인의 시를 평가하는 눈도 뛰어났다. 당시 한문사대가로 꼽혔던 이식李植으로부터 "그대의 시문이 당금의 제일"이라는 평을 들으면서 이름이 세상에 알려지기 시작했고, 그 노력과 성취로 많은 이들의 인정을 받는 인물이 되었다.

그럼, 1만 번이 읽기의 기준이 되는, 그의 어마어마한 노력이 드러나는 독서목록들을 한 번 살펴볼까? 「백이전」 11만 3,000번, 「노자전」 등 2만 번 외에 어떤 글들을 몇 번씩이나 읽었을까?

"「제책齊策」, 「귀신장鬼神章」, 「목가산기木假山記」, 「제구양문祭歐陽文」, 「중용서中庸序」는 1만 8,000번, 「송설존의서送薛存義序」, 「송원수재서送元秀才序」, 「백리해장百里奚章」은 1만 5,000번, 「획린해獲麟解」, 「사설師說」, 「송고한상인서送高閑上人序」, 「남전현승청벽기藍田縣丞廳壁記」, 「송궁문送窮文」, 「연희정기燕喜亭記」, 「지등주북기상양양우상공서至鄧州北寄上襄陽于相公書」, 「응과목시여인서應科目時與人書」, 「송구책서送區冊序」, 「마설馬說」, 「오자왕승복전圬者王承福傳」, 「송정상서서送鄭尙書序」, 「송동소남서送董邵南序」, 「후십구일부상서後十九日復上書」, 「상병부

이시랑서上兵部李侍郎書」, 「송료도사서送廖道士序」, 「휘변諱辨」,
「장군묘갈명張君墓碣銘(당하중부법조장군묘갈명唐河中府法曹張君
墓碣銘)」은 1만 3,000번,「용설龍說」은 2만 번,「제악어문祭鰐魚
文」은 1만 4,000번을 읽었다. 도합 36편이다."

그리고 덧붙여 둔 말은 우리를 더욱 주눅 들게 한다.

　"사마천의 『사기史記』, 반고班固의 『한서漢書』, 『중용』과
　『대학』은 많이 읽지 않은 것은 아니지만 1만 번을 읽은 것
　은 아니어서 '독수기讀數記'에 싣지는 않았다."

그의 독수기는 그러니까 '1만 독 클럽'인 셈이다. 이렇
게 읽는다면 아무리 어리석고 머리가 트이지 않아 더디 배
우는 사람이라도 글과 책이 어찌 그 길을 열어 보여주지 않
겠는가? 김득신에게는 이해력이든 문장력이든 창의력이든
재능과의 싸움이 아니라 노력과의 싸움, 그러니까 자기 자
신과의 싸움이었던 것이다. 물론 위에서 그가 나열한 글들
은 '책'이 아니라 '글'이다. 아마도 문장을 익혀야 했던 조선
의 선비들이 문장 공부를 하기 위해 교본으로 삼았던 글들
이 저 36편이 아닌가 한다. 그가 가장 많이 읽은 「백이전」

은 사마천의 『사기』에 실려 있는 한 편의 글이고, 「노자전」 역시 『사기』에 실려 있다. 이 외에도 『전국책戰國策』에 있는 글, 한유, 소식, 유종원 등 문장가의 문집에 실려 있는 글 중에서 그가 문장을 배우기에 좋은 글들을 특별히 발췌해서 곁에 두고 보고 또 보기를 반복했던 것이다.

그는 자신이 이 글들을 선택한 이유에 대해 이렇게 밝히고 있다.

"「백이전」,「노자전」,「분왕」을 읽은 것은 글이 넓고 크며 변화가 많아서이고, 유종원의 문장을 읽은 것은 글이 정밀해서이며,「제책」과 「주책」을 읽은 것은 기발하고 특별한 맛이 있어서이고,「능허대기」,「제구양문」등 소식의 글을 읽은 것은 그 뜻이 심대해서이며,「귀신장」,「의금장」,「중용서」와 「보망장」등 『중용』과 『대학』의 글을 읽은 것은 그 이치가 명확하고 논리정연해서이고, 소순의 「목가산기」를 읽은 것은 그 웅혼함 때문이며, 『맹자』의 「백리해장」을 읽은 것은 그 말이 간략하면서도 뜻이 깊어서이고, 한유의 글을 읽은 것은 광대하면서도 진한 맛이 있기 때문이다. 그러니 이러한 여러 편들의 각각의 문체를 읽는 것을 어찌 그만

둘 수 있겠는가?"

　지독한 노력이다. 내가 한문을 처음 배우기 시작했을 때 선생님들께서 문리文理가 트이려면 『논어』 2,000독, 『맹자』 1,000독을 해야 한다고 말씀하신 적이 있었다. 옛날 선비들은 그렇게 읽었다면서 말이다. 그렇게 읽으면 못 외울 글이 무엇이 있겠는가? 예전 선비들은 아침에 일어나 식전에 『맹자』 전체를 암송하고 하루 일과를 시작했다는데, 이렇게 죽자사자 읽으면 그 내용과 문형이 내 안에 완전히 자리를 잡고도 남는다. 유명한 선비들 중에 『맹자』 1,000번을 읽으며 이치를 깨쳤다는 분들이 꽤 있다. 윤동주 시인의 스승이자 북간도 독립운동의 선구자인 김약연 선생은 맹자를 1만 번 정도 읽어 맹자에 정통한 유학자로도 유명했다. 임진왜란 직전에 서애 유성룡의 형이 유성룡의 사가독서 기간에 『맹자』 1,000독을 권한 일도 있었다. 그렇게 하면 다른 글들이 보이기 시작한다는 것이다. 물론 나 역시 한문을 하지만 1,000독 근처에도 못 갔다. 매일 횟수를 정해놓고 읽는다고 한들 어느 세월에 1,000독을 하겠는가. 현시대를 사는 사람들은 아무리 좋아하는 책, 아무리 절실한 책, 아무리 자기 신조로 삼는 책이라도 1,000번은 못 읽을 것이다.

어떤 글이라도 김득신처럼 읽으면 다 외우고도 남는데, 그렇다면 다 외운 글을 왜 또 읽었을까? 우리는 '안다'는 생각이 들 때 교만해져 기본을 놓아버린다. 김득신이 이처럼 글을 반복해서 읽은 것은 글에 대한 겸손함 때문이 아닐까? 한 글자 한 글자, 한 문장 한 문장 곱씹으며 글의 내용과 형식은 물론, 그 깊이와 넓이를 하나하나 되짚어보는 것이다. 동시에 나의 글과 생각도 점검하며 부족한 부분과 넘치는 부분을 스스로 찾아내 보는 것이다. 익숙한 자신의 전문 분야를 이제 막 새로운 세상을 접한 어린아이처럼 낯설게 바라보고 단련하고 또 단련하는 것, 대가는 그렇게 탄생하는 것일지도 모른다.

우리는 너무 성급하게 "나는 못해!", "나는 머리가 나빠!"라고 말하는 경향이 있다. 1만 번 반복해보지도 않고서 말이다. 아둔해서 무언가를 해낼 수 있을 거라고 아무도 기대하지 않았던, 39세에야 요즘으로 치면 대학입시에 해당하는 진사시를 겨우겨우 통과한 김득신이 문장으로 당대는 물론 후대에까지 그 이름을 떨칠 것이라고 그 누가 생각이나 했겠는가? 그는 '독수기'를 남기며 앞과 뒤에 이런 글을 붙여두었다.

"게으른 후손들이 눈 닿는 곳마다 이것을 보고 자신의 선조가 얼마나 부지런히 학문했는지를 알고 그 만 분의 일이라도 이어가기를 바란다."

머리를 탓할 일이 아니라 게으름을 탓할 일이다. 무엇이든 포기하지 않고 꾸준히 하다 보면, 끝내 손에서 놓지 않다 보면, 결국 성장한다. 낙숫물이 댓돌을 뚫는다는 건 속담이 아니라 진실이다.

3장

여름, 맺히다

1. 비정상이 정상인 건 비정상이지

세상에 전하기를, 촉蜀 지방 남쪽은 항상 비가 많이 오기 때문에 그 지방의 개는 해를 보면 짖어댄다고 합니다. (중략) 촉 땅에 항상 음습하게 비가 내리는 것은 비정상적인 일인데 촉 땅의 개는 그것을 정상적인 것으로 여기고, 세상 사람들이 악을 행하는 것은 비정상적인 일인데 세상 사람들은 그것을 정상적인 것으로 여깁니다. 비정상적으로 항상 비가 내리는 것을 정상적인 것으로 여기니 그 비정상적인 반응은 상서롭지 못한 것이고, 비정상적으로 악을 행하는 것을 정상적으로 여기니 그 비정상적인 반응 역시 상서롭지 못한 것입니다. 만일 촉 땅의 하늘이 비를 주야장천 뿌려대지 않는다면 개는 해를 향해서 짖지 않고, 반대로 비가 와야 짖을 것입니다. 마찬가지로 세상 사람들이 악을 일상다반사로 행하지 않는다면 사람들은 선한 것에 대해서 짖지 않고, 반대로 악한 것을 보아야 짖을 것입니다.

世傳庸蜀之南, 恒多雨, 犬見日則吠.

세전용촉지남, 항다우, 견견일즉폐.

(중략)

蜀天之恒雨非常, 而蜀犬常之; 世人之爲惡非常, 而世人常之.

촉천지항우비상, 이촉견상지; 세인지위악비상, 이세인상지.

常其反常之恒雨, 其反常也不祥, 常其反常之爲惡, 其反常也
亦不祥.

상기반상지항우, 기반상야불상, 상기반상지위악, 기반상야
역불상.

使蜀天而其雨不恒, 則犬不吠日, 而反吠其雨; 使世人而爲惡
不恒, 則人不吠善, 而反吠其惡.

사촉천이기우불항, 즉견불폐일, 이반폐기우; 사세인이위악
불항, 즉인불폐선, 이반폐기악.

홍성민洪聖民(1536년(중종 31)~1594년(선조 27)). 『졸옹집拙翁集』 권6 「설說」
'촉 땅의 개가 해를 보고 짖는 이유(촉견폐일설)蜀犬吠日說' 중에서.

2020년 여름은 유난히도 비가 많이 왔다. 맑은 하늘을 언제 보았나 싶을 정도로 하늘이 늘 흐리고 어두컴컴했다. 해를 그리워하면서도 해가 과연 나오기는 하는 걸까 생각하는 나를 보다가 문득 '촉 땅의 개'가 떠올랐다. 비정상이 오래 지속되면 비정상을 정상으로 받아들여 버리게 되는 인간의 나약함. 어찌 흐린 하늘만 우리를 혼란스럽게 하랴. 비정상적 사회 풍토 또한 오래 지속되면 정상의 기준을 흩뜨리고 망가뜨려버린다.

중국 당唐나라 유종원柳宗元의 답위중립서答韋中立書에 보면 '촉蜀 땅의 남쪽에 늘 비만 오고 해가 뜨는 날이 적어서 해가 뜨면 개가 짖는다庸蜀之南 恒雨少日 日出則犬吠'는 구절이 있다.

그래서 '촉견폐일蜀犬吠日'이라는 말은 식견이 좁아서 당연한 일을 보고도 이상하게 여기는 사람을 비웃을 때 주로 사용된다. 촉 땅은 오늘날 사천성四川省(쓰촨성)에 해당하는 곳으로, 아열대 기후로 습기가 매우 높고 일조량이 낮은 곳이다.

이 글을 쓴 홍성민은 촉 땅에 사는 개가 해를 보면 짖는 것은 굳이 '해'여서 짖는 것이 아니라 '이상한 것'을 보았기 때문에 짖는 것이라고 말한다.

"이 개는 촉 땅에서 나고 자랐기 때문에 그저 촉 땅의 하늘만을 보았을 뿐이고, 촉 땅 아닌 곳의 하늘은 보지 못했으며, 그저 촉 땅에 항상 비가 내리는 것으로만 알았고, 촉 땅 아닌 지역에서는 항상 해가 뜬다는 것을 알지 못합니다. 그래서 이 개에게 비가 내리는 것은 정상적인 것이고 해가 뜨는 것은 비정상적인 것입니다. 비정상적인 것은 이상한 일이고 이상하게 여긴다면 그것에 대해 짖어대는 것은 당연한 일입니다. (중략) 해가 뜨는 것은 하늘의 법칙에 있어 정상적인 것이고 세상 모든 사람들의 눈에도 역시 정상적인 것이지만 촉 땅에 사는 개에게는 비정상적인 것입니다. 추적추적 계속해서 비가 내리는 것은 하늘의 법칙에 있어 비정상적인 것이고 세상 모든 사람들의 눈에도 역시 비정상적인 것이지만 촉 땅에 사는 개에게는 정상적인 것입니다. 그 개에게는 촉 땅에 비가 내리는 것이 정상적인 일이니 그것이 편안하고, 세상에 해가 뜨는 것은 정상적인 일이 아니어서 이상한 것입니다."

참 맞는 말이다. 마찬가지로 지도자 혹은 정치인은 국민을 위해 일하는 것이 당연한 책무이지만, 국민 위에 군림하는 것이 지도자라는 생각의 틀이 굳어진 사회에서는, 국민이 국민을 위해 일하는 지도자를 보면 짖는다. 이상하기 때문이다. 전에는 본 적이 없는 일이기 때문이다. 폭군이 익숙한 개는 성군을 만나면 짖는다. 지도자는 어떤 존재이고 사람은 어떤 존재인지 아무리 말로 가르쳐봤자 피부로 직접 경험하지 못하면 선善을 선으로 받아들이지 못하고 악惡을 악으로 정확히 가려내지 못한다. 선의 구체적인 실체를 경험한 적이 없으니 선과 악을 구분해낼 수 없는 것이다.

촉 땅의 개를 통해 홍성민은 인간 세상을 걱정한다. 해를 보고 짖는 촉 땅의 개가 한 마리에 불과하지 않을 것임을 간파했기 때문이다. 촉 땅 곳곳에 있는 개들 전부가 해가

들지 않고 어두컴컴한 비정상적인 상태를 정상으로 받아들였을 게 분명하다. 결과적으로 정상인 것을 정상이라 말하는 자가 비정상 취급을 받게 된다. 바로 이것이 문제다. 어둡고 흐린 하늘이 일상이 되어버리면 누군가 하늘은 원래 푸르고 밤이 지나면 해가 뜬다고 말해주어도 헛소리쯤으로 취급할 것이다. 또한, 개는 한 마리가 짖어대기 시작하면 주변의 모든 개가 덩달아 짖어대기 마련이다. 시간이 흐르면 무엇 때문에 짖기 시작했는지조차 잊고 옆에서 짖으니까 그냥 짖어댄다.

"온 세상이 모두 어두컴컴해졌는데 어떤 사람이 하늘이 부여해준 일단의 본연의 성품을 잘 보호해서 환한 대낮의 해처럼 그 사이에서 바른말을 하고 엄정한 태도를 유지한다면 이상한 것을 비난하고 중도를 지키는 것을 배척하는 자들은 처음에는 그를 이상하게 여기고 중간쯤엔 해괴하게 여기다가 결국에는 배척하게 됩니다. 그래서 무리지어 비난하고 와글와글 시끌시끌 떠들어대면서 그 사람이 이 세상에서 축출될 때까지 그 사람을 향해 컹컹 짖어대고 물어뜯습니다."

늘 흐린 하늘만 보아온 사람은 하늘이 원래 흐린 것이라고 말하겠지만 견문이 넓은 사람은 눈앞의 하늘이 흐려도 하늘은 원래 푸른 것임을 안다. 즉, 지금 내 눈앞에 보이는 세상이 온통 악으로 가득할지라도 그것이 정상이 아니란 것을 아는 것이다. 어느 사회든 크고 작은 집단을 형성하게 마련이고 그 안에서 지도자가 생겨난다. 바로 이들이 사회의 분위기를 이끈다. 지도자에게는 어떤 가치에 바탕을 두고 한 집단을 이끌어가는지에 관한 책임이 따른다. 진짜 지도자라면 푸른 하늘을 향해 짖어대는 개 무리의 선두에 설 것이 아니라, 푸른 하늘이 바른 것임을 가르쳐주어야 한다. 그리고 구름을 걷어내고 푸른 하늘을 보여줌으로써 자신의 말이 진실임을 확인시켜주어야 한다. 지도자가 그 책임을 다하지 못했다면? 당연히 그 값을 치러야 한다. 이렇게 되어야만 사람들에게 권선징악이 동화 속에나 있는 것이 아닌 현실이라는 믿음이 확고해질 것이며, 사랑과 정의 같은 올바른 가치를 지키며 살게 될 것이다. 물론 반대의 경우도 마찬가지다. 이 글 마지막 단락의 간절한 외침이 마음속 깊이 와 닿는다.

"신(臣)이 크게 걱정하는 것은 비가 항상 내리듯이 악이 일상다반사로 행해지는 것입니다. 촉 땅의 하늘이 비 내리는 음습한 기운을 조금만 풀어주어서 비가 주야장천 내리는 일이 없게 하고, 온 세상을 움켜쥔 하늘이 요사스럽고 더러운 기운을 깨끗하게 쓸어내어서 악이 일상다반사로 행해지지 않게 한다면 해를 향해 짖어대고 올바른 것에 대해 짖어대는 문제가 모두 근절될 것입니다. 아! 해를 보고 짖는 개는 촉 땅의 하늘에게 달려 있어서 인력으로 어찌해볼 수 있는 것이 아니지만 올바른 것을 보고 짖는 습관은 군주에게 달려있는 것이니 한 번 풍습을 바꿔주면 될 뿐입니다. 신이 이 이야기를 쓴 것은 중천에 뜬 해가 음습한 흙비에 상하지 않게 해서 올바른 것을 보고 짖어대는 소리가 영원히 이 세상에서 사라지게 하고자 해서입니다.”

2. 한바탕 울어보자, 우리 저 널따란 벌판에서!

이제 요동 벌판에 이르러 여기서부터 산해관^{山海關}까지 1,200리 벌판에, 사방에 아예 한 점의 산도 없고 하늘 끝과 땅 끝이 아교풀로 붙이고 실로 꿰맨 것처럼 맞닿아 그 사이로 고금의 비와 구름만 까마득히 이어질 뿐이니 한바탕 울어볼 만한 곳이지요.

今臨遼野, 自此至山海關一千二百里, 四面都無一點山,
금임요야, 자차지산해관일천이백리, 사면도무일점산,
乾端坤倪, 如黏膠線縫, 古雨今雲, 只是蒼蒼, 可作一場.
건단곤예, 여점교선봉, 고우금운, 지시창창, 가작일장.

박지원^{朴趾源}(1737년(영조 13)~1805(순조 5)). 『열하일기^{熱河日記}』「도강록^{渡江}^{錄}」 중에서.

최근 들어 한반도의 통일 분위기가 많이 달라졌음을 느낀다. 2019년 6월 30일 남북미 정상이 판문점에서 만나는 역사적인 일이 있었다. 나는 그때 고속터미널에 있었는데, 태어나서 그렇게 많은 사람이 공공장소의 TV에 집중하는 모습을 처음 봤다. 지나가는 사람이 화면을 가리기라도 하면 가차없이 "거, 좀 비켜요. 다 같이 보는데 참…"이라고 쏘아붙였다. 모두가 놀랍도록 집중하고 있었다. 아, 정말 대단한 일이구나! 여전히 통일은 안개 속에 있지만 통일에 대한 보편적인 인식만은 확실히 변화한 것 같았다. 한때 통일이 과연 필요하긴 한 건가 하는 회의적 입장이 대세인 적도 있었는데, 이제 통일은 '해야 하는 것', '우리 손으로 이룰 수 있는 것'이란 쪽으로 생각이 변화하고 있다. 생각의

큰 줄기 자체가 '화해'로 방향을 잡고 있고 이에 대한 국민
적 공감대가 그 어느 때보다 가장 넓고 깊게 형성되어 있
는 분위기다. 이 같은 새로운 풍경 속에서 조금은 크고 멋
진 꿈을 꿔본다. 이 나라가 다시 하나가 되어 육로로 대륙
을 걸어 더 큰 세상을 보고 더 넓게 사고하는 내일을 갖는
꿈 말이다. 이 꿈에 박지원의 '호곡장好哭場'만큼 잘 어울리
는 글이 또 있을까!

　이 글은 '호곡장'이라는 별칭으로 잘 알려져 있는데, '호
곡장'은 '한바탕 울기 좋은 땅'이란 뜻으로 박지원의 그 유
명한 여행기인 『열하일기』에 수록되어 있다. 『열하일기』는
그의 나이 44세 때인 1780년(정조 4)에 8촌 형인 박명원朴明
源이 청나라 건륭제의 만수절萬壽節(칠순잔치) 사절로 연경(북
경)에 가게 되자 그를 따라 북경에 가서 보고 들은 것을 기
록해 남긴 견문기다. 이때 그는 공적인 임무를 띠고 간 것
이 아니었기 때문에 자유롭게 여행할 수 있었다. '열하'는
청나라 황제의 여름 별장을 가리키는 말로, 현재 허베이성
河北省에 위치한 청더시承德市다. 원래 이 사행에서 열하는 일
정에 없었고 목적지는 연경이었는데, 마침 황제가 피서 산
장인 열하에 머물게 되자 조선 사행단을 그리로 불러들이는

바람에 열하에 가게 된 것이다. 덕분에(?) 박지원은 조선 사람으로서는 처음으로 열하에 발을 들여놓게 된다. 일정은 고되었지만 기왕 간 건데 운이 좋았다고 할 수 있겠다.

이 글은 압록강을 건너고 6월 24일부터 7월 9일까지의 기록인 「도강록」 중 7월 8일에 쓴 글이다. 압록강을 건너 요동 벌판이 눈앞에 펼쳐지자 한 번도 본 적 없는 그 광활함이 박지원을 사로잡았다. 그는 대뜸 말했다.

"울기에 딱 좋은 곳이로다. 울어도 좋겠다!"
"好哭場 可以哭矣!"(호곡장 가이곡의)

이에 함께 가던 정 진사란 인물이 물었다.

"천지 사이에 이렇게 끝도 없이 드넓은 곳을 보고는 갑자기 울고 싶다니요? 무슨 말씀이십니까?"

그러자 박지원이 '울음'에 대한 자신의 생각을 펼쳐 보인다.

"사람들은 칠정七情 중에서 슬플 때만 울음이 나오는 줄로 알고 칠정의 모두에서 울음이 나오는 줄은 모르고 있답니다. 기쁨이 사무치면 울음이 나오고, 분노가 사무치면 울음이 나오고, 즐거움이 사무쳐도 울음이 나오고, 사랑이 사무쳐도 울음이 나오며, 미움이 사무쳐도 울음이 나오고, 욕망이 사무쳐도 울음이 나오는 법이지요. 응어리지고 답답한 마음을 풀어서 시원하게 하는 것으로는 그 어떤 것도 소리보다 빠르지 않으니 울음이란 천지간 우레에도 비교할 수 있지요. 지극한 정에서 울음이 터지고, 터진 울음이 사리에 맞는다면 웃음과 울음이 뭐가 다르겠습니까? 사람이 태어나 정을 풀어내면서 일찍이 이런 지극한 처지를 겪어본 적이 없어서 칠정을 교묘하게 안배해서 울음을 슬픔의 짝으로 맞추어 놓았지요."

그의 얽매이지 않은 생각이 잘 드러난다. 마음껏 울라니! 칠정의 모든 곳에는 울음이 깃들어 있다니! 성리학에서는 감정을 치미는 대로 터뜨리기보다는 자제하고 다스려야 한다고 말하는데, 박지원은 슬픔을 그렇게 가둬두기 때문에 초상 치를 때에나 억지로 '애고' 하며 울부짖는다고 말한다. 칠정에서 우러나온 지극하고도 진정한 소리를 꽉 눌러 참고 억제하게 하여 천지간에 갑갑하게 가두어 놓았기 때문에 감히 잘 펼쳐서 풀어내지 못한다고.

이어 박지원은 자신의 울음이 갓난아기가 터뜨리는 그 울음과 같다고 말한다.

"아이가 엄마의 태중에 있을 때는 캄캄하고 사방이 막혀 있으니 옴매여서 갑갑하게 지내다가 어느 날 갑자기 넓고 환한 곳으로 솟구쳐 나와 손을 펴고 발을 뻗으니 마음과 뜻 이 공활해져 시원할 테지요. 참된 소리를 내질러서 마음껏 한 번 펼쳐내지 않을 도리가 있을까요? 그러니 갓난아기를 본받아 꾸밈없는 소리를 내야 마땅하지요. 금강산 비로봉 꼭대기에 올라 동해를 바라보면 거기도 울음을 터뜨리기 좋은 곳이고, 황해도 장연의 금사사金沙寺에서 넓은 바다를 바라보면 거기도 울음을 터뜨리기 좋은 곳이죠."

그리고 앞의 본문으로 이어진다.

"이제 요동 벌판에 이르러 여기서부터 산해관山海關까지 1,200리 벌판에, 사방에 아예 한 점의 산도 없고 하늘 끝과 땅끝이 아교풀로 붙이고 실로 꿰맨 것처럼 맞닿아 그 사이로 고금의 비와 구름만 까마득히 이어질 뿐이니 한바탕 울어볼 만한 곳이지요."

좁은 나라에서 살다가 하늘 아래 아무 막힘이 없이 지평선이 하늘과 맞닿는 광활한 공간을 보게 된 박지원은, 그 경험을 엄마 뱃속에 갇혀 있다 세상에 처음 발을 내딛는 갓난아기의 경험에 빗댄다. 답답한 속이 뻥 뚫리는, 그 넓이만으로도 좁은 나의 소견을 터뜨려줄 것 같은 벅찬 경험을 하면서 제대로 한 번 울만 하다고 느낀 것이다.

박지원의 이 '호곡장'을 읽고 있노라면 요동 벌판을 직접 보고 싶다는 생각이 든다. 우리나라는 섬 아닌 섬이다. 한반도가 하나의 조선이었을 때도 박지원은 요동 벌판을 보면서 가슴이 터지는 것 같은 경험을 했는데, 지금 우리는 그보다도 더 작은 가슴과 의식을 가지고 살아간다. 우리가 이제 섬 아닌 섬 같은 나라를 벗어나 대륙을 육로로 지날 수 있게 되면 우리의 생각의 폭과 마음의 폭도 더 넓어지지 않을까.

함석헌의 『뜻으로 본 한국 역사』에는 이런 구절이 있다.

"별이 주는 것은 방향인데 확실히 방향을 줄 수 있는 것
은 무한히 높이 있기 때문이다. 이상도 인생에 방향을 주는
것뿐이요, 그러기 위해서는 될수록 높고 멀어야 한다. 현실
의 낮고 가까운 것보다 이상의 높고 먼 것을 따르려는 그
정신, 그 기개가 민족을 살린다. 인생은 정신에 살고 기개
에 산다."

이 별을 바라보는 마음이 요동 벌판에 서서 엉엉 울음을
터뜨렸던 박지원의 마음이 아닐까? 다 품을 수 없고 다 안
을 수 없는 세상을 바라고 그리는 마음을 잊지 않았으면 좋
겠다. 작은 이익과 내 삶 하나에 매몰되어 나의 미래를 꿈
꾸는 법을 잊어버리는 일이 없었으면 좋겠다. 다시 남과 북
이 하나가 되어 바다를 거치지 않고 육로로 우리의 발이 드
넓은 대륙에 닿았으면 좋겠다.

3. 한 번 크게 울며 소확행에서 벗어나기를

내 조카 친親이 자신의 서실書室을 짓고 '통곡헌慟哭軒'이란 편액을 내다 걸었다. 이걸 본 사람들이 모두 크게 비웃으며 말하기를, "세상에 즐거운 일이 얼마나 많은데 왜 굳이 '곡하다'라는 것으로 이 집의 편액을 내걸었소? 더구나 곡하는 것은 상을 당한 아들 아니면 사랑하는 이를 잃은 여인네가 하는 일이라 사람들은 그 소리를 굉장히 싫어하잖소. 그런데 그대는 굳이 유난스레 사람들이 꺼리는 것을 가져다가 집에 내걸었으니, 대체 왜 그런 것이오?"라고 하였다.

허균許筠(1569(선조 2)~1618(광해군 10)), 『성소부부고惺所覆瓿藁』 권7 「문부文部」 '통곡하는 집이란 뜻의 통곡헌에 대해 쓰다(통곡헌기)慟哭軒記' 중에서.

余猶子親者, 構其室, 扁曰慟哭軒.

여유자친자, 구기실, 편왈통곡헌.

人皆大笑之曰, 世間可樂之事甚多矣, 何以哭爲室扁耶?

인개대소지왈, 세간가락지사심다의, 하이곡위실편야?

況哭者, 非喪之子則失恩婦也.

황곡자, 비상지자즉실은부야.

人甚惡聞其聲, 子獨犯人忌而揭其居, 何哉?

인심오문기성, 자독범인기이게기거, 하재?

이 글의 제목이 재미있다. 지금은 번지수나 아파트 동호수로 집을 구분하지만 예전엔 집집마다 이름이 있었다. 집에도 정자에도 방에도 이름을 지어 마음을 붙여두었다. 거처하는 곳에 자신의 마음과 생각을 새기는 것이다. 참 운치 있는 생활 자세가 아닌가 한다. 그런데 자기가 살 곳의 이름을 '통곡헌'이라고 짓다니… 대체 무슨 사연이 있기에 무려 집 이름을 '통곡'이라고 지었는지 궁금했다. 비애에 잠겨 있는 사람을 우리는 흔히 신경 쓰이게 하는 사람, 혹은 분위기 망치는 사람이라 생각한다. 우울감 가득한 사람은 세상을 부정적으로 보는 사람으로 여겨져 그리 좋게 평가받지 못한다. 그러나 한편으로 생각해보면 요즘 세상이 마냥 웃기만 해도 좋은 세상일까 싶기도 하다. 한여름 본격적인 휴가철이 시작되기 전, 슬픔의 의미와 가치를 다시 한 번 생각해보면 좋을 것 같다.

지은이인 허균은 참 독특한 인물이다. '구애받지 않음'으로 허균이란 사람을 정의해볼 수 있지 않을까? 대바르고 대쪽 같고 정의로운 느낌이 아니라, 거창한 대의나 정의를 내세우기보다는 자신만의 기준을 세워놓고 남의 눈치 보지 않고 하고 싶은 대로 하는, 이건 아니다 싶으면 내지르는, 그리고 뒷공론이 들리면 "내가 하고 싶은 말 하겠다는데 그대들이 뭐?"라고 한마디 툭 던지는, 목표를 향해 가야겠다 싶으면 몸을 낮춰 상대와 손잡기도 하는, 한 방이 있지만 전체적으로 강인하고 한결같은 소나무는 아닌, 그런 사람이란 인상을 받는다. 그의 형제들에게도 당시의 조선과는 다른 느낌을 받는다. 허균의 형이자 허난설헌의 오빠였던 허봉만 보아도 문장력이 뛰어났던 누이에게 정식으로 시 공부를 시키고 두보의 시집을 선물하며 "내 뜻을 저버리지 말기를. 두보의 명성이 내 누이에게서 다시 일어날 수 있겠지?"라며 꿈과 용기를 북돋워 조선의 독보적인 여류시인이 될 수 있게 했던 인물이다.

허균은 모두가 경원시하는 서자들과 스스럼없이 어울려 다녔고, 불교와 도교에 흠뻑 빠져 불교에 귀의할 뻔하기도 했다. 더욱 놀라운 것은 이 모든 것들을 드러내놓고 했다는 것이다. 결국 허균은 역모 죄로 능지처참당하는 최후를 맞이했다. 허균의 행적과 글을 살피다 보면 당시의 조선과 조화를 이루기 참으로 힘들었겠다는 생각이 든다. 그는 도학과 예학에 점령당한 조선에서 지나치게 이채로운 빛을 띠는 '튀는' 인물이었다.

이 글에서도 허균의 거침없고 튀는 면모가 잘 드러난다. 그의 조카도 남다르다. 집의 이름이 '통곡하는 집'이란 뜻의 '통곡헌'이다. 편액을 보는 이들마다 대체 왜 이런 이름을 붙인 것이냐고 물었다. 그러자 집주인인 허친은 이렇게 말한다.

"저는 이 세상과 이 시대가 즐기고 좋아하는 것과는 어긋나는 사람입니다. 시류가 환락을 좋아하므로 나는 비애를 좋아하고, 세상 사람들이 으쓱대며 짐짓 기분들을 내니까 나는 우울에 잠겨 있는 겁니다. 부귀와 영화도 세상이 좋아하는 것이지만 나는 더러운 물건인 양 내버립니다. 오

직 가난하고 검소한 것을 본받아 거기에 처하면서 하는 일
마다 세상과 어긋나고 싶습니다. 그래서 세상이 언제나 싫
어하는 것을 선택하자 치면 통곡보다 더한 것이 없습니다.
그래서 나는 이것으로 내 집의 편액을 삼았습니다."

세상이 얼마나 한심하고 싫었으면 이런 이름을 찾고 찾
아 내걸었을까? 허친이 보기에 세상은 모르는 체 가면을
쓰고 즐거움에 취해야 하는 곳이 아니라, 위해서 울어줘야
하는 곳이었다. 조카의 말을 들은 허균은 이렇게 자기 생각
을 펴 보인다.

"곡하는 것에도 마땅한 방법이 있다. 인간의 일곱 가지
감정 중에서 슬픔보다 더 깊이 같은 정을 일으키게 하는 것
은 없다. 슬픔에 이르면 반드시 곡을 하기 마련인데, 그 슬
픔을 자아내는 사연도 저마다 다양하다."

이렇게 말하고서는 역사적으로 세상을 슬퍼해서 통곡했
던 인물들을 거론했다. 사람들은 통곡이란 게 상을 당한 사
람이나 사랑하는 이를 잃은 여인이 하는 것이라고 단순하
게 알고 있지만 어찌해볼 수 없는 길로 흘러가는 시대를 아

파한 이도, 사람이 사람의 본성을 잃고 황폐해져 가는 모습을 보고 아파한 이도, 불운한 시대를 만나 세상으로부터 버려져야 했던 처지에 아파한 이도 모두 통곡으로 아픔을 토로했다는 것이다. 그리고 이 깊은 생각에서 비롯된 통곡은 개인의 사적인 감정에서 비롯한 울음을 좀스럽게 흉내 내지 않았다고 말한다.

이 글을 읽다 보니 앞에서 다루었던 박지원의 '호곡장'이 떠오른다. 그때 박지원은 사람들은 슬플 때만 운다고 생각하지만 그건 그렇지 않다며, 모든 감정에 다 울음이 배어 있고, 어떤 감정이든 극치에 다다르면 울음이 터진다고 말해 울음에 대한 새로운 해석을 제시해 보였다. 허균도 통곡에 대한 편협한 생각에서 벗어나라고 말하고 있다. 그러고 보면 세상을 다르게 살았던 이들은 보편적인 것과는 다른 생각과 시선부터 갖춘 듯하다.

계속해서 통곡이 이상한 것이 아니라 지금 바로 해야 하는 너무도 적절한 행동이라는 허균의 언설이 이어진다.

"오늘의 시대는 이전에 시대를 아파하며 통곡했던 이들

의 시대에 비해서도 훨씬 더 말세에 가깝다. 나라의 일은
날이 갈수록 잘못되어 가고, 선비들의 행실도 날이 갈수록
허위에 젖어가며, 친구 사이도 서로 등을 돌리고 척지는 것
이 갈라진 갈림길보다도 심하고, 뛰어난 선비가 불운을 겪
으며 고생고생하는 것이 막다른 길에 봉착한 상황보다 심
하다. 그래서 모두 인간들이 사는 세상 밖으로 도망쳐 숨을
생각을 하고 있는 실정이다. 그러니 만약 저 옛날 시대를
아파해서 통곡했던 분들을 데려와 이 시대를 보게 한다면
그들은 과연 어떤 생각을 품게 될까? 아마 통곡할 겨를도
없이 모두 돌을 끌어안고 물속으로 몸을 던지지 않겠는가?
허친이 통곡한다는 이름의 편액을 내건 까닭도 바로 여기
에 있을 것이니, 그대들은 그 통곡을 비웃지 않는 게 좋을
것 같소만…"

조카의 이름과 그 편액의 내용을 빌려 쓴 글이지만 결국
은 허균이 세상에 대해 품고 있던 생각이 오롯이 드러난다.
'나는 세상과 다른 길을 걷겠다'는 분명한 그의 선언이다.
왜냐하면 세상이 요구하는 대로 모른 체 허허 웃고 살기에
는 세상에 아픔이 너무 많기 때문이다. 허균은 까마득한 옛
날 춘추전국시대와 한나라 때 시대를 아파했던 인물들을

나열하며 그들이 지금을 본다면 우는 정도로 끝나지 않고 서슴없이 물에 투신할 것이라고 말했다. 그만큼 세상이 악해지고 치졸해졌다는 것이다. 그럼 이런 말을 한 허균의 시대로부터 400년이 흐른 지금은 어떤 세상일까? 마냥 웃으며 살아도 좋은 시대일까? 나라의 일도, 세계의 흐름도 그닥 좋아 보이진 않고, 학계·정치계·경제계·법조계·의료계 인사들의 행실도 허위에 젖어가며, 친구와 척을 지는 정도를 넘어서 무한 경쟁 속에서 친구는 사라지고 경쟁자만 남았다. 능력보다는 줄을 잡아야 성공한다는 말이 도처에 횡행하다. 아수라장 같은 이 세상에는 이제 숨을 곳도 없다. 여전히 우리는 통곡의 집에 머물러야 마땅한 세상을 살고 있다.

그러나 허균이 다만 비관하며 울다 끝내자고 이런 글을 썼을까? 그는 『홍길동전』의 저자이기도 하다. 새로운 세상, 당시로서는 상상조차 못했던 무려 평등한 세상을 꿈꿨던 인물이다. 꿈은 현실의 직시에서부터 시작된다. 망상이 아니다. 꿈을 꾸려면 땅에 발을 딛고 있어야 하는 것이다. 작지만 확실한 행복이라는 뜻의 '소확행'이란 말이 유행이다. 소박하고 예쁜 말이지만 궁극적으로는 그다지 바람직한 말로 보이지 않는다. 소확행에 익숙해져서는 아무것도 꿈꿀 수 없기 때문이다. 오히려 소확행이란 말로 구슬리려는 세상을 향해 거대하게 통곡해주어야 한다. 마음속 깊이 시대를 아파하는 눈물 위에 더 나은 세상을 향한 꿈이 싹을 틔운다. 여름 휴가철이 되면 곳곳에 모두 다 잊고 즐기라는 광고성 문구가 나붙는다. 물론 쉴 때는 확실히 쉬어야 한다. 그러나 그 쉼이 소확행의 일부가 되어 현실에 안주하려는 것이 되어서는 위험하다. 그 쉼은 거대한 통곡을 위한 쉼이 되어야 할 것이다. 그리고 그 울음이 끝난 자리에서 큰 꿈을 꾸고 원대한 미래를 설계하고 싶다고 세상을 향해 외쳐야 할 것이다. 내일을 위한 울음, 그것은 미래에 극한의 기쁨을 표출하는 울음이 되어 돌아올 것이다.

4. 이게 나야, 근데 그게 뭐?

계림(경주)의 김자정金子靜이 땅을 사서 집을 짓고는 짚으로 지붕을 덮고 스스로 별호하기를 '동두童頭(대머리)'라 했다. (중략) "호라는 것은 나를 부르는 것이고 나는 대머리니, 나를 대머리로 부르는 것이 옳지 않겠습니까? 사람들이 내 모습을 보고 그렇게 부르니, 나로서는 그대로 받아들이는 것이 당연하지요."

雞林金君子靜, 買地構屋, 覆以茅, 自號童頭.

계림김군자정, 매지구옥, 부이모, 자호동두.

(중략)

"夫號所以呼我也, 我童者也, 呼我以童, 不亦可乎?

"부호소이호아야, 아동자야, 호아이동, 불역가호?

人以吾形呼之, 吾而受之, 亦宜也."

인이오형호지, 오이수지, 역의야."

———

권근權近(1352년(공민왕 1)~1409년(태종 9)). 『동문선東文選』 권98 「설說」 '대머리를 호로 삼은 까닭(동두설)童頭說' 중에서.

여름이 찾아오고 휴가철이 되면 다이어트 열풍도 시작된다. 여름에는 기본적으로 옷차림이 가벼워지는 데다 휴가 때 해변에라도 가게 되면 자연스럽게 몸매가 드러나는 옷을 입게 되기 때문에 각종 다이어트 프로그램과 다이어트 방법들이 일상을 뜨겁게 달군다. 해마다 그런 소동에서 자유롭기란 쉽지 않다. 휴가 끝에 남는 건 사진일 텐데 이왕이면 예쁘게 찍힌 사진이 남는 게 좋지 않겠는가. 하지만 시간이 갈수록 그 정도가 과해지는 듯한 느낌이 든다. 선망하는 체형이 날씬한 정도가 아니라 지독히도 마른 몸매가 되어 가는 것이다. 먹을 것이 이렇게 넉넉한 시대에 저체중이 아름다움의 기준이 되는 것은 아무래도 이상하다. 외모에 집착하지 말자면서 세상은 점점 더 외모에 필요 이상으로 집착해가는 것만 같다.

앞의 글은 정말 자신감 넘치는 이야기라 할 수 있다. 요즘 두피 관리로 전국이 떠들썩하다. '머릿발'이라는 표현이 있을 정도로 머리 모양이 사람의 인상을 좌우하는데, 환경과 스트레스 탓인지 탈모가 늘어나는 추세여서 탈모 클리닉, 탈모 샴푸, 탈모 약품 등등 탈모 관련 제품이 엄청난 숫자로 쏟아져 나오고 있다. 오늘날의 이런 추세를 이 글의 주인공이 본다면 뭐라고 말할까?

이 이야기의 주인공은 대머리다. 그런데 스스로 자기 호를 '대머리'라고 정했다. 한자로 하면 '동두童頭'인데, 한자 '童동'에 '민둥산, 대머리'라는 의미가 있다. 화가 나서든 장난이든 누군가가 머리가 벗겨진 사람을 향해 "야, 대머리야!"라고 한다면 분위기는 당장 험악해질 것이다. 그런데 이 글의 주인공은 되레 자기 호칭으로 '대머리'를 골랐다. 사람들을 만날 때마다 "여보게, 대머리~"로 대화를 시작하게 되는 것이다. 누군가 호를 그렇게 지은 이유를 물었다. 그는 이렇게 대답했다.

"나는 얼굴은 윤이 나고 머리숱은 원래 적었어요. 술을 잘 마시지 못하는 편인데 술이 있기만 하면 진하든 묽든, 탁주든 청주든 사양하지 않죠. 그러다가 취하면 모자를 벗고 머리를 드러내 보이거든요? 그러면 보는 사람들이 모두들 나더러 대머리라고 합디다. 그래서 내가 호를 이렇게 지었지요. 호라는 것은 나를 부르는 것이고 나는 대머리니, 나를 대머리라고 부르는 것이 옳지 않겠습니까? 사람들이 내 모습을 보고 그렇게 부르니, 나로서는 그대로 받아들이는 것이 당연하지요."

정말 당당함의 끝판왕이다. 이 글을 처음 읽었을 때 허를 찔린 느낌이었다. 사실 대머리는 자신이 어떻게 할 수 있는 게 아니다. 유전적인 이유가 크기 때문이다. 머리숱이 좀 적어진 것만 같아도 전전긍긍하게 되고, 주변 사람들로부터 머리숱과 관련해 한마디 듣기만 해도 의기소침해지기 마련이다. 그런데 이 글의 주인공은 "그래, 응, 나 대머리야. 대머리인데 그게 뭐?"라고 되묻는다. 수도 없이 불릴 호로 당당하게 '대머리'를 선택하고는 이와 유사한 옛사람들의 예를 들어준다.

"옛날 공자 선생님께서는 태어날 때부터 옆짱구로 정수리가 움푹하였기 때문에 언덕이라는 뜻의 '구丘'를 이름으로 하고 이산尼山의 '니'를 따서 자字를 삼았어요. 몸이 비뚤어진 사람은 그 모습대로 이름을 무질서하다는 뜻의 '지리소支離疏'라고 했고, 몸이 꼽추인 자는 '낙타駱駝'라고 했지요. 옛 성현이 모습으로 호를 삼은 경우가 많으니 어찌 나만 그리 안 하겠습니까?"

공자를 상상해보면 여리여리하고 고고한 학자의 모습일 것 같지만 사실 전혀 아니다. 체구가 아주 크고 생김새가 우락부락했는데 특히 머리가 짱구였다고 한다. '지리소'는 『장자莊子』에 나오는 인물로 아주 못생긴데다가 목은 배꼽 아래까지 늘어지고, 양 어깨는 머리 위까지 올라간 꼽추였다. 거기에 머리털은 뻣뻣하게 곤두서고 허리는 두 다리 사이에 묻힌 모습이었다. 그러니까 형태가 지리한, 즉 질서를 갖추지 못한 모습이었던 셈이다. '낙타'는 '곽탁타'라는 인물로 유종원柳宗元이 쓴 「나무 심는 사람, 곽탁타(종수곽탁타전種樹郭橐駝傳)」에 등장하는데, 나무를 기가 막히게 길러내는 정원사다. 등이 굽고 솟아 있어 허리를 펴지 못하는 선천적 장애를 가지고 있었는데 사람들이 낙타 등 같다며 낙타라고 놀려 부르니 '아 이 별명 딱인데?'라면서 '낙타'를 자기 이름으로 삼아버렸다. 이들 모두 보통 사람 같으면 숨기기 바빴을 자신의 단점을 자신의 개성으로 삼아 자신감 넘치게 살았던 인물들이다. 김자정은 이런 사람들을 예로 들며 자기도 대머리니까 대머리라고 불리겠다고 선언한다. 그리고는 계속 말을 이어간다.

"또 속담에, '머리가 벗겨진 자는 빌어먹지 않는다'고 하니, 이건 복을 누릴 징조이지요. 그리고 사람이 늙으면 머리가 벗겨지는 건 필연적인 일이니, 이건 또 장수의 징조이고요. 내가 가난해서 빌어먹게 되는 일이 없고 천명을 누려 일생을 마친다면, 내 대머리가 나에게 덕을 입힌 것은 측량할 수 없을 정도일 겁니다. 부귀하고 장수하는 것을 누가 바라지 않겠습니까? 그러나 하늘이 만물을 낼 때 치아를 준 것에는 뿔을 주지 않고, 날개를 준 것에는 발을 둘만 주었으니, 사람에게도 그래서 부귀와 장수를 겸한 자가 드물어요. 부귀하고도 보전하지 못하는 자를 또한 많이 보았으니 내 어찌 부귀를 바라겠습니까? 이 초가집이 있어 내 몸을 가리고 거친 음식으로 나의 주림을 채우며 나의 타고난 수명을 마칠 따름입니다. 사람들이 이것으로 나를 부르

고, 나도 이것으로 자칭하는 것은 내가 대머리인 것을 나
스스로 좋아하기 때문입니다."

대머리가 부귀와 장수를 누릴 징조란다. 그러나 이렇게
한꺼번에 많은 것을 누리면 안 되니 부귀는 포기하겠다는
겸손까지 보인다. 글쓴이 권근이 김자정의 이 이야기를 굳
이 기록한 이유가 뭘까? 권근은 피부가 유난히 검어 '작은
까마귀'라고 불렸기 때문이다. 권근 또한 이것을 호로 삼아
자신을 '소오자小鳥子'라고 불렀다. 권근은 김자정의 이 이야
기를 듣고 크게 감탄하고는 이렇게 덧붙인다.

"대머리와 까마귀는 군이 꾸민 것도 아니건만 겉모습 때
문에 그렇게 지목되었습니다. 사람의 안에 있는 것으로 말
하면 나의 수양에 달려 있지요. 얼굴은 생기가 돌고 아름답
지만 성질은 사나운 자도 있습니다. 어찌 용모로 사람을 단
정할 수 있겠습니까? 김군이 크고도 넓은 학문과 크고 민
첩한 재능으로 조정에서 여러 해 벼슬하며 대간臺諫의 요직
을 역임하고 시종侍從 직에 오랫동안 있으면서 빛나는 명성
이 크게 전파되어 사람들이 모두 높은 자리에 오를 것이라
생각했습니다. 그러나 그 마음이 매우 겸손하여 부귀를 사

모하지 않고 초가집에서 일생을 마치겠다 하니 그 수양의 수준을 알 것 같습니다. 이른바 '내가 흠잡을 것이 없다'는 말이 바로 이 사람에 해당된 말이 아니겠습니까?"

여러모로 보고 배울 게 많은 '대머리' 김자정의 이야기를 이렇게 끝맺고 마지막에 쓴 날짜와 쓴 사람을 밝히면서 '작은 까마귀가 쓰다'라고 적었다.

"창룡蒼龍 임자년 가을 8월 12일에 소오자小烏子가 쓰다."

우리 사회는 유난히도 보이는 것에 치중한다. 서로 비교하고 우위에 서지 않으면 불안해한다. 그런데 그 비교우위가 내면에 관한 것인 경우는 거의 없다. 밖으로 보여 쉽게 비교할 수 있는 것을 끊임없이 문제 삼는다. 얼굴 생김도 최소한 남들만큼이거나 남들보다 뛰어나야 하고, 키도 최소한 남들만큼이거나 남들보다 커야 하며, 머리숱도, 피부도, 노화도, 체중도, 학벌도, 승진도, 집 크기도, 월급도, 휴가지도 모두 최소한 남들만큼이거나 남들보다 나아야 한다. 그래서 가끔은 숨이 안 쉬어진다. 이렇게 아등바등한다고 자신감이 생기고 안정감을 찾고 행복지수가 상승하느냐

하면 꼭 그렇지도 않다. '이렇게까지 했는데, 왜? 왜 안 되지? 어디가 문제지?'라고 안달하며 끊임없이 고칠 곳을 찾는다. 만족의 그날은 도무지 올 것 같지 않다. '대머리' 김자정과 '까마귀' 권근의 이야기를 들으며 우리가 놓치고 사는 것을 생각해본다. 자본주의는 외모의 단점을 지적하며 고치라고, 고칠 수 있다고 유혹하지만 그 유혹의 대가는 생각보다 크다. 바꿀 수 없는 것을 부끄러워하지 말고 바꿀 수 있는데 바꾸지 않고 있는 것을 부끄러워하라는 두 사람의 충고가 날카롭다. "나는 나, 내 식대로 살 거야"라고 말하면서도 진짜 내가 나로 사는 것이 어떤 것인지 그 핵심은 놓치고 있는 것이 아닐까 걱정스러운 마음으로 나의 오늘을 돌아본다.

5. 억울한 사람이 없게 하라

무오년(1798, 정조22) 5월에 행 좌승지行左承旨 홍인호洪仁浩가 아뢰었다.

"우리 성상께서 즉위하신 이래로 옥사를 긍휼히 여기는 정치를 우선하여 서울과 지방의 옥안獄案이 올라올 때마다 삼가는 자세로 오직 형벌을 아끼는 덕과 분명하고 신중하게 판단하면서 지체하지 않는 원칙으로 보시는 대로 곧 답(판부判付와 비답批答)을 내리셨습니다. (중략) 지방관이 새로 부임할 때면 으레 3개월 동안 그곳 사건들의 사실 여부를 자세히 조사하여 아뢰게 하고 암행어사를 임명하실 때도 손수 수찰手札을 써서 잘 살피라 하유하시면서 '형벌을 신중히 사용하는 데에 집중하고 해이해지지 말라'라고 하셨습니다. 이에 온 나라 백성들 누군들 형벌이 없게 하기 위해 형벌을 시행하는 성상의 뜻을 우러르지 않겠습니까!"

戊午五月, 行左承旨洪仁浩啓言, "我聖上臨御以來,

무오오월, 행좌승지홍인호계언, "아성상임어이래,

政先恤獄, 每於京外文案之入徹也, 以欽哉惟恤之德,

정선휼옥, 매어경외문안지입철야, 이흠재유휼지덕,

法明愼不留之義, 淸覽纔完, 判批隨下.

법명신불류지의, 청람재완, 판비수하.

(중략)

藩臣新涖, 例有三朔閱實之啓, 繡衣御命, 輒勤十行, 察隱之諭,

번신신리, 예유삼삭열실지계, 수의어명, 첩근십행, 찰은지유,

'敬玆祥刑, 一念靡弛.' 八方蒼生, 孰不仰刑期無刑之德意哉!"

'경자상형, 일념미이.' 팔방창생, 숙불앙형기무형지덕의재!"

『심리록審理錄』 권수卷首 '편찬에 대해 아뢰는 글(계)啓' 중에서.

처음 '심리록'이란 제목만 보고서 혹시 사람의 마음을 다룬 책인가 했다. 내 전공이 심리학이라 대뜸 그렇게 보였던 모양이다. 한자를 보고 바로 알았다. 아하, '사건을 심리하다' 할 때의 그 심리審理구나. 심리록은 정조 임금의 사죄판부집死罪判付集이다. 그러니까 정조 임금 시기에 일어났던 살인사건에 대해 어떻게 판결했는지를 담고 있는 형사사건 재판 판례집인 것이다.

사실 조선시대는 그 시작부터 법을 기초로 세워졌다. 건국하자마자 정도전은 『조선경국전』을 편찬했고, 이후로 태조 6년(1397)에 조준 등이 육전六典의 형식을 갖춘 『경제육전經濟六典』을 만들어 국가 운영의 지침을 세웠으며, 태종

13년(1413)에는 하윤河崙 등이 『경제육전』 이후에 생긴 규정들을 모아 『속육전續六典』을 편찬했다. 이후 이를 또 집대성해서 세조 때에 조선 대표 법전인 『경국대전經國大典』 편찬에 착수했고, 성종 때 비로소 완성을 보았다. 이후로도 조선은 계속 법전을 보완해나갔기에 조선은 법전이 상당히 많다. 조선은 힘 있는 자가 멋대로 상황에 따라 이렇게 저렇게 운영해가는 헐거운 나라가 아니라 일정한 틀과 원칙을 세워 그 안에서 운영했던 굉장히 규모 있는 나라였다.

그중에서도 법제사에 있어 빛나는 시기가 바로 정조 임금 시기다. 『경국대전經國大典』·『속대전續大典』과 『속대전』 이후의 단행 법령을 통합하는 법전 편찬에 착수하여 재위 9년(1785) 9월에 『대전통편大典通編』을 완성하여 『경국대전』에 이어 두 번째로 통일 법전을 내놓아 행정법을 정비했다. 뿐만 아니라 형법을 정리한 것도 눈에 띈다. 즉위 직후인 1년(1777) 6월에 형구刑具 제도를 바로잡아 규격대로 시행하게 할 목적으로 『흠휼전칙欽恤典則』 제정에 착수하여 완성한 후 2년(1778) 정월부터 시행에 들어갔고, 5년(1781)에는 역대 형사 제도를 집대성한 『추관지秋官志』를 완성하였고, 4년(1790)에는 영조 임금 때의 검험법서檢驗法書인 『증수무원록增修無冤錄』을 다시 고증하여 바로잡고 한글로 토를 달고 필요한 주석을 달아 16년(1792) 11월『증수무원록언해增修無冤錄諺解』를 간행하였다.

　이런 법전들 중에서도『심리록』은 사죄死罪(죽음에 해당하는 죄) 사건의 판례집이라는 것이 특징이다. 이전까지는 없던 형태이기 때문이다. 조선시대에 사죄는 삼복三覆(초복, 재복, 상복 혹은 삼복)을 거쳤다. 현대로 치면 일종의 삼심제다. 이는 이미 고려 문종 1년(1047)에 제도화되었고, 그 후 조선시대에도 태종 그리고 특히 세종 때에 거듭 공표한 이래로 내내 시행되기는 하였으나 실효를 크게 거두지는 못하였다. 삼복법에 따른 검험과 심리가 궤도에 올라 예외 없이 철저히 행해진 것은 정조 임금 때부터였다. 정조는 한 사람이라도 억울한 자가 없도록 하기 위해 각 도에서 올라온 '죽을죄'에 해당하는 옥안을 일일이 검토하였으며, 명확하게 밝히고자 지치지 않고 지속적으로 노력했다.

　정조 임금의 정무기록인『일성록日省錄』을 번역하다 보면 형조가 올리는 각 도의 옥안들이 계속 나오는데, 살인사건인 경우에는 아무리 미천한 사람의 사건일지라도 임금인 정조가 대신大臣들과 함께 해당 사건을 놓고 치열하게 논의했다는 점이 매우 놀라웠다. 한 가지 사건을 예로 들어보겠다.

정조 19년(1795) 5월에 서울 북부 원동苑洞에서 박강아지朴江牙之 사망 사건이 일어났다. 박강아지네는 아마 식사를 대주는 일을 했던 것 같다. 4월 21일 박강아지는 북영北營에 갇힌 죄수들의 저녁 밥상을 이고 가고 있었는데, 술에 잔뜩 취한 훈련도감 군병인 정무갑이란 사람이 박강아지를 만나자 공연히 소동을 일으키고 밥상을 쳐서 부수고는 땅에 던지고 발로 밟았다. 정무갑이 평소에 박강아지네 집에서 밥을 먹고 있었기 때문에 친분이 있었는데 술에 취해 괜히 시비를 건 것 같다. 박강아지는 화가 나서 몇 마디 불손한 말을 했고, 이에 정무갑이 되레 더 화를 내며 곧장 때리려고 하니 놀라고 겁이 나서 곧바로 집으로 도망쳤다. 그런데 정무갑이 기어이 쫓아와서 아이를 붙잡고 사타구니를 걸어차서 아이가 잠시 기절했다. 잠시 뒤 깨어난 박강아지는 아버지가 번을 서고 있는 훈련도감에 가서 일렀다. 놀란 아들을 달래서 집으로 데리고 돌아오는데, 중간쯤 왔을 때 복부 통증이 심해서 걷지 못하게 되자 아버지가 업고 집으로 돌아왔다. 그런데 그 와중에 정무갑은 박강아지네 집에서 아직도 쉬지 않고 욕설을 퍼붓고 있었고 박강아지의 어머니는 그를 피해 부엌에 들어가 있었다. 그 아버지가 이 모양을 보고 곧바로 정무갑의 목덜미를 치고 본영의 입직 장교에게 가서 고소했더니 정무갑을 잡아 가두었다가 그다음 날 곤장을 치고 풀어 주었다. 그런데 정무갑에게 차인 뒤 박강아지의 통증이 내내 가라앉지 않더니 상태가 위독해지는 지경에 이르렀다. 아버지는 다시 사또에게 가서 호소했고, 사또는 아들을 데려오라고 하여 자세히 살피게 하고 나서 정무갑을 북영에 가두었다. 그러던 중 박강아지가 설사하듯이 아래로 피를 쏟고 간간이 핏덩어리도 나오더니 구타를 당한 이후 13일 만에 사망하였다.

정무갑은 이것이 자기가 때려서가 아니라 박강아지가 원래 약해서 늘 이질을 앓고 있었기 때문이라면서, 자기는 그때 술에 취하지도 않았으며 슬쩍 스쳤을 뿐인데 우연히 밥상이 땅에 떨어지자 아이가 화가 나서 아무 말이나 하길래 그 집에 가서 아이를 버릇없이 키운 것에 대해 그 어머니에게 따졌다고 진술했다.

정조 19년(1795) 5월에 옥사가 성립된 이 사건은 정조 24년(1800) 2월에야 끝을 맺는다. 5년여에 걸쳐 진행된 이 사건에서 정조가 판부(임금이 내린 판결 문서)를 내린 것만도 12번이다. 정승들이 의견을 내고, 제대로 진상을 가리기 위해 정무갑을 계속해서 문초하라고 명하여 정무갑은 계속해서 문초를 받았다. 삼복 과정에서 검험檢驗은, 복검관의 경우, "상흔傷痕을 보면 신낭腎囊에 맞닿은 곳부터 불두덩 오른쪽까지가 청자색靑紫色으로 딱딱하게 굳어 있었고 부풀어 오른 피멍은 둘레가 4치 5푼이나 될 만큼 매우 넓었습니다. 목숨이 달린 중요한 부위로는 불두덩보다 더 긴요한 곳이 없는데 연약한 어린 몸으로 장정에게 차였으니 겉으로 벌겋게 부어오르고 독기가 안으로 뻗쳐서 아래위로 피를 쏟다가 결국 13일 만에 목숨을 잃게 된 것입니다"라고 하였는데, 23년에 형조는 "구타가 아주 심하지는 않았고, 5일 만에 피를 쏟는 일이 발생해서 아비는 내상內傷으로 귀결 지었고 정무갑은 이질로 돌렸습니다. 피를 토한 것과 피를 쏟는 것은 대부분 내상이 있는 것인데 시장屍帳(시체를 검안한 장부)의 상흔이 오른쪽 내고內胯(두 다리 사이)의 음낭과 접한 부위에 있었으니, 이는 법문에 이른바 내상 부위가 아닙니다"라고 아뢰었다. 사건 초기에 정조는 목숨으로 보상하게 하라고 명하였으나 24년에는 형률을 감해주었다(이는 기록이 남아 있지 않아 어떻게 감해주었는지 알 수 없다).

11번이나 임금이 정승들과 논의하며 형조에 끝을 볼 때까지 캐내라고 말했던 사건은 이름도 제대로 없는 어느 집 아이의 사건이었다. 이뿐만이 아니다. 정조는 재위 기간 중 처리한 사죄에 대한 판부 등이 거의 2,000건으로 추측된다. 약 25년 동안 매월 평균 6, 7건의 사죄 사건을 다루고 판부를 내린 셈이다. 사건이 다 정리된 후 한 번 훑어보는 것이 아니라 완전히 해결될 때까지 몇 번씩이나 다루었다. 결과가 기록된 것도 있고 아닌 것도 있는데 그 과정은 『심리록』과 『일성록』에 상세히 기록되어 있다. 조선시대는 신분사회였기 때문에 양반이 아니면 사람 대접을 못 받았을 거라고 생각하지만, 왕이 이름 없는 아이의 사건까지 일일이 관여한 것을 보면 억울함 없이 서로에게 너그러운 세상을 만들기 위해 정조가 얼마나 많은 노력을 쏟았는지 알 수 있다.

여름 한가운데에 7월 17일 제헌절이 있다. 법을 다루는 기관을 두고 나라 전체가 시끄러운 요즘, 법에 대해 다시 생각해본다. 오늘날 법의 저울이 기울어져도 한참 기울어졌다는 이야기가 들린다. 몇 십억, 몇 백억의 부정을 저질러도 벌을 받지 않는가 하면, 어린아이를 상대로 성범죄를 저지른 사람과 배가 고파 달걀 18개를 훔친 사람이 똑같은 형량을 받기도 한다. 평범한 국민들도 그 불공정함을 느끼기 때문에 개혁을 말하는 것일 테다. 『일성록』을 번역하면서 접했던 형조의 옥안들, 그리고 그것이 정리된 『심리록』을 보면서 무엇보다 나는 정조 임금의 '열심熱心'을 보았다. 한 사람도 억울한 사람이 없도록 힘닿는 데까지 최선을 다한 열심 말이다. 정쟁에 휘말려 아버지를 잃고, 자신도 늘 생명에 위협을 느끼며 억울한 유년시절과 청년시절을 겪었기 때문인지도 모르겠다. 법 관리들에 대한 개혁의 목소리가 높은 요즘 정조 임금은 많은 것을 생각하게 한다.

6. 최고의 학습 방법

백성 중에 도둑질을 업으로 삼는 자가 있었다. 그가 자기 아들에게 그 기술을 전부 가르쳐주니, 그 아들이 자기 재주를 자부하여 자기가 아버지보다 훨씬 낫다고 생각했다. (중략) 그가 아버지에게 자랑스레 말했다.

"저의 기술이 아버지의 기술과 똑같은데 힘은 제가 훨씬 낫지요. 이 상태로 밀고 나간다면 제가 무엇인들 못하겠습니까?"

그러자 아버지 도둑이 고개를 가로저으며 말했다.

"아니. 아직이다. 지혜는 배워서 이루어지는 데는 한계가 있다. 스스로 터득해야만 넉넉해진다. 그런 면에서 너는 아직 아니다."

民有業盜者, 敎其子盡其術, 盜子亦負其才, 自以爲勝父遠甚.

민유업도자, 교기자진기술, 도자역부기재, 자이위승부원심.

(중략)

誇於父曰: 吾無爽於老子之術, 而強壯過之, 以此而往, 何憂不濟?

과어부왈: 오무상어노자지술, 이강장과지, 이차이왕, 하우부제?

盜曰: 未也, 智窮於學成而裕於自得, 汝猶未也.

도왈: 미야, 지궁어학성이유어자득, 여유미야.

강희맹姜希孟(1424년(세종 6)~1483년(성종 14)). 『사숙재집私淑齋集』 권9 「설說」 중 '도둑 부자 이야기(도자설)盜子說' 중에서.

방학故學. '학'을 '방'하다, 즉 배움을 잠시 내려놓는다는 뜻이다. 그러나 요즘 학생들은 방학 때 더 바쁘다. 부족한 것을 보충하고 선행학습을 해두어야 하기 때문이다. 공교육이 기본이고, 그것을 잘 따라가지 못할 때 사교육이 필요한 것인데, 어찌 된 일인지 근래에는 사교육이 중심이고 공교육이 부수적인 것처럼 보인다. 심각한 주객전도다. 이렇게 되면 가장 큰 문제는 교육이 사람을 성장시키는 것이 아니라 돈이 사람을 성장시키게 된다는 점이다. 경제적으로 윤택할수록 더 다양하고 양질인 교육 기회에 노출된다. 이것이 가져올 미래는? 세습제 신분사회의 출현이다. 공교육은 기회의 평등을 실현하지만 사교육은 세습제를 고착시킨다. 부모의 지위와 재력을 등에 업은 채 온 나라가 제 것인

양 큰소리치며 좋은 것을 죄다 차지하다가 결국 개인뿐만 아니라 나라까지 망쳐버리는 것이 동서양을 막론하고 신분제 사회가 가져온 폐단의 전형이었다.

앞의 '도둑 부자 이야기'를 쓴 강희맹은 엄청난 집안 출신이다. 고려 때부터도 대단했고, 조선시대에도 대단했다. 강희맹의 아버지는 심온沈溫의 사위, 그러니까 세종대왕이 이모부가 된다. 형은 시, 글씨, 그림 모두 뛰어나 삼절三絶이라 불렸던 강희안姜希顔이다. 강희맹은 1447년(세종 29) 24세로 친시문과에 장원급제해서 관직에 나아갔고, 이후 세조에게 총애를 받았다. 예조, 형조, 병조, 이조판서를 지내고 종1품 좌찬성까지 올랐다. 박학다식하기로 유명했는데, 사대부로서의 엘리트 취향과 섬세한 감각을 가진 문인이면서도 농촌 사회에 전승되고 있는 민요와 설화에도 관심을 기울였다. 그래서 집안의 후광 덕에 아들이 과거를 보지 않고 벼슬에 나갈 수 있었다.

그러나 그 아들은 그렇게 나간 벼슬자리를 스스로 포기하고 제대로 공부해서 제대로 벼슬길에 나설 것을 다짐한다. 이 글은 그가 아들 강구손姜龜孫에게 교훈을 주기 위해

지은 다섯 가지 이야기 중의 한 편이다. 아버지의 이 가르침은 유효했던 모양이다. 강구손은 결국 과거에 급제해서 떳떳하게 벼슬길로 나아갔고, 우의정까지 지냈다. 강구손 옆에 앉아 슬쩍 이 재미난 이야기를 들어보자.

도둑은 그동안 자신이 갈고 닦아온 모든 기술을 아들에게 아낌없이 가르쳤다. 아들도 도둑질에 재능(?)이 있었는지 그 가르침을 쑥쑥 받아들여서 기술이 일취월장했다. 교만해진 아들은 이제 자신이 아버지보다 낫다고 자신하는 수준에까지 이른다. 그러나 아버지는 아직 아니라고 한다. 아들은 이해하지 못한다.

"대체 뭐가 아니라는 것이지요, 아버지?"

아버지는 말한다.

"아직 멀었다. 내가 가르쳐준 기술을 사용하면 겹겹이 둘러싸인 성에도 들어갈 수 있고, 아무리 꽁꽁 싸매 깊이 감추어둔 물건이라도 찾아낼 수 있겠지. 하지만 한 번 차질이 생기면 끝장이다. 아무런 증거도 남기지 않고 어떤 위기에도 대처하는 것은 네 스스로 터득한 너만의 경지가 있지 않으면 불가능한 것이다. 너는 아직 멀었다."

아들은 아버지가 자신을 낮게 평가한다고 생각했다. 그

래서 그 말을 한 귀로 듣고 한 귀로 흘려버렸다. 어느 날 밤 이 도둑 부자는 함께 어느 부잣집을 털었다. 아버지는 아들을 보물창고로 들여보냈다. 아들이 한창 열심히 훔치고 있는데 아버지가 밖에서 문을 닫고 자물쇠를 걸어버리고는 일부러 소리를 내서 주인이 듣게 했다. 도둑이 들었나 싶어 주인이 달려 나왔다. 그런데 창고의 문이 잠겨 있는 걸 보고 잘못 들었나 하며 다시 집안으로 들어갔다. 주인이 돌아간 게 다행이다 싶었는데 아들은 자신이 창고 안에 갇혔음을 알게 되었다. 누군가 열어줘야 했다. 결국 그는 일부러 손톱으로 쥐가 물건을 긁는 소리를 냈다. 그 소리를 들은 주인이 "저놈이 내 보물을 다 망가뜨리네. 쫓아버려야겠다"라며 창고 문을 열었다. 아들은 문이 열린 틈을 타 창고에서 빠져나갔다. 그러나 이게 웬일인가? 주인집 식구들에게 들켜버리고 만 것이다. 온 식구가 아들 도둑을 쫓았다. 아무래도 그냥은 벗어나기 어렵다는 걸 안 아들은 연못가를 돌아 나가면서 큰 돌을 하나 집어 연못에 던졌다. '풍덩!' 하는 소리가 들리니 도둑을 쫓던 이가 "도둑이 물속으로 뛰어들었다!"라고 외치며 모두 연못가를 막아서서 뒤지기 시작했다. 이 소란을 틈타 아들 도둑은 완전히 빠져나오게 되었다.

아들 도둑은 아버지를 보자마자 원망을 시작했다.

"아버지! 짐승도 제 새끼는 보호하는데 제가 뭘 잘못했다고 그러세요!"

그러자 아버지는 빙긋 웃으며 이렇게 말했다.

"이제 되었다. 너는 천하제일의 도둑이 될 것이다. 남에게 배운 기술은 한계가 있지만 네 스스로 터득한 경지는 무궁하게 응용할 수 있는 법이다. 더구나 완전히 궁지에 몰려 어찌해볼 수 없는 답답한 상황은 사람의 심지를 굳게 만들고 사람의 기술을 한층 성숙하게 만든다. 내가 너를 위험에 빠뜨린 것은 너를 진정으로 건져주기 위한 것이었다. 네가 만약 그 창고에 갇히고 정신없이 쫓기던 어려움을 겪지 않았다면, 어떻게 쥐가 갉는 흉내나 연못에 돌을 던지는 희한한 꾀를 낼 생각을 할 수 있었겠느냐? 네가 생각지 못한 곤경에 맞닥뜨렸기 때문에 기발한 지혜를 낼 수 있었던 것이다. 생각이 이제 한 번 트였으니, 이제 다시는 헤매는 일이 없을 것이다. 너는 천하제일이 될 것이다."

그리고 그 아들은 정말로 천하무적의 도둑이 되었다.

이 이야기를 들려주고 강희맹은 말한다.

"도둑질이란 남을 해치는 기술이지만 그것도 반드시 스스로 터득한 수준이 있어야 비로소 천하제일이 되는 법이다. 그러니 제대로 된 선비가 도덕과 공명에 뜻을 두는 것은 더 말할 필요 있겠느냐? 대대로 벼슬하여 국록을 누리는 집안의 후손들은 사람을 사랑하고 사람답게 사는 일의 아름다움과 학문의 유익함을 모르고, 자신이 높은 지위에 오르고 이름이 나고 나면 이전의 뛰어났던 사람들은 만만하게 여기고 오랜 업적을 무시하곤 한다. (중략) 너도 이 이야기처럼 창고에 갇히고 급하게 쫓기더라도 어려움을 피하지 말고, 마음에 스스로 터득하는 것이 있어야 한다. 소홀하게 여기지 말거라."

요즘엔 잘난 부모를 두는 것도 경쟁력이라고 말한다. 집안의 후광 덕분에 교육 혜택을 충분히 누려 남보다 조금 나아진 걸 가지고 자신이 스스로 대단한 사람인 양 으스댄다. 부족함 없고 이지러진 곳 없이 키우고 싶은 것이, 결여가 없이 키우고 싶은 것이 부모의 마음이지만 무언가가 결핍되었을 때의 간절함 속에서 자녀는 홀로 서는 법을 배운다. 세상을 보는 눈을 키운다. 자신의 인생을 스스로 책임져야 한다는 것을 깨닫는다. 자신의 부족함이 빚어낸 결과들을 책임지며 그 안에서 진짜 지식을 습득해가는 것이다.

공교육의 목적은 교과목을 배우는 데만 있는 것이 아니다. 다양한 배경을 가진 각기 다른 아이들이 한곳에 모여, 일정한 시간 동안 좋은 싫든 살을 부벼가며 서로의 다름 속에서 상처 입기도 하고 그 상처를 싸매주기도 하면서 서로의 빈자리를 채우는 법을 배워가는 것이다. 교과서의 지식이 삶으로 이어지게 하는 가교는 멀리 있지 않다. 바로 교실 안에 있다. 아이의 빈자리를 아이가 스스로 채워가지 못하게 하는 교육은 도둑의 부모도 하지 않는 짓이다. 강희맹이 우리와 같은 시대를 살고 있다면 어떻게 했을까? 자녀에게 사교육을 시킬 경제력이 충분하더라도 공교육을 고수하지 않았을까? 넘어진 아이가 혼자 힘으로 일어서고, 혹은 아이들끼리 서로 일으켜주면서 성장하는 것을 멀찍이 물러서서 지켜보고 있지 않았을까? '내 아이가 어떻게 성장하면 좋을까?'에 대한 해답은 부모 눈에 못내 안타깝게 비치는 그 '결여' 속에 있을 것이다.

7. 밥 한 그릇의 무게

옳지 않게 얻었는데도 목구멍에 넘긴다면

그건 도둑이나 매한가지고

일하지 않았는데도 양껏 배 불린다면

그건 남의 피 빨아먹는 버러지라네

밥을 먹을 적마다 반드시 경계하라

부끄럽게 입에 들어가는 일 없도록

非義而食, 則近盜賊, 不事而飽, 是爲蟊蠹, 每飯必戒, 無有愧色

비의이식, 즉근도적, 불사이포, 시위명닐, 매반필계, 무유괴색

———

김창협金昌協(1651년(효종 2)~1708년(숙종 34)). 『농암집農巖集』「찬贊·명銘」
중 '밥그릇에 새긴 명(반우)飯盂'

며칠 전이 말복이었다. 이제 삼복더위가 다 지나갔다. 올해의 한더위는 다 넘긴 셈이다. 지금 우리에게는 복날이 더위를 잘 나기 위해 보양식을 챙겨 먹는 날 정도로 인식되지만 사실 복날은 농사에 매우 중요한 날이다. 복날이 한 번 지날 때마다 벼에 마디가 하나씩 생기고 그렇게 세 번의 복날을 지나 벼에 세 개의 마디가 새겨지면 비로소 이삭이 패기 시작하기 때문이다. 말라 죽을 것처럼 무더운 복날을 지나야만 이삭이 패고 가을이 되면 추수의 기쁨을 누릴 수 있게 된다. 인고의 세월을 거쳐 비로소 쌀 한 톨이 만들어지는 것이다. 그러니 복날이면 보양식 먹는 데만 마음을 쏟지 말고 밥 한 그릇의 소중함을 생각해보면 어떨까?

이번에 소개하는 글은 '밥그릇에 새긴 명'이다. 밥그릇에 자신이 명심하고 또 명심해야 할 사항을 새겨둔 것이다. 끼니때마다 저 밥그릇에 밥을 담아 먹어야 한다면 밥 먹기가 부담스럽지 않을까 싶을 정도로 단호한 내용이다. 내가 먹는 이 밥이 옳게 얻은 것인지, 땀 흘려 얻은 것인지 늘 살펴라 한다. 나의 생명을 연장시켜주는 이 밥이 부끄러운 방식으로 내 입에 들어와서는 안 된다는 것을 명심하라는 것이다. 남의 것을 빼앗아서 내 배를 불려도 안 되고, 남의 노동력을 착취해서 내 배를 불려서도 안 된다.

그러면 우리는 어떤 마음가짐으로 밥을 대하고 있을까? 먹을 것이 지천으로 널려 있고, 생산자와 소비자의 개념이 명확한 요즘 세상에서 농부의 수고 덕분에 밥을 먹는다고 생각하는 사람은 많지 않을 것이다. 대부분 내가 번 돈으로 당당히 값을 치르고 사먹는 것이라고 생각할 테니 이 글에서처럼 밥을 두고 이토록 결벽에 가까울 정도로 숭고한 생각을 하는 사람은 거의 없으리라. 내가 번 돈의 가치를 묵상할지언정 매 끼니 내 입에 들어가는 밥 자체를 묵상하기는 쉽지 않다. 그러나 우리가 너무나 쉽게 남기거나 버리곤 하는 쌀 한 톨은 1년이라는 무게를 견뎌 나에게 온다. 대자연과 농부의 수고로 그 작은 한 알이 얻어지는 것이다.

나 역시 농사를 지어본 적이 없다. 그저 쌀이 너무 흔해서 귀한 줄 몰랐고, 너무 익숙해서 관심조차 기울이지 않았다. 농부의 수고를 생각하라는 어른들의 말은 교과서에 나오는 빤한 말 같았고, 그저 잔소리로 여겼다. 그런데 어느 날 우연히 듣게 된 루시드 폴이란 가수의 〈벼꽃〉이라는 노래가 나의 이런 생각에 균열을 일으켰다.

보이지 않는다고 나를 사랑하는지 묻진 말아요
햇살 쏟아지던 여름 나는 조용히 피어나서
아무 흔적도 없이 사라지는 가을이 오면
이런 작은 사랑 맺어준 이 기적은 조그만 볍씨를 만들
거예요
향기가 나진 않아도 그리 화려하진 않아도
불꽃 같던 내 사랑을 의심하진 말아줘요
모두들 날 알지 못한다고 해도
한 번도 날 찾아본 적 없다 해도
상관없어요, 난 실망하지 않으니
머지않아 나락들은 텅 빈 들판을 채울 테니

눈을 크게 떠 날 찾아도 더 이상 난 보이지 않을지도 몰라

하지만 내가 생각난다면 불꽃 같던 내 사랑 하나 믿어줘요

아, 그렇구나! 벼에도 꽃이 피겠구나! 단 한 번도 생각해 보지 못한 것이었다. 봄이 되면 벚꽃 구경에 열을 올리면서 수많은 인파 속을 헤집고 다니면서도, 정작 매 끼니 먹는 소중한 쌀도 알알이 꽃이 피고 져서 여문 하나의 열매라는 건 까맣게 잊고 있었다니! 벼꽃이 있을 거란 생각도, 그 꽃을 보아야겠다는 생각도 해본 적은 없었다. 그제서야 밥그릇을 대하기가 민망해졌다.

남을 부리는 위치에 있는 사람은 나를 위해 힘써 일하는 사람들의 공으로 자신의 재산을 쌓고도 그들의 수고와 피땀으로 오늘의 자신이 있다는 걸 알지 못한다. 오히려 자신 덕분에 그들이 먹고살 수 있다고 생각한다. 그러니 존중할 줄도 감사할 줄도 모른다. 그렇게 늘 똑같이 흘러가는 '일상'은 우리도 모르는 사이에 우리 자신을 잔인하게 만든다.

농부 외에는 아무도 궁금해하지 않는 꽃을 벼는 해마다 성실하게 피워낸다. 보이지 않아도 성실히, 그리고 불꽃같

이 사랑해서 그 사랑의 징표로 너른 들을 나락으로 가득 채운다. 아무도 몰라주고 아무도 찾아와주지 않아도 벼의 사랑은 멈추지 않는다. 꽃을 피우고 그 사랑의 결실을 남겨준다. 늘 같은 자리에서 자신의 사랑을 성실히 지켜낸 덕분에 모든 이들이 다음해에도 밥심으로 살아갈 수 있다. 그 불꽃 같은 사랑은 복날의 고난도 마다하지 않는다. 일사병으로 쓰러지기 딱 좋은 그 볕을 죽기살기로 견디며 자신의 몸에 마디를 새긴다. 모진 더위를 잘 견뎌냈다고 하늘이 내리는 훈장처럼 초복을 지나 마디 하나를 새기고, 중복을 지나 마디 하나를 새기고, 말복을 지나 마디 하나를 새긴다. 그리고 그 모든 고비가 지나면 마지막 선물로 이삭을 품는다. 자연은 쌀 한 톨 그냥 만들어내는 법이 없다. 정직하게 노력하고 견뎌야 할 시간을 다 견뎌내면 그 모든 세월의 이력을 새긴 쌀 한 톨을 내어주는 것이다.

마트에 가면 언제든 그리 큰돈 들이지 않고 쌀 한 포대를 살 수 있다. 쌀알 하나하나는 너무 작아 후두둑 몇 알 떨어져도 아무도 신경 쓰지 않는다. 밥 먹다 한 숟갈 남겨도 누구 하나 아까워하지 않는다. 그러나 그렇게 버려지는 쌀알 하나도 모두 정직한 노력의 결과이고 오랜 인내의 결과다. 쌀뿐만이 아니다. 내 생명을 연장시켜주는 모든 먹거리는 자연이 시간에게 거짓말하지 않고 성실하게 키워낸 것이다. 누가 알아주든 아니든 상관없이 들여야 할 시간을 다 들이고 들여야 할 노력을 다 들여서 키워낸 것들이다.

현대사회에서는 모든 것을 돈으로 거래한다. 그렇다 보니 우리의 생명 유지에 꼭 필요한 먹거리들이 내 손에 들어오기까지 어떠한 과정을 거치는지 관심을 두지 않는다. 어떤 사람들은 개처럼 벌어 정승처럼 쓰면 그만이라고 할 것이다. 정의롭게 번 돈이든 떳떳하지 못하게 번 돈이든 많이 벌면 그만이라고 말이다. 그러나 오늘도 식탁에 오른 밥은 나에게 묻는다. 정당하게 나를 얻었느냐고, 정직한 노동으로 나를 얻은 것이냐고. 나는 그렇게 너에게 왔으니 너도 그렇게 나를 취해야 옳다고. 복날엔 보양식보다 인고의 세월을 견디는 벼를 기억하기 바란다.

8. 음악의 힘

마음이 화평을 얻지 못하면 신체의 모든 부분도 그에 따라 어그러지게 되어서 모든 움직임이 전부 법도를 잃게 된다. 그러므로 성인聖人은 거문고琴, 비파瑟, 종鐘, 북鼓, 경쇠磬, 피리管 등의 악기로 음악을 만들어서 아침저녁으로 귀를 통해 마음속으로 들여보내서 그 혈관과 맥을 진동시켜 화평하고 화락한 뜻을 고무시켰다.

心不和則百體從而乖, 而動作周旋, 皆失其度.
심불화즉백체종이괴, 이동작주선, 개실기도.
故聖人爲之琴瑟鍾鼓磬管之音, 使朝夕灌乎耳而漑乎心,
고성인위지금슬종고경관지음, 사조석관호이이개호심,
得以動盪其血脈而鼓發其和平愷悌之志.
득이동탕기혈맥이고발기화평개제지지.

───
정약용丁若鏞(1762년(영조 38)~1836년(헌종 2)). 『여유당전서與猶堂全書』「문집文集」권11 '음악에 관한 논(악론)樂論' 중에서.

쉽게 잠을 이루지 못하는 열대야에 음악을 틀어본다. 음악이 없었으면 이 긴긴 여름밤을 어떻게 보냈을까? 우리나라 사람들은 음악을 정말 좋아한다. 보는 것도 좋아하고 듣는 것도 좋아하고 부르는 것도 좋아한다. 지금 이 책을 읽는 독자들도 혹시 배경음악을 틀어놓고 있지 않을까? 언젠가 경복궁에서 음악과 함께 하는 인문학 강좌를 한 일이 있었다. 내가 인문학 강의를 하고 나면 전문 국악인들의 연주가 이어지는 구성이었다. 그때 나는 조선에서 음악이 어떤 의미였는지에 대한 강의를 했다. 유교 국가인 조선에서 음악이 어떤 의미를 가졌는지, 유가儒家에서 항상 말하는 예악, 즉 예와 악의 관계에 대해 이야기를 나누어보았다. 예와 악은 떼려야 뗄 수 없는 관계다. 유가에서는 음악이 매우 중요한 교화 혹은 통치 수단이다. 공자를 이야기할 때도 음악을 빼놓을 수 없다. 『논어』에도 음악에 대한 내용이 적잖이 나온다. 『맹자』에서는 '여민동락與民同樂'의 개념이 등장한다. '백성과 함께 즐기는 음악'이란 뜻이다. 세종대왕이 만든 음악인 '여민락'이 바로 맹자의 저 대목에서 따온 제목이다. 옛 통치자들의 필독서인 경서經書 중에는 『악경樂經』도 있었다. 이는 현재 전해지지 않으나 『예기禮記』에 「악기樂記」가 포함되어 있어 그 내용을 약간 짐작해볼 수 있다.

왜 이렇게 유가에서는 음악이 중요했을까? 유가는 힘과 형벌이 아니라 도덕과 윤리로 다스리려 했기 때문이다. 덕과 윤리란 오랫동안 사회적인 합의에 의해 형성되는 개념이다. 나 혼자 도덕과 윤리를 만들 수 없다. 인간 보편의 정서가 담겨야 한다. 사회의 윤리와 도덕이 바른 방향으로 잘 자리 잡히면 그 기준이 내부에 있어 몇몇 사람의 농간이나 일시적 시류에 사회의 근간이 쉽게 흔들리지 않는다. 하지만 법과 형벌로 다스리면 그 기준이 외부에 있게 되어, 그 원칙을 만든 사람보다 힘이 센 누군가가 나타나 제멋대로 원칙을 바꿀 수 있다. 도덕과 윤리가 정리된 개념이 '예禮'다. 예는 공동체에서 개인의 위치를 결정하고, 개인과 개인, 개인과 공동체 사이에 맺는 관계의 적절한 형태를 정의한다. 그것이 곧 그 사회의 '질서' 혹은 모두가 받아들이는 '관습법'이 된다. 이 딱딱한 예를 부드럽게 표현해주는 것이 '악樂'이다. 악은 조화의 극치이기 때문이다. 모든 악기들이 저마다의 소리를 가지고 있지만 질서 정연하게 자기 몫을 다하면 하나의 곡을 완성시키면서 최상의 아름다움을 빚어낸다. 예가 제대로 현현된 사회의 아름다움을 그대로 보여주는 것이다.

아름답고 조화로운 연주를 위해서는 개인의 폭주를 막아야 한다. 내 감정에 치우쳐 제멋대로 연주하면 불협화음을 일으킨다. 인간에게는 일곱 가지 감정이 있다. 희喜·노怒·애哀·구懼·애愛·오惡·욕慾, 즉 기쁘고, 화나고, 슬프고, 두렵고, 사랑하고, 미워하고, 욕망하는 감정이다. 이 감정이 있어야 인간이지만 이를 절제할 줄 모르면 인간 아닌 인간이 되어버린다. 좋은 음악은 이러한 감정의 바른 발산과 절제를 가르칠 수 있다.

정약용은 '악론'에서 이렇게 말한다.

"아! 사람은 가만두어도 저절로 선善해질 수 있는 존재가 아니라 반드시 가르친 다음에야 선해지게 되는 존재다. 왜 그런가? 기쁨喜, 분노怒, 슬픔哀, 두려움懼, 사랑愛, 증오惡, 욕망慾이라는 칠정七情이 마음속에 서로 뒤엉켜 화평和平함을 얻을 수 없기 때문이다. 어떤 때는 싱긍벙글 기분 좋아하다가 갑자기 도를 지나쳐 방탕으로 흐르기도 하고, 또 어떤 때는 붉으락푸르락 감정이 올라오다가 도를 지나쳐 화를 뿜어내기도 한다. 전전긍긍하기도 하고, 벌벌 떨기도 하며, 호시탐탐 노리기도 하고, 흘기죽죽 째려보기도 하니, 마음이 어느 때고 화평을 얻지 못하는 것이다."

미친 듯 흔들리는 마음을 안정시키고 평안하게 만들 요량으로 성인이 음악을 만들었기 때문에 정약용은 그 내용과 구성이 마음을 화평하게 하고, 절제를 가르치며, 감정을 바르게 표현할 수 있는 길을 가르치는 음악이라야 진짜 음악이라고 보았다. 그리고 이렇게 만들어진 음악은 언제고 사람의 곁을 떠나서는 안 된다고 말한다.

중국 전국시대 철학자인 순자荀子는 『순자』 「악론樂論」에서 이렇게 말한다.

"군자의 음악은 바른 덕을 이루기 위한 것이고, 소인의 음악은 욕망을 채우기 위한 것이다. 바른 덕으로 욕망을 통제하면 즐거우면서도 무질서한 혼란에 빠지지 않고, 욕망에 빠져서 바른 덕을 잊으면 미혹되어 제대로 즐기지 못하게 된다. 음악은 제대로 된 즐거움으로 이끄는 도구이고, 모든 악기들은 바른 덕으로 이끄는 도구다. 그래서 음악이 성행하면 백성은 올바른 방향으로 향한다. 때문에 음악은 바른 다스림의 성대한 모습인 것이다."

일견 이해가 되는 말이다. 우리의 생각은 반복 노출되는 쪽으로 끌려가기 마련이다. 즉, 노출 빈도가 수용 정도와 변화 정도를 결정한다. 따라서 보고 듣기에 좋은 것이 마냥 그대로 즐겨도 좋은 것인지는 사실 고민할 필요가 있다. 오로지 '취향'만을 오락거리의 선택 기준으로 삼는 것이 꼭 타당하거나 합리적이라고 할 수 없는 이유다. 옳은 방향으로 이끌지 못해서 사람들이 정도를 잃고 제멋대로 행하는 세상은 어떤 모습일까? 순자가 바라보는 무질서한 세상은 다음과 같다.

"사람들의 옷은 화려하고 사치스럽고, 용모는 여인 같은 아름다움을 추구하며, 풍속은 음란하고, 마음은 이익에 빠져 있고, 행동은 조잡하고, 음악의 곡조는 험악하고, 글은 내용이 없이 수사만 화려하고, 생활은 절도가 없고, 장례는 죽은 이를 간략하게 대하고, 예의를 천시하고 힘을 대단하게 여긴다. 빈궁한 이는 도적이 되고, 부유한 이는 남을 해치는 자가 된다. 잘 다스려지는 세상은 이와 정반대다."

음악이 음악 본래의 기능을 되찾으면 음악만큼 인간의 정서에 유익한 것도 드물다. 그래서 정약용은 제대로 구성된 음악은 언제나 사람의 곁을 떠나서는 안 된다고 말한다. 그는 음악이 사람의 감정에 작용하는 힘을 높이 샀기 때문이다.

"성인의 도道도 음악이 아니면 행해지지 못하고, 제왕의 정치도 음악이 아니면 성공하지 못하며, 천지 만물의 정情도 음악이 아니면 화락하게 조화調和되지 못한다."

그렇다면 요즘 우리가 좋아하고 즐겨 듣는 음악에 대해 고민해보지 않을 수 없다. 사실 우리 음악은 서양 음악에 너무 많이 잠식당해 있다. 정서 자체가 다른 음악에 지속적으로 노출되는 것은 그냥 지나쳐버릴 문제가 아닐지도 모른다. 나는 경복궁 강의를 준비하며 내내 국악을 들었다. 그중에서도 궁정음악인 아악을 들었다. 한참을 듣고 또 듣다 보니 내가 그동안 국악을 참 멀리했음을 깨달았다. 그래서 일부러 국악 공연을 챙겨 보기도 하고, 국악 CD를 사거나 음원 사이트에서 국악을 스트리밍도 하지만 서양 음악을 듣는 시간에 비길 바가 아니다. 아주 오랜 세월 이 땅의 음악이었던 것이 잠시 우리 곁에서 사라졌다가 입지가 형편없이 좁아지더니 아주 멀어졌다. 우리 내면에는 국악의 익숙한 가락과 장단과 정서가 남아 흐르지만 우리 귀에는 이것이 몹시 낯설다. 그래서인지 요즘 국악도 자꾸 다른 장르와 섞인 퓨전 국악으로 향하는 것 같다.

하지만 요 며칠의 경험은 아주 새로운 맛으로 내게 다가왔다. 사람의 마음을 바루고 예를 형상화하기 위해 만든 궁정음악은 유장하고 아름다웠다. 나를 차분히 가라앉혀 주는 느낌이었다. 올여름에는 무작정 국악에 다가서보면 어떨까? 천천히 번지는 아악에 나를 맡겨보면 어떨까? 가빠지는 일상의 호흡을 단아한 가락으로 정리해보면 어떨까? 취향이 변하기를 기다리지 말고 취향을 바꿔보면 어떨까?

좋아해서 듣기도 하지만 듣다 보니 좋아지고 빠져드는 게 음악이니 말이다. 휴가를 가기 전에 이미 내 마음에 휴식이 찾아와 있을지도 모른다.

9. 인간 세상 지식인 노릇 어렵기만 하구나

난리 속에 어느덧 백발의 나이 되었구나
몇 번이고 죽어야 했으나 결행하지 못했네
오늘은 참으로 어찌해볼 수 없는 상황
바람 앞 촛불만 푸른 하늘을 비추네

요사스런 기운 덮쳐 황제의 별 옮겨 가니
침침하게 가라앉은 궁궐 낮이 더디 흐르네
황제의 조칙 앞으로 다시 있지 않으리니
종이 한 장 채우는 데 천 줄기 눈물이라

금수도 슬피 울고 산하도 찡그리누나
무궁화 세상은 이미 망해버렸다네
등불 아래 책 덮고 역사를 헤아려보자니
인간 세상 지식인 노릇 어렵기만 하구나

짧은 서까래만큼도 지탱한 공 없었으니
그저 살신성인일 뿐 충성은 아니라네

결국 겨우 망국 끝에 목숨이나 바칠 뿐
왜 그때 간신배 내치라 외치지 못했던가

亂離滾到白頭年, 幾合捐生却未然, 今日眞成無可奈,
輝輝風燭照蒼天
난리곤도백두년, 기합연생각미연, 금일진성무가내,
휘휘풍촉조창천
妖氛晻翳帝星移, 九闕沉沉晝漏遲, 詔勅從今無復有,
琳琅一紙淚千絲
요분엄예제성이, 구궐침침주루지, 조칙종금무부유,
임랑일지루천사
鳥獸哀鳴海岳嚬, 槿花世界已沉淪, 秋燈掩卷懷千古,
難作人間識字人
조수애명해악빈, 근화세계이침륜, 추등엄권회천고,
난작인간식자인

曾無支厦半椽功, 只是成仁不是忠, 止竟僅能追尹穀,

當時愧不躡陳東

증무지하반연공, 지시성인불시충, 지경근능추윤곡,

당시괴불섭진동

———
황현黃玹(1855년(철종 6)~1910년 8월). 『매천집梅泉集』 제5권 절명시 4수絶
命詩 四首

8월 15일은 광복절이다. 우리 민족에게 매우 기쁜 날이지만 그 이전에 경술국치가 있었다. 1910년 8월 22일 한일 합병조약이 체결되었고, 8월 29일에 그 조약이 선포되었다. 국치도 광복도 모두 8월에 있었다. 광복을 기뻐하고 기념하기 이전에, 아니 광복을 제대로 기뻐하고 기념하려면 같은 달에 있었던 쓰라린 역사를 먼저 기억해야 하지 않을까?

이 절명시를 쓴 황현은 어려서부터 총명함이 남달랐다고 한다. 그래서 1883년(고종 20) 과거시험에 응시했을 때 초시 초장에서 수석을 차지했다. 그러나 시험관은 그가 시골(전라남도 광양) 출신이라는 이유로 그를 2등으로 내렸다.

조정이 얼마나 부패했는지 절감한 그는 관계 진출에 대한 뜻을 접고 그 다음 시험에 응시하지 않은 채 귀향해버렸다. 그러나 아버지의 강권으로 5년 뒤 어쩔 수 없이 다시 응시했고, 또다시 수석을 차지했다. 결국 아버지의 바람대로 성균관 유생이 되었다. 하지만 나라는 더 엉망이 되어갔다. 임오군란(1882년, 고종 19)과 갑신정변(1884년, 고종 21)을 겪고 청나라의 간섭이며 수구파 정권의 부정부패가 극심했던 때이므로 이런 조정에서 도저히 벼슬할 마음이 생기지 않아 결국 도로 귀향해버렸다. 이를 안타깝게 여긴 친구들이 편지를 보내 그가 은거하려는 것을 책망하기도 했는데, 그때마다 황현은 답하기를 "자네는 어찌하여 나로 하여금 도깨비 나라 미친 사람 무리 속으로 들어가서 똑같이 도깨비, 미치광이가 되게 하려는가?"라며 되레 그들을 나무라곤 했다.

경술년(1910년, 융희4)에 한일합병조약이 체결되었다. 그 부끄러운 조서가 각 고을로 전달되어 황현이 살고 있던 마을에도 내려왔는데, 그는 기가 막혀 조서를 절반도 못 읽고는 조서가 적힌 종이를 기둥 위에 묶어 매달아 놓았다. 아우 황원이 그 조서를 보고 가져다 읽다가 "오늘날에 인망

人望이 있어 순절해야 할 사람이 누구입니까?"라고 물으면
서, "아무 공某公은 오늘날 죽지 않고 있으니, 평소 기대했던
바와 사뭇 어긋납니다"라고 했다. 그러자 황현은 빙그레 웃
으며 "자신은 죽지 못하면서 남이 죽지 않는 것을 책망해서
야 되겠느냐? 종묘사직이 망한 날에는 사람마다 죽어야 하
는 것이지, 유독 인망이 있는 사람뿐이겠느냐?"라고 하였
다. 그리고 며칠 후 황현은 '절명시'를 짓고, 자제들에게 남
길 유언을 쓴 뒤 스스로 목숨을 끊어 조선의 마지막 선비를
자임했다. 그의 유언의 내용은 다음과 같다.

"나는 죽어야 할 의리는 없다. 다만 국가에서 선비를 길
러온 지 500년이 되었는데, 나라가 망한 날을 당해 한 사람
도 국난國難에 죽는 자가 없다면 어찌 통탄스러운 일이 아
니겠느냐. 내가 위로는 하늘로부터 타고난 양심을 저버리
지 않고, 아래로는 평소에 읽은 글을 저버리지 않고서 영원
히 잠든다면 참으로 통쾌함을 느끼리라. 그러니 너희들은
너무 슬퍼하지 말거라."

조선은 성리학의 나라였다. 의義와 충忠이 국시國是였던 나
라였다. 그러나 망국 앞에서 황현은 의와 충으로 나라를 지

키는 정치인도 학자도 볼 수 없었던 것이다. 황현의 유언에서 배운다는 것의 무서움을 느낀다. 배우는 것은 그렇게 살기 위해 배우는 것이다. 배움과 삶이 유리된다면 그것은 진정한 배움이라고 할 수 없다. 선과 정의와 옳음을 가르치지 않는 교육은 없다. 그러나 그것이 다만 책에 있는 것, 좋은 성적을 얻기 위한 것, 세상을 그렇게 살 수는 없는 것으로 받아들여질 때 세상은 위태로워지기 시작한다. 황현은 망국 앞에서 삶과 지식이 완전히 분리된 지식인 사회를 보았다. 사람들은 나라가 이 꼴인데 왜 아무도 비분강개함을 보여주지 않느냐고, 순절하지 않느냐고 물었다. 황현은 왜 '누군가'를 찾느냐고 물었다. 배웠다면, 그 의리에 따라 죽어야 할 사람은 배운 자 바로 '나'라고 스스로에게 말했다.

황현과 매우 가깝게 지내며 많은 교류를 나눴던 구한말의 문장가 김택영이 매천 황현의 초상화를 보며 자신의 의로운 친구를 추모한 글이 인상 깊어 여기에 소개해본다.

얼굴은 볼품없으나 기개는 우뚝하고
눈은 근시에 사시로 흐릿하나 흉금은 시원스러웠지
문학을 숭상했던 이, 삶을 순절로 끝맺었다네

풍만한 몸집 윤택한 살결에 낯빛 번지르르한 자만이 부
끄러워하겠는가?

도덕군자인 체 꾸미는 자라도 이마에 땀 흘려야 하리라!

황현의 초상화를 보며 부끄럽지 않을 사람이 지금 세상
에도 몇이나 될까? 김택영은 또한 「안중근전」을 쓰기도 했
는데, 그 글에는 안중근 의사가 이토 히로부미를 암살하기
전 동지들과 하얼빈 여관에서 자신의 뜻을 담아 지어 불렀
다는 노래의 가사가 기록되어 있다.

장부가 세상을 살아가며

쌓은 뜻, 마땅히 기특해야 하지

시대가 영웅을 만든다지만

영웅이 시대를 만들기도 하는 것

북풍은 차디찬데

내 피는 뜨겁구나!

비분강개한 마음으로 한 번 떠나왔으니

반드시 쥐새끼 같은 도적놈을 죽이리라

우리 모든 동포여,

부디 공업을 잊지 마소

만세, 만세

대한 독립이로다!

'시대가 영웅을 만든다지만 영웅이 시대를 만들기도 하는 것'이란 가사가 인상적이다. 조선이 망하고 대한제국이 막을 내리고 일제가 이 나라를 집어삼켰을 때 그 기간이 얼마나 이어질지 아는 사람은 아무도 없었다. 독립운동을 하던 사람들도 시간이 지날수록 용기가 사라졌다. 지금의 우리야 끝을 아는 과거의 이야기지만 당시를 살았던 사람들에게는 도무지 짐작할 수 없는 현실이었으니 그 두려움이 이해가 안 되는 건 아니다. 나 역시 두려운 현실의 공포 앞에서 알 수 없는 미래를 끝내 '내가 배운 옳음'으로 메워가고 있었을 자신이 없다. 그러나 '내가 배우고 깨달은 옳음'을 배신하지 않은 자들이 시대를 만들어냈기 때문에 오늘 나는 이만큼 밝은 세상에서 살아간다는 걸 또한 잘 알고 있다. '옳음'과 '정의'를 오늘도 가르치고 배울 수 있는 건 그걸 삶으로 살아낸 사람들이 있기 때문이다. 밝은 내일이 보여서가 아니라 어두운 오늘에 항복하지 않았기 때문에 그들은 내일도 정의의 가치를 말할 수 있는 세상을 만들었다.

황현은 "인간 세상 지식인 노릇 어렵기만 하구나"라고 말했다. 특별히 지식인이 따로 있는 게 아니다. 지식을 쌓으면 모두 지식인이다. 배우지 않고 성장할 수 있는 사람은 아무도 없다. 그래서 우리는 모두 자신을 돌아보며 "지식인 노릇 어렵기만 하구나!"라고 외치며 애통해할 책임이 있는 존재들이다. 옳은 것을 배웠으면 그렇게 살기 위해 최선을 다하는 자세를 지켜야 한다. 그래야 개인의 삶이 건강해지고, 사회가 건강해지고, 나라가 건강해진다. 배움이 그저 이력의 일부로 끝나지 않고 나와 우리 모두의 삶 속에 살아 숨쉬길 간절히 소망해본다.

10. 좀 더 크고 넓은 삶

동지섣달 한강물 얼음 꽁꽁 얼어붙자
천 명 만 명 수많은 이들 강가로 나와
도끼 들고 쩡쩡 텅텅 이리저리 깎아내니
저 아래 용궁까지 우르릉 쾅쾅 울려댄다

季冬江漢氷始壯, 千人萬人出江上
계동강한빙시장, 천인만인출강상
丁丁斧斤亂相斲, 隱隱下侵馮夷國
정정부근난상착, 은은하침풍이국

김창협金昌協(1651년(효종 2)~1708년(숙종 34)). 『농암집農巖集』 권1 「시詩」
'얼음 뜨는 노래(착빙행)鑿氷行' 중에서.

2020년 여름에 내린 비는 그냥 '비가 많이 내렸다'고 표현할 수 있을 정도가 아니었다. 푸른 하늘을 본 날이 거의 기억나지 않는다. 무려 54일간의 장마였다. 장마가 아니라 우기에 접어든 것 같다고들 했다. 처음에는 올해 장마는 좀 긴가 보다 했다. 그러나 점점 시간이 지나며 '어, 날씨가 왜 이러지?'라고 하다가, 결국에는 우리나라 기후가 변한 것이 아닐까, 환경에 이상이 생긴 것은 아닐까 하는 생각을 하게 되었다.

먼저 이 시 전체를 읽어보자. 앞 4구절을 읽으며 예상했던 것과는 아마 상당히 다르게 전개될지도 모르겠다.

동지섣달 한강 물 얼음 꽁꽁 얼어붙자

천 명 만 명 수많은 이들 강가로 나와

도끼 들고 쩡쩡 텅텅 이리저리 깎아내니

저 아래 용궁까지 우르릉 쾅쾅 울려댄다

깎아낸 두꺼운 얼음 눈 덮인 산과 비슷하고

으슬으슬 차가운 음기 뼛속까지 엄습하네

아침마다 등에 지고 빙고氷庫로 들어가고

밤이면 밤마다 연장 들고 강 복판에 모이누나

낮은 짧고 밤은 길어 밤에도 쉬지 못해

메기고 받는 노동요만 강 가운데 퍼지나니

정강이 드러난 짧은 옷에 짚신조차 신지 못해

강가라 매서운 바람 손가락이 떨어질 듯

높고 큰 누각 오뉴월 푹푹 찌는 한더위에

미인의 하얀 손 맑은 얼음 건네주니

귀한 칼로 쪼개서 온 좌석에 나눠줄 제

맑은 대낮 허공중에 싸리눈이 흩날리누나

누각 가득 들어앉아 더위 모르고 즐기는 이들

얼음 깨는 이 고달픔을 그 누가 말해주리오

그대 보지 못하였는가. 길가의 더위 먹어 죽은 백성

대부분 강 가운데서 얼음 깨던 이들임을

이 글을 처음 읽었을 때 마음이 먹먹해 오랫동안 하늘을 바라보았다. 너무 처절했다.

라디오에서 전 국립기상과학원장이었던 조천호 교수가 기후 문제에 대해 이야기하는 것을 들었다. 변해야 하는 것은 날씨이고 변해서는 안 되는 것이 기후인데, 현재는 이 상태가 뒤바뀌어 버렸다는 것이다. 즉, 날씨는 변하지 않는데 기후가 변하고 있다고 한다. 같은 날씨가 오랜 기간 지속되면 재앙을 초래한다. 7개월에 걸친 가뭄은 호주에 거대한 산불을 일으켰고, 그치지 않는 비는 사람들의 삶의 터전을 붕괴시켰다. '온대기후'나 '열대기후'처럼 일정한 기후에 맞춰 각종 문명이 발생하고 유지되어 왔는데, 기후가 변하면 현재 우리가 일궈놓은 문명은 그에 맞지 않아져서 사회 유지 자체가 위협을 받는다. 종종 지구 전체의 온도가 올라가 심각하다는 보도를 듣곤 하는데, 상승폭이 '1도' 정도인 까닭에 위기로 받아들이는 사람들이 별로 없다. 하지만 이것을 단순히 어제보다 오늘 기온이 1도 높다는 정도로 이해해서는 안 된다. 우리의 체온이 1도 올랐다고 생각해야 한다. 그러면 얘기가 달라진다. 체온은 건강의 바로미터다. 우리 몸은 1도만 올라도 이상 증세가 나타난다. 그런데 2도, 3도씩 올라가면 어떻게 될까? 지구도 마찬가지다. 지구의 온도가 1도 상승에서 그치지 않고 2도 이상 올라가면 지구는 탄성력, 그러니까 회복력을 잃는다. 지구가 회복력을 잃는다는 것은 지구에 사는 모든 이들의 생존 기반이 무너진다는 의미다. 현재의 탄소배출량을 유지하면 이번 세기 말쯤이면 지구의 온도가 3도 이상 높아질 것인데, 그러면 지구는 완전히 탄성력을 잃게 되고, 지구는 멸망하지 않을지 몰라도 인류는 살아남기 어렵다고 한다. 그런데 기후 변화는 당장의 온실가스가 원인이 되어 나타나는 것이 아니라 그동안 누적된 온실가스의 결과다. 즉, 올해의 호주 산불은 8, 90년대 온실가스의 누적 결과인 것이다. 이런 식으로 누적기간까지 따져보면 우리에게 남은 시간은 고작 7~8년뿐이다. 유난히 길었던 2020년 여름의 장마는 그저 '장마가 유난히 길군. 정말 꿉꿉해' 하고 넘겨버릴 문제가 아니라 위기 그 자체인 것이다.

이 방송을 들은 즈음 『느린 폭력과 빈자의 환경주의』라는 책을 읽게 되었다. 환경 문제, 특히 전 지구적으로 행해지는 환경폭력에 대해 이야기하는 책이었다. 이 책은 다음과 같은 질문을 던진다. 지구가 인간들로 인해 몸살을 앓다가 결국 임계점을 지나 인류가 대재앙을 맞이하게 되면 그것은 누구의 책임일까? 고도의 물질문명을 누린 사람들이야 자신들의 편리와 사치를 위해 마구잡이로 지구를 못살게 굴었으니 그 대가를 치러야 마땅하다고 치자. 하지만 물 한 동이를 길러 오기 위해 몇 킬로미터를 걸어야 하는 사람들도 있다. 가난한 나라의 가난한 사람들. 그들은 잘사는 나라의 대도시가 만들고 소비하는 물질문명을 누려본 적이 전혀 없다. 손가락 하나만 까딱 하면 물이 콸콸 쏟아지고, 시원한 바람과 따뜻한 바람을 골라서 쐴 수 있고, 옷이 세탁되고 건조되는 등 스위치만 켜면 만사 오케이인 삶을 누려본 적이 없다. 그런데도 인류의 대재앙을 함께 겪어야 한다. 게다가 세계화의 미명하에 부유한 나라들은 가난한 나라에 쓰레기까지 수출하고 있는 상황이다. 이것이 공평한가?

이 책을 읽으며 김창협의 저 시가 끊임없이 떠올랐다. 조선시대에도 겨울에 얼음을 떼어 빙고에 넣어두었다가 더운 여름에 꺼내 즐기며 더위를 식혔다. 다만 문제는 얼음을 뜨는 사람이 따로 있고 얼음을 누리는 사람이 따로 있었다는 점이다. 그들은 짚신도 갖춰 신지 못하고 얼음 부역에 나와서 손가락이 떨어져 나갈 듯한 추위를 견디며 얼음을 깨고 나르지만, 정작 한더위에는 그 얼음 한 조각 얻지 못하고 더위를 견디지 못해 죽음에까지 이른다. 누대에 앉아 한더위를 불평하며 고운 옷 차려입고 얼음으로 더위를 식히는 사람들은 그 괴로운 노동을 기억하지 않는다. 본 적이 없으니 기억할 수 없는 것인지도 모른다. 그 겨울 고된 노동을 했던 이들과 불과 몇 개월 뒤 얼음 조각을 즐기는 이들의 삶은 거리가 멀어도 너무 멀었으니까.

신자유주의와 세계화가 진행됨에 따라 전 세계가 하나로 연결된 것처럼 생산과 소비가 한 나라로 국한되지 않는다. 전 세계를 범위로 생산과 소비가 이루어지고 그로 인해 파생되는 폐기물과 쓰레기를 주고받는다. 최악인 것은 그것이 힘의 논리로 진행된다는 점이다. 부유한 나라들은 보기 싫은 것, 문제가 될 만한 것을 아예 자국에서 치워 없애버린다. 그래서 환경 문제에 관심을 갖는 이들조차도 국제적으로 이루어지고 있는 이 불공평한 사안을 눈치 채지 못하게 한다. 그런데 인류가 만들어낸 쓰레기는 처리되는 데 아주 오랜 시간이 걸린다. 기후 변화가 1~2년 사이에 벌이진 일이 아니듯, 강대국이 수출한 쓰레기는 아주 오랜 시간에 걸쳐 수입국의 기후, 토양, 수질 모든 것을 망쳐놓으며 그곳 사람들의 삶을 위협한다.

  자본주의와 물질주의는 우리에게 아무것도 참지 말라고 말한다. '물질이 너희를 구원해주리라'라고 말하는 듯한 광고가 곳곳에 넘쳐난다. 그러나 인생을 조금이라도 살아본 사람들은 알 것이다. 참지 않아도 되는 삶이란 없다. 인생은 절대 뜻대로 살아지지 않는다. 그 한계를 물질이 구원해줄 수 없다는 것도 너무 자명하다. 다만 쓰레기만 늘어날 뿐이다. 쾌적하고 아름다운 삶도 중요하지만, 이제는 내 주변의 고통에도 귀 기울여야 하지 않을까? 나의 만족과 편리를 위한 소비가 내 나라는 물론 내가 본 적 없는 사람들의 삶까지도 위협하고 있을지 모른다. 편리와 이기심을 포기하지 않으면 지구에 내일은 없다. 다가올 가을은 나와 우리 가족에게 매몰된 시야에서 벗어나 조금 더 크고 넓은 시야로 지구의 삶을 고민하고 기꺼이 실천해보는 시간을 가져보면 어떨까?

4장

가을, 꿈꾸다

1. 건강한 식욕, 병든 식욕

그동안 밤에 앉아 있을 때 나는 배고픈 줄을 몰랐다. 그런데 어느 날 손님이 항상 진미를 챙겨 먹어야 한다며 맛있는 음식을 주기에 그를 따라서 먹어보았다. 반찬이 다 떨어지자 곧 배가 고팠고 결국 계속 다른 반찬을 구해서 먹어야 했다. 또 저녁에 배불리 먹었는데도 아침이면 배가 배로 고팠다. 이 때문에 나는 사치스런 생활에서 검소한 생활로 들어가기가 어렵다는 것을 알았다. 이에 이 글을 써서 자손들을 경계한다.

余夜坐, 未嘗覺飢, 客有以貳膳常珍之義, 致一麗羞, 從而啖之.

여야좌, 미상각기, 객유이이선상진지의, 치일려수, 종이담지.

羞盡而便飢, 不免繼以他羞. 又夕饌而飽, 則朝必倍飢.

수진이변기, 불면계이타수. 우석찬이포, 즉조필배기.

以此知由奢入儉之難. 書此以戒子孫.

이차지유사입검지난. 서차이계자손.

이익李瀷(1681년(숙종 7)~1763년(영조 39)). 『성호사설星湖僿說』 권3 「인사문人事門」 '검소한 생활로 들어가기의 어려움(입검난)入儉難' 중에서.

가을이다. 하늘은 높고 말은 살찌는 계절, 더불어 내게도
남아도는 건 식욕뿐인 체중 위험 수위의 계절. 더위와 눅
눅함에 그로기 상태에 들어갔던 식욕이 선선한 바람과 함
께 다시 힘을 얻어 입과 마음을 세차게 두드려온다. 먹자,
먹자, 이제 맛있게 먹자! 게다가 먹방까지 유행이다. 규제
가 필요하다고 말할 정도로 텔레비전이고 유튜브고 먹방
이 차고 넘친다. 확실히 수위를 넘어가고 있다. 가만히 먹
방을 보고 있자면 필요를 위해 먹는 시대는 이제 끝난 건가
싶다. 오락을 위해서 먹는다. 즐거움을 위해서 먹는다. 그
래서 소화제를 먹고, 살 빼는 약을 먹고, 억지로 다이어트
를 하는 웃지 못할 이상함을 진지하게 수행한다. 그런데 먹
는 것에만 이럴까? 식욕은 욕망의 최초의 도화선이다. 안

먹어도 되는 걸 즐거움을 위해 '먹어라, 먹어라' 하면 다른 욕망도 '참지 말아라, 가져라, 누려라, 써라, 소비해라, 쓰고 해소해라'라고 끊임없이 우리를 부추기고 있을 것이 분명하다. 그 부추겨지는 욕망의 속도와 양에 따라가지 못하면 나만 루저 같고, 못난이 같아 주눅 들고 의기소침해진다. 세상이 이상한 게 아니라 내가 부족한 것 같다. 소비를 위한 욕망의 사회가 보이는 기현상이다. '검소'라는 단어를 들어본 게 언제인가 싶지 않은가?

이 글을 쓴 성호 이익은 여주 이씨로, 조선 후기 남인 명문가 출신이다. 그러나 그의 집안은 숙종 초기 서인과 남인의 치열한 당쟁 때문에 몰락했다. 성호는 형 이잠李潛에게서 글을 배웠는데, 그 형이 당쟁에 희생되어 사망하자 벼슬길에 오르는 것을 포기했다. 출세를 포기한 이익은 선산과 농토가 있는 경기도 안산에 정착해서 죽을 때까지 스스로 농사를 지으며 학문에 매진하고 많은 제자를 양성하며 지냈다. 문학, 성리학, 예학, 경학, 경세학, 자연과학 등 다루지 않은 분야가 없었다. 서학西學에도 관심을 가져 한역서학서漢譯西學書들을 두루 읽고, 실용적인 측면에서 접근해 자연과학은 물론이고 수양의 측면에서도 동양의 학문에서 부족한 부분을 서학에서 받아들이려는 자세를 보였다.

특히 이익에게서 눈에 띄는 점은, 그가 양반들이 대책도 없이 살림살이를 돌보지 않는 것을 달갑지 않게 여겼다는 점이다. 그는 가난에서 벗어나는 것이 가장의 의무라고 여겨 굉장히 열심히 알뜰하게 집안 살림을 살폈다고 한다. 논농사와 밭농사는 물론 뽕나무를 심어 기르고 목화 농사를 지어 옷감을 대고 과일나무를 길러 제사에 사용하고 닭도 열심히 쳤다. 그의 폭넓고 실용적인 학문의 세계는 삶을 대하는 이런 자세에서도 찾아볼 수 있다. 일상의 상차림이든 제사상이든 일절 기름지지 않았고, 대신 콩을 아주 유용하게 활용했다. 삼두회三豆會라는 모임을 만들어 친척들을 불러다가 콩죽 한 그릇, 된장 한 종지, 콩기름에 버무린 겉절이 한 접시를 차려 먹으며 밤새 이야기를 나누기도 했다고 전해진다.

이런 삶의 자세를 갖게 된 데는 앞의 글과 같은 경험이 있어서가 아닐까? 맛있는 음식을 먹으면 한 번 먹고 만족하는 것이 아니라 더 갈증이 나서 먹고 싶은 욕구가 점점 커진다. 온갖 산해진미를 먹었다고 해서 다음 끼를 건너뛰는 법도 없다. 끼니때마다 배는 고파온다. 그리고 좋은 것을 먹으면 먹을수록 '이제 되었다' 만족하기보다는 어디 더 좋은 것이 없나 찾게 된다. 맛있는 음식을 찾으러 다니는 건 분명 먹고살 만하기 때문이다. 그 안에서 더 좋은 것, 한 단계 더 높은 것을 찾는 욕망에 눈뜬다. 욕망이 자라나면 당연히 검소와는 멀어지는 법이다. 그러나 나에게 이로운 것을 마냥 추구해도 괜찮은 것일까? 이익은 '이利'에 대해 이렇게 말한다.

> "이익이란 세상 사람들이 모두 다 똑같이 원하는 것이다. 이익은 하나인데 그것을 노리는 사람은 셀 수 없이 많다. 내가 차지하고 양보하지 않으면, 간절히 바라지만 그것을 얻을 수 없는 사람들이 분명 많을 것이다. 하늘이 '이로움'이라는 것을 내리기는 했지만 애당초 나만 위해 내린 것은 아니다. 그런데 지금 그것이 나에게만 있고 다른 이들에게는 없다면 이로움을 '반드시 해로운 것'이라고 말한대도 괜찮을 것이다."
>
> ─『성호사설』권7 「인사문」 중에서 '이로움과 해로움, 인과 부의 관계利害仁富'

이로운 게 항상 이로운 게 아니다. 내 눈에 좋은 건 남의 눈에도 좋은데 누구나 다 가질 수 있는 게 아니라면 그것을 갖지 못한 쪽에서는 좌절과 절망과 원망과 미움 같은 것이 생겨난다. 세상은 공평하지 않다. 높은 것이 있으면 낮은 것도 있고 패인 것이 있으면 튀어나온 것도 있다. 설움과 아픔을 겪으라고 하늘이 세상을 이렇게 만들지는 않았을 것이다. 내 욕망이 보이면 남의 욕망도 볼 수 있는 눈, 내 이익이 보이면 남의 이익도 생각할 수 있는 마음이 '불평등'을 '평등'으로, '설움'을 '함께하는 행복'으로 바꾸어 나간다.

정치인들이 제대로 된 정책을 내고 실행하게 하기 위해 썼던 다음 글은 오늘의 정치인뿐만 아니라 욕망을 좇아 살면서 만족을 모르는 우리들에게도 유효하다.

"지도자는 윗자리에 있고 피지배자는 아래에 있어 세력과 지위의 거리가 멀다. 그러니 오막살이를 하는 백성들의 고생을 어찌 알겠는가? 겨울의 가죽옷과 여름의 갈포옷은 한 해를 나려면 다 필요한 것이므로 사람마다 다 있는 건데도 한여름에 가죽옷을 보거나 엄동설한에 갈포를 보면 도저히 저걸 입고 살아갈 수는 없다고 생각한다. 그렇다면 경험조차 해보지 못한 사람이야 더 말해 무엇 하겠느냐? 사람을 해치는 정치가 모두 잔인한 마음에서 나와 고의로 하는 것만은 아니다. 혹은 살펴 알지 못하면서 소홀히 다루어 그 지경에 이르는 것이다. (중략) 겹이불을 덮고 좋은 탄을 때서 따뜻한 방에서 자거든 세상에는 몸이 얼어붙는 사람이 있는 줄 알아야 하고, 화려한 집에서 푸짐한 음식을 차리게 되거든 세상에는 굶주림을 참는 사람이 있는 줄 알아야 하며, 안락한 일상을 지내거든 세상에는 노역에 시달리는 사람이 있는 줄 알아야 하고, 만사가 내 뜻대로 되어 기분이 좋거든 세상에는 원한을 품고 억울해하는 사람이 있다는 것을 알아야 한다."

- 『성호사설』 권18 「경사문經史門」 중에서 '백성을 부릴 때는 제사를 지내는 듯한 자세로使民如祭'

넉넉해지면 남을 돌아볼 것 같지만 되레 더 많은 것을 바라게 된다. '여기까지만… 이것까지만…' 하다 보면 세상을 향해 뻗을 손이 한 마디만큼도 남지 않는다. 돈이 돈을 낳는 세상에서, 소비가 절대가치가 된 자본주의 사회에서 더는 '검소'가 미덕이 아니다. 모든 매체에서 욕망을 부추긴다. 가져야 한다고, 너도 저만큼은 누릴 수 있지 않으냐고, 이렇게 애썼는데 이만큼도 안 가지는 게 말이 되냐고, 먹으

라고, 쓰라고, 입으라고, 신으라고, 사라고, 운전하라고, 바
꾸라고… 그래서 사람을 사랑한다는 표현도 이제는 '갖는
다'라는 표현으로 바뀌고 있다.

그러나 이익은 말한다. '이로움'이라는 것은 애당초 나만
을 위한 것이 아니고, 그래서 지금 그것이 나에게만 있고
다른 이들에게는 없다면 이로움은 기어이 해로운 것이 된
다고. 맛있는 음식은 한 번 먹고 끝낼 수 있는 게 아니라고.
가끔은 가고 싶은 곳에 가서 먹고 싶은 걸 양껏 먹기도 해
야겠지만 이것이 다수의 보편적인 취미가 되어버리면 문제
가 아닐까? 그리스 신화의 에리직톤이란 왕은 '저주'를 받
아 채워지지 않는 식욕을 갖게 되었다. 먹고 그것으로 생을
이었으면 타인의 생도 생각할 줄 아는 것이 건강한 식욕이
다. 에리직톤은 자기의 몸까지 다 먹어치웠지만 결국 허기
를 이겨내지 못했다. 통제할 줄 모르는 욕망은 저주다. 활
기가 될 만큼만 욕망하고 그 나머지는 아직 배고픈 이들이
가질 수 있게 해도 좋지 않겠는가?

2. 배움에 인색하지 말자고요

진晉나라 악사樂師였던 사광師曠은 이런 말을 했지
어려서 배우는 것은 해가 막 떠오르는 것과 같고
청년기에 배우는 것은 해가 중천에 떠 있는 것과 같으며
늙어서 배우는 것은 밤에 촛불을 들고 있는 것과 같다고
어려서 혹은 청년의 때에 배운다면야 더할 나위 없겠지만
다 늙어 배우더라도 늦었다고 말하지 말 일
촛불로 밤을 밝히더라도 어둠은 밝혀지니
촛불을 끄지만 않는다면 햇빛을 대신할 수 있다네
햇빛과 촛불이 다르긴 해도 밝혀준다는 건 똑같지
밝혀주는 건 똑같지만 외려 그 맛은 더욱 진국이라네
그래서 위衛나라 무공武公은 아흔 살에도 시를 짓고
늙을수록 점점 더 깊이와 넓이를 더해갔으니
그가 바로 나의 스승이라네

———

정호鄭澔(1648년(인조 26)~1736년(영조12)). 『장암집丈巖集』 권26 「잠箴」 '늙
어서도 배워야 하네(노학잠)老學箴'

師曠有言, 幼而學之, 如日初昇,

사광유언, 유이학지, 여일초승,

壯而學之, 如日中天, 老而學之, 如夜秉燭

장이학지, 여일중천, 노이학지, 여야병촉

幼壯之學, 無以尙已, 旣老且學, 毋日晚矣

유장지학, 무이상이, 기로차학, 무왈만의

以燭照夜, 無暗不明, 燭之不已, 可以繼暘

이촉조야, 무암불명, 촉지불이, 가이계양

暘燭雖殊, 其明則均. 其明則均, 其味愈眞

양촉수수, 기명즉균. 기명즉균, 기미유진

所以衛武, 九十作詩, 老而采篤, 其惟我師

소이위무, 구십작시, 노이미독, 기유아사

맛이 있는 글이다. 옛사람들은 늙어서 배우는 것은 세상을 밝히던 해가 다 져버리고 겨우 촛불 하나 켜서 방 안이나 밝히는 정도밖에 되지 않는다고 했다. 아마 어릴 때, 젊을 때, 총기 좋을 때 공부하라고 권면하느라 하는 말이었을 것이다. 요즘에도 비슷한 말을 한다. 어려서 공부해야 그나마 머리에 남는다고. 스물 다섯만 넘어도 배움에 나이 탓을 한다. 서른이 넘으면 공부하지 않아도 되는 완벽한 핑계가 생긴다. 머리가 안 돌아가서, 도저히 외워지질 않아서 배우기가 어렵다고 말이다. 취미로 뭘 배워볼까 하는 사람들마저도 배움에 적극적으로 달려들지는 않는다. 어느 정도 나이가 되면 승진을 위해 꼭 필요한 공부가 아니면 무언가를 배우는 데 큰 의미를 두지 않는다. 배워도 그만 안 배워도 그만이라고 생각한다. 그러나 이 글을 썼을 때 정호의 나이는 63세였다. 이미 환갑도 다 지난 나이였다. 당시로 치면 완전히 노년인 셈이었다. 게다가 유배지에 있어서 마음이 심란할 때였다. 그러나 이때 그는 지난날 배운 것을 연구하고 심지어 일과를 정해 『주서朱書』를 읽으며, 함께 강독할 두세 사람을 찾아 토론하고 가르치고 배웠다. 이 시간이 유익해서 죄인으로 갇혀 지내는 괴로움을 잊을 수 있었는데, 공부할 것은 많고 아는 것은 적다는 것을 깨달아 스스로를 경계하기 위해 이 글을 지었다고 한다.

정호는 촛불로도 어둠을 밝힐 수 있다면서 그런 점에서는 촛불이나 햇빛이나 마찬가지라고 말한다. 굳이 얼마나 넓게 얼마나 강하게 밝히는지 따지자면 촛불을 햇빛에 비할 수는 없겠지만 어둠을 물리친다는 한 가지만 보면 햇빛과 촛불은 그 역할이 같다는 것이다. 게다가 밝음의 맛을 제대로 느끼기만 하면 외려 햇빛보다 촛불이 낫다고 말한다. 문득 박노해 시인의 〈그러니 그대 사라지지 말아라〉라는 시의 앞부분이 떠올랐다.

안데스 산맥의 만년설산

가장 높고 깊은 곳에 사는

께로족 마을에 찾아가는 길에

희박한 공기는 열 걸음만 걸어도 숨이 차고

발길에 떨어지는 돌들이 아찔한 벼랑을 구르며

태초의 정적을 깨뜨리는 칠흑 같은 밤의 고원

어둠이 이토록 무겁고 두텁고 무서운 것이었던가

추위와 탈진으로 주저앉아 죽음의 공포가 엄습할 때

신기루인가

멀리 만년설 봉우리 사이로

희미한 불빛 하나

산 것이다

어둠 속에 길을 잃은 우리를 부르는

께로족 청년의 호롱불 하나

이렇게 어둠이 크고 깊은 설산의 밤일지라도

빛은 저 작고 희미한 등불 하나로 충분했다

　해가 떠오르기 시작하며 대지가 밝아질 때, 해가 중천에
떠서 온 세상을 환히 비출 때 우리는 밝음을 당연하게 받아
들인다. 어둠의 공포를 알지 못한다. 당연한 것은 늘 소중
하지 않다. 그래서 그렇게 환한 세상의 한복판에서는 밝음

의 가치를 깨닫지 못한다. 어둠이 찾아들어 빛이 절박해졌을 때, 어둠의 공포가 무엇인지 알았을 때, 비로소 빛은 소중해진다. 그 가치를 인정받게 된다. 그래서 촛불이 어둠을 내몰고 비춰주는 빛이 진짜 제대로 된 빛이라고, 빛의 진국이라고 정호는 말하고 있는 것이다. 인간은 어리석다. 언제나 놓쳐야 가치를 깨닫는다. 부족해야 절박해진다. 어둠의 공포를 느낄 때 빛은 제 가치를 찾는다.

얼마 전 『보고 싶은 당신에게』란 책을 읽었다. 문맹이었던 할머니들이 한글학교에서 한글을 깨치고 비로소 글을 읽고 쓰게 되면서 그 결과물로 지었던 시들을 모아 시화전을 열었는데, 그때 전시했던 시들을 모아 만든 책이었다. 소담하고 소박하고 솔직한 글 속에서 이분들에게 지적 어두움은 나이가 들어도 적응이 되기는커녕 더 짙어지고 무서운 것이었음이 절절하게 느껴졌다. 버스나 지하철도 탈수 없고, 모르는 지역의 가게에 들어갈 수도 없고, 익숙하지 않은 물건은 살 수도 없고, 은행에도 혼자 갈 수 없고, 간단한 서류조차 작성할 수 없는 일상의 공포와, 글자를 모른다는 그 절대무지를 들켜서는 안 된다는 조바심과 불안을 일상에서 안고 살았을 모습이 그려졌다. 이분들에게 안다는 것은 '환희'였다. 천지가 개벽하는 것 같은 새로움, 밝음, 떳떳함으로 몰려오는 기쁨이었다. 햇빛 아래 서 있는 이들은 정작 햇빛의 소중함을 모른다. 배움이 당연했던 이들은 글을 안 다는 것에서 아무런 감흥을 느끼지 못한다. 어둠 속에서 촛불 하나 켜든 이 할머니들은 그 빛에 한없는 고마움과 기쁨을 느꼈다. 이 책을 읽으며 공부라는 것에 대해 다시 생각해보게 되었다. 나에게는 앎에 대한 환희가 있는가? 나는 세상을 깊고 넓게 마주하고 알아가는 데에 감격하고 있는가?

이 글의 말미에 등장하는 위나라 무공은 95세에 조정의 모든 대소신료들에게 명하여 높은 이나 낮은 이나 그 누구든지 늙었다 해서 자신을 버리지 말고 반드시 아침저녁으로 자신을 경계해달라고 당부하고, 스스로를 경계하는 시를 지어 날마다 이를 자기 곁에서 외우게 하면서 자신을 삼가고 돌아보았다. 그 시가 『시경』에 실려 있는 '억抑'편이다. 첫 구절이 '억억'으로 시작해서 억편이다. 억억은 '치밀한' 혹은 '빈틈없는'이란 뜻으로 시는 '빈틈없이 위엄 넘치는 모습, 덕의 한 단면이라네'라는 구절로 시작한다. 어떻게 스스로를 다잡아야 하는지, 법을 어떻게 시행해야 하는

지, 정치를 어떻게 해야 하는지, 말을 할 때 얼마나 조심해야 하는지 등등 매 순간 임금으로서 어떻게 서 있어야 하는지를 생각하게 하는 내용으로 구성되어 있다. 나이 들수록 기존의 방식을 바꾸기 싫어하고 자신의 위치에 안일하게 머무르고 싶어지는 것을 너무 잘 알기 때문에 신하들에게 이렇게 부탁했던 것일 테다. 자신과 함께 나라도 늙어버리지 않도록 말이다.

나이가 들면 기력이 쇠해져 새로운 시도를 한다는 것은 생각만으로도 지치고 힘들게 느껴진다. 그러나 한편으로는 살면서 쌓은 모든 경험들을 체계적으로 정리하여 그것이 다음 세대들에게 전해줄 작은 지혜라도 되었으면 하고 바라기도 한다. 빛을 그리워하는 것도 습관이 아닐까? 어둠은 암순응으로 해결되지 않는다. 나이와 상관없이 어둠을 밀어낼 필요가 있다는 생각이 조금이라도 든다면 지금 바로 촛불을 켜보면 어떨까? 빛이 주는 기쁨을 누리는 습관을 들여간다면 올가을도 인생의 가을도 좀 더 찬란해지지 않을까 생각해본다.

3. 올바른 독서 방법

책을 읽는 이는 반드시 단정히 손을 모으고 바르게 앉아서 경건하게 책을 대하고서 온 마음을 다하고 뜻을 다해 읽어야 한다. 자세히 생각하고 내용에 푹 무젖어 깊이 이해하고 매 구절마다 반드시 실천할 방법을 찾아야 한다. 만약 입으로만 읽을 뿐 마음으로 체득하지 못하고 몸으로 실천하지 못한다면 글은 글일 뿐이고 나는 나일 뿐이니 무슨 도움이 있겠는가?

凡讀書者, 必端拱危坐, 敬對方冊, 專心致志.

범독서자, 필단공위좌, 경대방책, 전심치지.

精思涵泳, 深解義趣, 而每句必求踐履之方.

정사함영, 심해의취, 이매구필구천리지방.

若口讀而心不體身不行, 則書自書我自我, 何益之有?

약구독이심불체신불행, 즉서자서아자아, 하익지유?

이이李珥(1536년(중종 31)~1584년(선조 17)).『율곡집栗谷集』「격몽요결擊蒙要訣」제4장 '독서讀書' 중에서.

가을은 독서의 계절이다. 요즘엔 스마트폰 때문에 지하철에서도 책 읽는 사람을 보기가 쉽지 않아졌다. 카페에서 책을 펼쳐 든 사람들을 보면 주로 수험서나 외국어 교재일 때가 많다. 도서 판매량을 봐도 자기계발서나 주식이나 부동산 관련 서적, 외국어 학습서, 각종 수험서 등 실용서들 위주인 것이 사실이다. 그래도 가을엔 마음을 살찌우는 책 한 권 읽으며 삶과 관계와 사회를 돌아보는 것도 좋지 않을까?

그렇다면 책은 어떻게 읽는 것이 좋을까? 이이는 학문을 하는 이유가 '자신을 바르게 세우고 이치를 탐구하고 선을 제대로 알아 인생길을 제대로 걸어가기 위해서'라고 보았다. 유학에서는 출세가 아니라 자기 자신을 수양하기 위해 공부를 한다고 가르친다. 그러자면 자신의 한계를 깨치기 위해 좋은 모범이 되는 사례들을 알아야 하고 선과 악을 규명한 이론들을 살펴야 하는데 그것들을 공부하기에 책보다 좋은 것이 없다. 그래서 이이는 책을 읽을 때 자세부터 바로 해야 한다고 말한 것이다. 그저 오락을 위해서 읽는 것이 아니기 때문이다.

책을 읽는데 무려 온 마음을 다하고 뜻을 다하라고 권하고 있다. 그렇게까지 할 일인가? 조선 유학자들의 독서에서 가장 멋진 부분은 '실천'에 있다고 생각한다. 책을 읽는 목적이 오락을 위해서도 아니고, 남보다 나를 뛰어난 기능인으로 만들기 위해서도 아니었다. 자신을 더 나은 사람으로 성장시키기 위해 책을 읽었다. 자신의 알을 깨고, 자신의 이기심을 타파하는 방법으로 독서를 활용했던 것이다. 그래서 깊이 있게 읽었으며, 읽고 그 내용을 실천하기 위해 최선을 다했다. 책을 다 읽고 나서도 책은 책일 뿐이고, 나는 나일 뿐인 상태를 최악의 독서법으로 쳤다. 절대 경계해야 하는 독서가 지식만 얻는 독서인 것이다.

내 삶에 아무런 영향을 끼치지 않는 겉핥기식의 독서를

하지 않으려면 어떻게 해야 할까? 무젖어야 한다. 이이는
이것을 '함영涵泳', 즉 무자맥질로 표현하고 있다. 무자맥질
이란 물속에서 팔다리를 놀리며 떠올랐다 잠겼다 하는 것이
다. 그는 책을 그렇게 읽어야 한다고 말한다. 충분한 시
간을 들여 그 내용 안에 잠겼다 떠올랐다 하면서 책 내용을
이해하고 세상을 호흡하고 다시 책 내용으로 들어가면서
그 저자와 충분히 넘치도록 대화하는 시간을 갖는 것이다.
그래야 책은 내가 활용해서 실천할 수 있을 만큼 내 속으로
들어온다. 이렇게 책을 읽으려면 권 수에 욕심을 부려서는
안 된다.

> "책을 읽을 때는 반드시 한 책을 숙독해서 뜻과 취지를
> 다 이해하고 꿰뚫어서 더 이상 의심스러운 점이 없어진 뒤
> 에 다른 책으로 바꾸어 읽도록 해야 한다. 많이 읽고 터득
> 하려고 탐을 내서 이 책 저 책 바쁘게 섭렵해서는 안 된다."

지식과 정보 획득을 목적으로 책을 읽을 때는 많이 읽는
게 관건이다. 나의 책 읽기도 여기서 자유롭지는 않다. 알
아야 할 것은 많은데 시간은 없다. 한 권의 책 안에서 잠겼
다 떠올랐다 둥둥 떠 있다 헤엄쳤다 쉬었다 나왔다 다시 들

어갔다 할 시간이 없다. 소설책은 그래도 이야기를 따라가는 맛에 쭉쭉 읽어나간다지만, 인간과 삶에 대해서 성찰하게 하는 철학서 등을 집중해 읽다 보면 문득 허탈해진다. 정작 나는 미성숙한 상태에 머물러 있고, 내가 옳다고 생각하는 대로 살고 있지도 못하면서, 이 이론은 이렇고 저 이론은 저렇다며 아는 척을 하는 스스로를 발견하면 내가 대체 뭐하고 있는 것인가 싶은 생각이 든다. 나는 대체 뭘 아는가?

충분히 시간을 두고 책을 읽어야 지은이의 생각도 보이고 그에 대한 나의 생각도 보인다. 그렇게 두 생각이 함께 보이는 지점에 이르러 진짜 질문이 생긴다. 선생님들이 항상 말씀하신다. "내가 모른다는 걸 알게 되는 때가 진짜 알게 된 때"라고. 어떤 분야의 책을 연이어 두서너 권 읽으면 내가 그것에 대해 모르는 게 없는 것처럼 느껴진다. 모르는 건지 아는 건지 잘 모르면 안다고 생각하는 게 사람이다. 그래서 진짜 안다는 것은 내가 모른다는 것을 알 때부터 시작되는 것이다. 그런데 진짜 질문이 생기기도 전에 대개 책에서 손을 떼기 때문에 피상적인 정보나 지식을 위한 질문 외에는 궁금한 것이 없다고 느낀다. 책 한 권에 대한 독서의 끝을 '더 이상 의심스러운 점이 없어진 때'라고 했던 이 이의 말이 그래서 무섭다.

　독서는 쉽지 않다. 책 한 권을 골라 집중해서 읽는 것 자체가 어렵고, 책을 읽는 습관을 들이기는 더욱 어렵다. 세상은 넓고 책은 매일 쏟아진다. 한 권만 붙들고 있기에는 세상에 책이 너무 많다. 지식에 대한 욕망도 '욕망'이어서 자꾸 욕망하다 보면 오히려 책 읽기가 더 어려워지는 점도 독서를 방해하는 요소다. 정말 느린 독서를 시작해보면 어떨까? 저자와 대화한다는 기분으로, 그 대화 속에서 나를 들여다보겠다는 결심으로, 무자맥질하면서 말이다. 생각난 걸 써보기도 하고 주변 사람들에게 얘기해보기도 하면서 이 가을, 딱 한 권만 제대로 읽어내면 어떨까? '나를 바꾸는 독서'를 그렇게 시작해보면 어떨까?

4. 시장통 한복판에서 갖는 여유

사통팔달한 큰길 가운데에도 한가로움은 있다. 마음만 정말 한가로울 수 있다면 어찌 굳이 강이며 호수에서 산림에서 한가로움을 찾겠는가? 내가 사는 집은 시장 옆에 있어서 해가 뜨면 마을 사람들이 장을 열어 시끌벅적하고, 해가 지면 마을 개들이 떼를 지어 짖어댄다. 그러나 나는 홀로 책을 읽으며 편안하다.

通衢大道之中, 亦有閒. 心苟能閒, 何必江湖爲, 山林爲.

통구대도지중, 역유한. 심구능한, 하필강호위, 산림위.

余舍傍于市, 日出, 里之人市而閙; 日入, 里之犬羣而吠.

여사방우시, 일출, 이지인시이뇨; 일입, 이지견군이폐.

獨余讀書安安也.

독여독서안안야.

이덕무李德懋(1741년(영조 17)~1793년(정조 17)). 『청장관전서靑莊館全書』「영처문고嬰處文稿」2사辭 '한가로움이란?(원한)原閒' 중에서.

원 제목은 '원한原閒', 즉 '한가로움의 근원을 파헤치다'라는 뜻이다. 이덕무의 집은 서울 종로 인사동에 있었다. 조선시대에 가장 번화한 거리였던 종로 네 거리가 바로 이덕무의 집 부근이었던 것이다. 그는 그곳 중에서도 시장 바로 옆에 살았다. 가장 사람 많고, 가장 시끄럽고, 가장 번화한 곳에 조선에서 둘째가라면 서러울 정도로 책 좋아하는 선비가 살았다. 요즘에는 책장을 펼칠라 치면 책 읽을 분위기인지부터 따지기 바쁜데, 종일 책만 보기로 유명한 그가 도심 한복판 시장 옆에서 살았다니 재미있지 않은가?

그에게 그 난리통 속에서 어떻게 책을 읽는지 묻는 사람이 하도 많아서 이런 글이 탄생한 것이 아닐까? 하지만 그는 이 글의 제목을 '독서법'이라 하지 않고 '한가로움의 근원을 파헤침'이라고 했다. 독서가 핵심이 아니라 한가로움이 핵심인 것이다. 그는 마음이 한가로우면 굳이 강이나 호수를 찾을 필요도, 산림을 찾을 필요도 없다고 말한다. 인적이 드문 고요한 자연이 한가로움을 주는 대상이 아니란 말이다.

"때로 문을 나서면, 달리는 사람은 땀을 흘리고, 말 탄 사람은 빠르게 지나가고, 수레와 말은 사방으로 섞여 복잡하게 오간다. 그러나 나는 홀로 천천히 걷는다. 저들의 소란스러움으로 나의 한가로움을 잃은 적이 한 번도 없으니, 이는 내 마음이 한가롭기 때문이다. 그러나 저들의 마음은 혼잡하고 어수선하지 않은 경우가 드무니, 그들의 마음에는 제각기 경영하는 것이 있기 때문이다. 장사하는 자는 이익을 다투고, 벼슬하는 자는 영욕을 다투며, 농사짓는 자는 밭 갈고 김매는 일을 다툰다."

시장 한복판에 있어도 고요할 수 있는 것은 무언가를 다투지 않기 때문이다. 시장에서 사람들은 뛰거나 말을 타고 달리고 수레나 말에 무언가를 실어 나르면서 정신없이 움직인다. 시간이 돈이기 때문에, 떼 오는 물건의 양이 그대로 돈이 되기 때문에 여유로울 수가 없다. 또 남이 사기 전에 내가 사야 하기 때문에, 물건이 떨어지기 전에 확보해야 하기 때문에 여유로울 수가 없다. 그러나 이덕무는 그 풍경 안에 있되 그 풍경에 속하지 않았다. 휩쓸리고 몰려갈 이유가 없어서 모두가 바삐 오가는 풍경 속에서 홀로 '천천히 걷고' 있었다.

책을 읽는 것마저 다투며 경쟁하듯 한다면 독서를 하는 광경도 무언의 시장통과 같을 것이다. 조용할 뿐이지 한가로움은 전혀 없는 것이다. 수험생들이 필수로 읽어야 하는 책을 읽고 있는데 그 모습을 한가롭다고 여기는 사람은 없다. 벼슬을 위해 읽는 책은 곱씹을 여유가 없다. 전쟁하듯, 먹어치우듯 읽는 것이다. 즉, 분주함은 내면에 있는 것이지 외부에 있는 것이 아니라는 말이다. 하여 이덕무는 이렇게 말하며 글을 맺는다.

"날마다 생각하는 것이 이와 같은 사람은 비록 세상에서 가장 잔잔하고 고요하고 그윽하고 아름답다는 풍경 속에 데려다 두어도 팔짱 낀 채 졸면서 자기가 꿈꾸던 것이나 꿈꿀 것이니, 어찌 한가로울 수 있겠는가? 그러므로 나는 말한다. '마음이 한가로우면 몸은 저절로 한가롭다.'"

지극히 옳은 말이다. 그러나 이 옳은 말을 우리는 종종 잊고 산다. 한가롭기 위해 자연을 찾고 한가롭기 위해 여행을 떠난다. 쉬겠다며 다른 일을 한다. 쉬지 않는 쉼이다. 속도가 지배하는 세상이다. 속도를 놓치면 뒤쳐진다. 다투지 않으면 내 몫을 놓치게 된다고 배우고 그렇게 살아간다. 쉬기 위한 여행마저도 기왕 온 거 더 많이 더 크게 누려야 한다고 생각해서 쉬러 간 와중에도 쉬지 못한다. 속도에 매몰되어 주변을 돌아보지 못하니 내 이웃이, 자연이, 세상이 고통받는 것을 알아채지 못한다. 우리가 모르는 사이에 가차 없이 꺾고 베고 망가뜨렸을 텐데 말이다. 자동차를 위해 우리는 길을 없애고 도로를 만들었다. 그리고 길을 도로처럼 보라고 말한다. 밀란 쿤데라는 『불멸』이라는 소설에서 길과 도로의 차이를 이렇게 말하고 있다.

"도로는 그 자체로는 어떤 의미도 갖지 않는다. 단지 그것이 두 지점을 연결해준다는 의미뿐, 길은 공간에 대한 경의다. (중략) 길들은 경치에서 사라지기 전, 먼저 인간의 마음에서 사라져버렸다. 인간은 더 이상 걷고자 하는 욕망을, 걷는 데서 어떤 기쁨을 맛보고자 하지 않는다. 자신의 인생 역시, 인간은 그것을 길처럼 보지 않고 도로처럼 본다. 한 지점에서 다른 한 지점으로 이어지는 선처럼 보는 것이다. (중략) 그리하여 삶의 시간은 점점 더 빠른 속도로 극복해야만 할 하나의 장애가 되어버리는 것이다."

점점 더 빠르게 무언가를 해결할 수 있게 될수록 우리의 삶은 더 여유가 없어진다. 빠름은 더 빠름을 당겨올 뿐이지 느림을 선물하지 않는다. 자동차로 도로를 질주하는 동안 우리의 삶마저도 질주하듯 내달리고 있는 것인지도 모른다. 뚜벅이로 산다는 건 이동에 많은 시간을 들여야 하는 불편함이 있는 반면에 내 마음대로 천천히 걷거나 멈출 수 있는 자유로운 속도감으로 주변을 누릴 수 있는 풍성함이 있기도 한 건데, 속도를 요구하는 세상에서 사느라 그것을 잠시 잊었던 건 아닌가 생각해본다.

속도에 매몰되어 살다 보면 느긋하게 별 것 아닌 일에 공을 들여보는 시간과 점점 더 멀어진다. 불편함은 조금도 들여놓지 않으려 한다. 효율이 지배하는 세상의 삭막함이다.

불편함을 없애기 위해 각종 편리함을 구매한다. 온갖 도구를 사고, 온갖 일회용품을 쓰고, 온갖 배달을 활용한다. 그러나 생각해보자. 그래서 정말로 내 삶에는 여유가 생겼나? 내 마음에는 편안함과 안정감이 깃들었나? 여전히 쫓기고 여전히 불안하고 여전히 돈이 부족하다. 남들을 보며 남들이 하는 만큼을 하려 내달리는 동안 되레 지구만 몸살을 앓기 시작했다. 축산 농장과 사료 생산 때문에 '지구의 허파'라고 불리는 아마존의 70%가 벌목되었다. 승용차 없이는 살 수 없는 삶, 에어컨 없이는 날 수 없는 여름을 유지하고, 전기가 아니면 상상할 수 없는 도시 문명을 유지하기 위해 어마어마한 화석에너지가 소모되고 핵에너지를 끊을 수 없게 되었다. 요즘은 배달 앱이 엄청나게 활성화되어 온갖 음식을 집이나 회사로 배달시키는데 모두 일회용 용기에 담겨 온다. 점심식사를 마친 회사원들의 손에는 대부분 커피 한 컵씩이 들려 있는데 이 역시 거의 모두 일회용이다. 휴가를 즐길 때는 대개 비행기를 타고 이동한다. 이렇게 사용되고 소모되는 자원을 다 어찌해야 할까?

속도에 휩쓸리다 보면 작게는 삶에서 사소하지만 소중한 것들을 놓치게 되고, 크게는 자연을 훼손시켜 지구를 회복 불가의 상태에 빠뜨린다. 마음의 여유가 필요한 즈음이다. 작은 불편함부터 하나하나 실천해보면 어떨까? 걷거나 대중교통을 이용하고, 음식을 직접 만들어 먹고, 육류 소비를 줄이고, 적당히 먹고, 포장재를 줄이고, 개인 컵과 장바구니를 사용하고, 물건을 오래도록 쓰고, 흙 묻은 걸 더럽다 여기지 말고, 온갖 일회용품에서 벗어나고, 삶을 위해 사들이지 말고 삶 자체를 찬찬히 돌아보면 어떨까? 마음이 한가로워지면 비로소 내 삶에서 쓸모없이 비대해진 것들이 보일 것이다. 끊임없기 채워지지 않는 허기와 불안 속의 나 자신과 그것 때문에 망가진 내 주변 관계들과 자연환경이 보일 것이다. 다이어트에 성공한다는 것은 음식에 대한 기호 자체가 변화하는 것이라고 한다. 삶의 다이어트도 마찬가지인 것 같다. 찾아나서는 분주함으로는, 사들이는 소란함으로는 아무것도 해결되지 않는다. 시장 한복판에서도 한가로울 수 있고, 아무도 없는 자연 속에서도 분주할 수 있다. 마음의 문제고 실천의 문제다.

5. 가족이 모이거든

영 서투르면 재주가 없고, 재주가 있으면 서투르지 않으니, 서투름으로 서투름을 감당하는 자는 항상 일을 하는 데에 말썽을 일으키고, 재주로 재주를 부리는 자는 항상 작위作爲하는 문제가 있다. 그렇기 때문에 재주를 서투름 안에서 풀어낸 뒤라야만 재주는 서투름의 문제를 해결하고 서투름은 재주가 나대는 것을 통제해서 딱 알맞게 쓰이고 합당하게 행해지는 도가 될 수 있을 것이다.

장현광張顯光(1554년(명종 9)~1637년(인조 15)). 『여헌집旅軒集』 권8 「잡저雜著」 '용졸당用拙堂에 써준 글(용졸당기)用拙堂說' 중에서.

夫拙則不才; 才則不拙, 以拙任拙者,

부졸즉부재; 재즉부졸, 이졸임졸자,

常短於有爲; 以才使才者, 常病於作爲.

상단어유위; 이재사재자, 상병어작위.

故惟其才矣而用拙, 然後才以濟拙, 拙以制才,

고유기재의이용졸, 연후재이제졸, 졸이제재,

而可以爲適用當行之道矣.

이가이위적용당행지도의.

해마다 가을이면 맞이하는 큰 명절, 추석. 온 나라가 민족의 대이동으로 들썩거린다. 매해 연출되던 풍경이지만 2020년 추석은 코로나 여파로 매우 조용하게 지나갔다. 예전처럼 대대적으로 모이지는 않았지만 그래도 맛난 음식을 먹으며 가족 간에 잠시 분위기를 환기해보는 시간으로 활용하지 않았을까? 다들 어떤 이야기를 나누며 추석 연휴를 보냈을지 문득 궁금해진다. 이런 특별한 날에는 무엇을 하면 가족 간의 시간이 더욱 뜻 깊어질까 생각해보게 된다.

이 글의 지은이는 장현광이지만 글의 주인공은 따로 있다. 바로 '용졸당'이란 집의 주인이었던 민성휘閔聖徽란 인물인데, '용졸'이란 자신의 호를 당호로 활용했다. 그는 당시 매우 유명했는데, 1609년(광해군 1)에 과거에 급제하여 벼슬길에 나섰으며, 조정 내의 부조리를 보고 외직을 희망하여 목사와 지방 관찰사들을 많이 지냈다. 1630년(인조 8) 평안도 감사가 되었을 때는 각 성을 수축하고 진을 설치할 것을 건의하는 등 관서 30여 군의 변방 강화에 힘을 쏟았다. 이후 함경도 관찰사를 지낼 때 병자호란이 발발하자 보병과 기병 1만 3,000명을 통솔하고 맹활약을 하였다. 지방직을 지내며 헌신적으로 일한 덕분에 그의 공덕을 기리는 생사당生祠堂이 평양과 정주 두 곳에 세워질 정도였다.

용졸당은 그가 1625년(인조 3) 전라도 관찰사로 부임하면서 고향인 충청도 임천林川에 마련한 별서別墅로, 별서는 별장과 비슷하지만 농사를 짓는다는 점에서 좀 다르다. 그는 지인들에게 이 별서에 대한 글을 써달라고 부탁했다. 유명한 사람의 지인 역시 대개 유명 인사들이어서, 당시 이름난 사람들인 사계 김장생金長生, 청음 김상헌金尙憲, 포저 조익趙翼, 계곡 장유張維, 현주 조찬한趙纘韓 등이 모두 이곳에 대한 글을 써주었다.

이 유명한 용졸당은 그 내력이 재미있다. '용졸用拙'은 앞서 말한 것처럼 이 집 주인 민성휘의 호인데, '졸拙'이란 글자가 이 집안 호의 돌림자라는 점이 특히 흥미롭다. 호에도 돌림자가 있나? 아버지 민유부閔有孚의 호는 '양졸養拙', 형 민성도閔聖徒의 호는 '수졸守拙', 동생 민성복閔聖復의 호는 '지졸趾拙'이다. 즉, '졸拙'이라는 글자로 이 집안은 대동단결하고 있는 것이다.

   '졸拙'이 대체 무슨 의미이기에 무려 돌림자가 된 것일까? 졸은 대체로 '재주 없다, 서투르다, 어리석다, 못하다, 뒤떨어지다, 쓸모없다'는 뜻으로 사용된다. 그리 좋은 뜻은 아닌 셈이다. 그런데도 아버지는 '기르다'라는 뜻의 '養양' 자를 써서 서투름·재주 없음을 기르겠다는 뜻을 밝혔고, 세 아들은 각각 '지키다'라는 뜻의 '守수', '쓰다'라는 뜻의 '用용', '추종하다'라는 뜻의 '趾지'를 써서 서투름·재주 없음을 지키고, 서투름·재주 없음을 쓰고, 서투름·재주 없음을 따르겠다고 하며 아버지의 뜻을 이어받든 것이다. 긍정의 힘을 모르는 집안이었을까? 긍정적으로 말해야 그 힘이 발휘되어 무슨 일을 하는 좋은 결과를 내는 데 조금이라도 도움이 될 텐데, 왜 온 가족이 서투르고 재주 없음 쪽으로 뜻을 모은 것일까?

장현광은 앞의 글에서 '졸拙'의 상대어로 '재才'를 택했다. '재주 없음'과 '재주 있음' 혹은 '재주 넘침'을 대비시킨 것이다. 서투르다면 재주가 없는 것이고 재주가 있다면 서투르지 않을 것이다. 그런데 세상을 살다 보면 마냥 서툰데 그냥 그 서툰 대로 일을 하는 사람은 매양 자기가 맡은 일을 제대로 해내지 못하고 말썽을 일으키고, 재주가 있다고 재주를 맘껏 부리는 사람은 항상 조용히 순리대로 처리하지 못하고 나대다가 사족蛇足을 달고야 말더라는 것이다. 그래서 재주와 서투름은 늘 함께 있어야 일이 제대로 된다고 보았다. 재주를 서투름 안에서 풀어내야 재주가 서투름의 부족함을 해결해주고, 서투름은 재주가 나대는 것을 통제하여 둘이 균형을 이루어 세상에 딱 알맞게 쓰이고 합당하게 행해지게 된다는 것이다.

정말 맞는 말이 아닌가? 짧은 생을 살았지만 '재승덕박才勝德薄'을 벗어나는 경우를 별로 보지 못했다. 대개 재주가 뛰어난 사람들은 덕이 부족하다. 자신을 누르지 못한다. 조용히 진중하게 자신을 가라앉히지 못한다. 이렇게 하면 될 것 같고, 그 정도는 능히 해낼 수 있다고 생각하기 때문에 참지 못한다. 예상대로 좋은 결과를 얻게 되면 박수가 쏟아진다. 재주 있는 사람에게 좋은 결과가 어찌 한 번뿐이랴! 박수와 그로 인한 쾌감이 반복된다. 나를 향한 타인과 세상의 환호가 들려오는데 마음이 잠잠하기란 쉽지 않다. 내 재주에 대한 좋은 평가는 스스로에 대한 과대평가로 이어지게 마련이다. 내 재주를 내가 쌓은 덕으로 누르지 못하는 순간이 찾아오는 것이다. 그러나 세상은 넓고 나보다 뛰어난 사람은 많으며, 세상사란 언제나 변수로 출렁이고 바람처럼 흘러가며, 어떤 뛰어난 인간도 반드시 한계를 갖는다. 자기 통제력을 놓치는 순간 자신도 모르게 과대평가라는 풍선이 부풀어 두둥실 떠오르게 된다. 위기가 시작되는 순간이다. 명성과 실제가 더 이상 짝을 이루지 못하는, 즉 명실상부名實相符하지 못한 실체가 곧 노출될 것이기 때문이다. 비로소 후회하지만 이미 돌이킬 수 없을 때가 더 많다. 인간이기에 가질 수밖에 없는 서투름, 부족함, 어리숙함을 늘 기억하고 스스로 돌아보고 주의하지 않으면 나의 재주가 오히려 내게 함정이 될 수 있다.

　사실 용졸당의 주인 민성휘는 이 위험에 빠지기에 딱 좋은 인물이었다. 앞서 소개한 것처럼 재주가 많고 뛰어난데다가 높은 벼슬을 지냈고 세간에서 명성도 높았기 때문이다. 실제로 그가 '졸拙'이라는 글자로 호와 당호를 삼은 것에 대해 말도 안 된다고 그 말을 누가 믿겠냐고 지적하는 사람도 있었다. 이런 지적에 대해, 용졸당을 두고 또 다른 글을 써준 계곡 장유는 '졸拙'과 '교巧'를 비교하며 반박한다. '교巧'라는 것은 '공교롭다, 꾸미다, 겉치레하다'라는 뜻이다. 그러니까 재주 '재才' 자와 비슷하되 한 걸음 더 나아간 상태를 의미한다고 할 수 있겠다. 작위의 극치인 것이다. 장유는 이렇게 말했다.

"그대는 세상의 공교로운 자를 보지 못했단 말인가? 말은 구렁이 담 넘어가듯 하고, 행동은 세상의 여론이나 따르고, 남들이 피하는 길목에는 한 발자국도 들여놓지 않으면서 절대 안전한 곳에만 있으려 하는 자들 말이다. 이런 자가 관직을 맡으면 분위기를 잘 살펴 자기를 위해서만 움직이고 책임만 대충 얼버무려 때우는 것을 능사로 여기면서 목숨을 바쳐 뜻을 이루는 것은 할 짓이 못 되는 것으로 치부한다."

재주가 성공을 타고 높은 명성의 자리로 두둥실 올라가면 그 능력이 다 소진되어도 내려오기 어렵고 또 내려오고 싫지도 않은 게 사람 마음이다. 그때 재주의 자리를 공교로움, 즉 작위로 채우려 시도하곤 한다. 진실과 진심이 사라지는 것이다. 그런데 장유는 민성휘가 그런 함정에 빠지지 않았다고 말한다. 그는 사람들이 쓰다고 뱉는 것을 홀로 삼키고 사람들이 몰려갈 때 그만은 혼자서 아니라고 등을 돌리며, 자기 몸 위하는 것에는 어리숙하지만 나라를 위해서는 온 정력을 기울이고, 이익을 좇는 데는 겁내지만 의리를 행하는 데는 용맹하기에 지치도록 쉴 새 없이 일을 시켜도 나 혼자 고생한다고 한을 품지 않는 그런 인물이라고 역설한다. 그러면서 민성휘가 선택한 '졸拙'에 대해 이렇게 변호한다.

"둔중함은 예리함의 바탕이 되고, 고요함은 움직임의 뿌리가 된다고 들었다. 옛날 지성인들은 광채를 자기 안에 간직하고 활용을 잠시 유보한 채 지혜롭지만 바보인 양하고, 달변이지만 어눌한 양하여 스스로 굽혀 펼 때를 기다릴 줄 알았고, 뒤에 있는 것이 앞선 것인 줄을 알았다. 이렇게 그 안에 쌓아둔 것이 항상 여유가 있었기 때문에 밖으로 발휘할 때가 되면 마르지 않고 끝없이 쏟아져 나왔던 것이다."

이제 민성휘와 그의 집안이 서투르고 재주 없고 어리숙하다는 것으로 자신들의 호를 삼았던 이유가 납득이 되는가? 그들은 나를 지킬 수 있는 힘, 그 겸손함, 그 묵직함, 그 반성할 줄 아는 힘은 결국 스스로가 간직해야 하며, 그것을 간직하고 있을 때만이 자신이 가진 재주가 오래도록 제대로 빛을 발할 수 있다는 것을 알았다. 재주, 그 이상으로 중요한 것이, 어쩌면 그보다 더 중요한 것이 재주를 통제할 수 있는 수양된 마음인 것이다. 사실 민성휘의 아버지는 그가 어렸을 때 돌아가셨다. 하지만 아버지의 호를 삼형제가 나누어 받으며 가풍을 유지했다. 이 집안은 가훈을 호로 빚어낸 셈이다. 타인에게 호명되는 그 모든 순간이 자신을 돌아보는 성찰의 시간이기도 했을 것이다. 아버지를 기억하는 방법이, 가풍을 마음에 새기는 방법이, 가족의 유대감 속에서 삶을 일궈가는 방법이 참 아름답다.

호(號)는 이를테면 별명 같은 것이다. 요즘은 호를 잘 짓지 않지만 호가 있다면 글을 쓰거나 그림을 그리거나 어떤 작품을 만들어 마지막에 나를 새길 때 뭔가 좀 운치 있어 보일 것도 같다. 그런데 그런 호에 이렇게 집안의 가풍 혹은 가족의 유대를 새긴다면 더욱 의미가 깊어지지 않을까? 또 그런 의미의 호라면 나의 삶을 좀 더 잘 돌보며 바르게 가꾸어갈 힘이 되어주지 않을까? 올 추석에는 가족끼리 둘러앉아 당장 해결되지 않는 걱정으로 서로에게 스트레스를 주기보다는 이렇게 호를 지어보는 것도 좋을 것 같다. 그저 음식이나 먹고 TV만 보며 명절을 보내기보다 가훈으로 삼을 만한 글자나 서로에게 맞는 글자를 찾아 가족을 연결해주는 호를 만들어보는 시간을 갖는다면, 색다르고 의미 있으면서도 오래오래 기억에 남을 멋진 시간이 되지 않겠는가.

6. 한글날을 한글날답게 기념하려면

사리를 분별할 수 있는 사람이라 하더라도 법조문을 살펴본 뒤에야 어떤 죄가 얼마나 무거운 죄인지 알 수 있는 법이다. 하물며 어리석은 백성들이야 어떻게 자기가 범한 죄가 얼마나 큰 것인지 알아서 스스로 고칠 수 있겠는가? 물론 백성들에게 법조문 전체를 다 알게 할 수는 없겠지만 큰 죄에 해당하는 부분만이라도 발췌하여 이두로 번역·반포해서 어리석은 백성들이 범죄를 저지르는 것을 피할 수 있게 하는 것이 어떻겠는가?

『세종실록世宗實錄』 14년 11월 7일(임술) 기사 중에서.

雖識理之人, 必待按律, 然後知罪之輕重,

수식리지인, 필대안률, 연후지죄지경중,

況愚民何知所犯之大小, 而自改乎?

황우민하지소범지대소, 이자개호?

雖不能使民盡知律文, 別抄大罪條科, 譯以吏文,

수불능사민진지율문, 별초대죄조과, 역이이문,

頒示民間, 使愚夫愚婦知避何如?

반시민간, 사우부우부지피하여?

10월 9일은 한글날이다. 매년 한글날이 되면 한글이 얼마나 우수한 문자인지, 세계의 언어학자들이 한글의 우수성에 얼마나 어떻게 탄복했는지 보도하는 글이며 다큐멘터리들이 엄청나게 쏟아진다. 그리고 한글이 외국어로 얼마나 오염되었는지, SNS 등의 발달로 숱하게 남발되고 있는 외계어 같은 신조어들이 한글을 얼마나 망가뜨리고 있는지에 대해 역설하며 각성을 촉구하는 운동이 전개된다. 평소 한글을 소홀히 하는 우리 자세를 돌아볼 때 일 년에 한 번일 뿐이라도 한글의 보존과 확장에 대해 목소리를 높이는 것은 매우 중요하다. 하지만 한글은 무엇보다 백성이 스스로 정보를 읽고 이해할 수 있게 하기 위해서 만들어진 글자였다. 한글이 과학적으로 우수하게 만들어진 것도 쉽게 쓰고 익히게 하기 위해서였다. 과연 우리는 한글이 만들어진 목적에 맞게 읽고 쓰며 우리를 확장해가고 있을까? 이 점을 생각해보아야 한글날이 진정 한글날다워질 것이다.

세종은 백성을 교육하고자 했다. 재위 13년(1431)에 그는 먼저 『삼강행실도三綱行實圖』를 간행하여 반포하라고 명했고, 그 이듬해에는 율문律文을 이두로 번역해서 백성들이 법을 알 수 있게 하라고 명했다. 조선은 유가사상 위에 세워진 나라였고, 유가의 이상 국가란 백성들까지도 교화되어 군신, 부자, 부부, 장유, 붕우 간의 윤리인 오륜이 모든 사람들의 삶 속에서 구현되는 나라를 말한다. 실질적으로 교화하든 형식적으로 입으로만 교화를 말하든 백성들이 윤리에 눈 뜨는 것은 유학을 이념으로 한 조선에서 매우 중요한 문제였다. 세종은 윤리를 가르침과 동시에 형법의 조목도 가르치고자 했다. 교화되기 전에 백성들은 모르고 죄를 지을 수 있는데, 모르고 지은 죄일지라도 국법에 따라 처벌받아야 했기 때문이다. 이런 식으로 법망에 걸려들어 처벌받는 것은 아무래도 공정하지 못한 처사였다. 그래서 그는 백성을 기꺼이 가르치고자 했다. 형벌의 대강이라도 가르쳐서 스스로 죄를 피할 수 있게 한 다음, 알고도 죄를 지은 경우를 처벌하고자 했던 것이다.

앞의 글은 율문을 이두로 번역해서 반포할 것을 명하던 날 있었던 대화의 일부다. 세종이 이와 같이 말하자 이조 판서 허조許稠가 반대하고 나섰다.

"신은 그로 인해 심각한 문제가 발생하게 될까 염려스럽습니다. 간사하고 악독한 백성들이 법조문의 내용을 알게 되면, 어떤 죄가 큰 죄이고 어떤 죄가 작은 죄인지 알아 두려워하고 꺼리는 것 없이 법을 농간하는 무리들이 생겨나게 될 것입니다."

세종은 반박했다.

"그렇다면 백성들이 법에 대해 무지한 상태로 죄를 범하게 하는 것이 옳겠느냐? 백성이 법을 모르는데 법을 범했다고 죄를 받게 하면 그건 그들을 기만한 것이라 할 수 있지 않겠느냐? 더구나 선왕들께서 법조문을 읽게 하는 법을 세우신 것은 사람들이 모두 법의 내용을 알게 하고자 하셨기 때문이다."

대개 지도자들은 피지배자들이 무지한 채로 남아있기를 바란다. 그래야 다스리기 편하기 때문이다. 그러나 세종은 무지와 순종이 아닌 지知와 설득을 선택했다. 지와 설득이 위험부담은 있지만 유학의 궁극적인 이념에 더 가깝기 때문이다. 그리고 또 한편으로 생각해보면 세종이 합리와 효율을 중시하는 성향을 가지고 있었기 때문이었던 것 같기도 하다. 백성이 무지하면 지금 당장은 통치하기 편하겠지만 장기적으로는 스스로 판단할 수 없는 백성들 한 명 한 명을 중앙에서 일일이 책임지고 끌고 가는 것은 에너지 소모가 너무 큰 일이다. 그렇다고 백성들을 혹독하고 잔인하게 다스리는 것은 민본을 바탕으로 해서 일어선 나라가 행할 짓이 아니다. 그렇다면 백성들 스스로가 바르게 생각하고 판단할 수 있게 해주는 것이 멀리 볼 때 훨씬 더 효율적인 일이다.

세종은 백성을 가르쳐 알고 행동하는 백성들로 만들고자 했다. 훈민정음 창제 이유를 밝힌 서문도 '나라의 말이 중국과 달라 문자가 서로 통하지 않아서'로 시작해서 문자가 서로 통하지 않기 때문에 '어리석은 백성들이 말하고자 하는 것이 있어도 끝내 제 뜻을 쉽게 펴 보이지 못한다'는 내용으로 이어진다. 글자가 필요한 것은 내용을 담아 전달하기 위해서인데 내용을 담을 수도, 전달할 수도 없는 글자라면 무슨 소용이 있겠는가? 말과 글이 일치하지 않는 것만도 불편한데, 그 글자를 따로 배우는 시간까지 들여야 한다. 가뜩이나 한문은 배우기 어려운 글자인데, 그런 글자로 백성을 가르치면 그들이 언제 문자를 깨치고 언제 의사를 표현하겠는가? 까마득한 일이다.

한문을 배워본 입장에서 말하자면 익히는 데 정말 시간이 오래 걸린다. 문법이 없다고는 할 수 없지만 그렇다고 현대 언어의 문법처럼 정확하게 정리되어 적용할 수 있는 정형화된 문법이 있는 것은 아니다. 띄어쓰기도 하지 않으며, 그렇다고 의미절 단위로 표시를 해주지도 않는다. 마침표도 쉼표도 인용부호도 아무것도 없이 글자만 내리 이어 쓴다. 게다가 인용을 할 때 원래의 글 그대로를 인용하지 않고 글자 수를 한껏 줄여서 인용하는 경향이 있다. 그래서 다른 책들을 훤히 꿰고 있지 않다면 그것이 다른 책에서 인용한 것인 줄 모르고 글자 그대로만 해석해버리기 십상이다. 글자 외에는 아무 부호도 없기 때문에 명사인지 인용구인지 그냥 뜻대로 해석하면 되는 글자인지 모를 때도 부지기수다. 여기에 더해 한자는 뜻글자다. 즉, 하나의 글자가 하나의 뜻을 갖기 때문에 글자를 한 글자 한 글자 다 외워야 한다. 대체 얼마의 시간을 오롯이 글을 익히는 데 쏟아부어야 글 좀 한다는 수준에 이르게 될까?

이런 한문과는 전혀 다르게 세종은 지혜로운 사람은 반나절이면 배우고, 어리석은 사람도 열흘이면 배울 수 있는 글자를 만들었다. 얼마나 배우기가 쉬웠는지 최만리는 이 새로운 글자에 반대하면서 이런 말을 했다.

"관리가 언문諺文으로 등용되면, 후학들이 모두 이것을 보고, 27자의 언문으로도 족히 세상에 입신立身할 수 있다고 할 것이오니, 무엇 때문에 마음고생을 하며 애써 머리를 쓰면서 인간의 본성과 이치를 궁구하는 학문을 하려 하겠습니까?"

한글은 정말 익히기 쉽다. 우리나라가 문맹률이 낮은 데 혁혁한 공을 세웠다. 해마다 한글날이 되면 우수한 한글 덕분에 우리나라의 문맹률이 얼마나 낮아질 수 있었는지에 대한 내용이 빠지지 않고 거론된다. 그러나 이것으로 정말 충분할까? 자음과 모음이 결합되어 만들어진 한 음절의 글자 한 개를 읽을 줄 아는 것을 비문맹이라고 한다면 우리나라는 문맹률이 낮은 나라가 맞다. 그러나 글을 해독하지 못하고, 글이 말하고자 하는 의미를 추출해내지 못하는 상태, 즉 문장 해독이 안 되는 상태를 문맹으로 본다면 우리나라의 문맹률에 대해서는 다시 한 번 생각해보아야 한다.

『학교 속의 문맹자들』이란 책을 읽고 상당히 충격을 받았다. 한국교육개발원의 2002년도 연구보고서인 「한국 성인의 비문해 실태 조사 연구」에 따르면 19세 이상인 우리나라 전체 성인 인구의 24.8%는 읽고, 쓰고, 셈할 때 어려움을 겪고 있다고 보고하고 있고, 게다가 성인 전체 인구의 8.4%는 문장을 전혀 이해하지 못하는 완전 비문해자에 해당한다고 밝히고 있다. 글자를 아는 것과 하나의 문장을 아는 것과 전체 문맥을 이해하는 것은 다 다른 문제다. 글자에 대해 배우고, 그래서 글자를 읽을 줄 알게 되었으면 글자가 문장이 되는 것을 배워야 하고, 문장을 배웠으면 문장으로 이루어진 글의 전체를 이해하는 방법을 배워야 한다. 글자를 아는 이유는 결국 문장으로 기록하고 전해온 우리 문명의 과거와 현재와 미래에 대한 해독 능력을 갖기 위해서가 아니겠는가?

SNS가 활성화되면서 오독과 난독의 상황이 많이 드러난다. 각종 SNS의 다종다양한 글을 보면 문법에 맞지 않거나 맞춤법이 틀린 문장, 주어와 서술어가 호응하지 않는 문장이 허다한데, 쓰기가 이렇다면 읽기도 그다지 올바르지 않을 것임은 미루어 짐작해볼 수 있다. 자신이 쓴 문장이 올바르지 않다는 걸 스스로가 모르니 그렇게 쓴 문장을 스스럼없이 피드에 올리는 것일 테고, 그렇다면 다른 이들의 글도 정확하게 이해하지 못하는 게 당연하지 않겠는가. 댓글에서 논쟁이 붙는 상황을 들여다보면 논쟁이 붙을 만한 일로 논쟁을 하는 경우도 많지만, 글을 제대로 읽지 않거나 문맥을 잘못 이해한 데서 생긴 오해 또는 곡해에서 비롯된 경우도 적지 않다.

의미를 제대로 해독하지 못하는 사람이 읽은 글자는 제 기능을 다하지 못한다. 낮은 문해율은 우리가 정보와 지식을 제대로 다룰 능력이 없다는 의미이기도 하다. 정보와 지식을 제대로 다룰 능력이 없으면 문제 제기를 할 수도, 부당함에 제대로 저항할 수도 없다. 당연히 정보에서 흑색선

전을 가려내고 진의를 파악하고 그에 맞는 대안을 마련할 수도 없다. 대학 졸업장이 있더라도 긴 글 한 편 제대로 해독하지 못하고, 책 한 권 읽어내기 힘들어하는 수준이라면 아무리 한글을 자랑스럽게 여긴다 한들 평범한 이들에게 자신을 지킬 무기를 주고자 했던 세종의 진의는 놓쳐버린 것 아니겠는가. 읽기는 읽기를 통해서만 발달한다. 듣기로 읽기를 완전히 대체하는 것은 불가능하다. 주체적으로 읽어야 하는 순간이 나이 들수록 더 많이 더 자주 펼쳐진다. 진정 한글날을 기념하고 싶다면 다음 한글날까지 1년간 몇 권의 책을 완독하겠다고 결심해보면 어떨까? 그것이 '사람마다 쉽게 익혀 날마다 사용하는 데 편안하게 하고자' 한글을 만든 세종대왕의 꿈을 제대로 실현하는 길일 것이라 감히 주장해본다.

7. 푹 젖어 드는 시간

독서는 푹 젖어 드는 것을 귀하게 여긴다. 푹 젖어 들면 책과 내가 융화되어 하나가 되고, 푹 젖어 들지 않으면 읽고 돌아서면 곧 잊어버려서 읽었으되 읽지 않은 사람과 별반 다를 바 없게 된다. 이 때문에 독서는 푹 젖어 드는 것을 귀하게 여기는 것이다. (중략) 푹 젖어 드는 데에도 방법이 있으니, 정밀하게 읽는 것이 바로 푹 젖어 드는 것이다. 정밀하게 읽었는데도 푹 젖어 들지 않는 자는 없고, 정밀하게 읽지 않았는데도 푹 젖어 들 수 있는 자는 없다. 이 때문에 푹 젖어 들고자 하면 정밀한 자세를 추구해야만 한다.

———
이덕수李德壽(1673년(현종 14)~1744년(영조 20)). 『서당사재西堂私載』 권3 「서序」 '유척기兪拓基에게 주는 글(증유생척기서)贈兪生拓基序' 중에서.

夫讀書, 貴浹洽.

부독서, 귀협흡.

浹洽則書與我融而爲一, 不浹洽則旋讀而旋失, 讀而與不讀者,

협흡즉서여아융이위일, 불협흡즉선독이선실, 독이여부독자,

無甚相遠, 此所以書貴浹洽也.

무심상원, 차소이서귀협흡야.

(중략)

浹洽有道, 精斯浹洽矣.

협흡유도, 정사협흡의.

未有精而不浹洽者, 不精亦未有能浹洽者也.

미유정이불협흡자, 부정역미유능협흡자야.

是故, 欲浹洽, 當求其精.

시고, 욕협흡, 당구기정.

이 글을 읽자마자 '아, 책 읽으라는 얘기구나!'라고 생각하지 않았는가? 틀리지 않다. 하지만 정답은 아니다. 이 글을 좀 더 넓게 읽어보려 한다. 독서를 포함해 '취미'로 의미를 확장해보려 한다. 무언가를 즐기고 누린다는 것을 어떤 자세로 하면 좋을지 생각해보겠다.

지은이 이덕수는 지금 우리에게는 잘 알려진 인물이 아니지만 문장에 아주 뛰어나서 홍문관과 예문관 관직에 여러 차례 올랐던 인물이다. 이 글은 이덕수가 유척기兪拓基란 인물이 아버지를 따라 영남으로 내려가게 되었을 때 그에게 써준 글이다. 유척기는 이덕수보다 18살 아래였는데, 지방으로 떠나기 전 이덕수에게 찾아와 귀여운 떼를 쓴다.

"제가 먼 길을 떠나게 되어 친구들이 다 저를 전송해주는데 선생님만 송별회를 안 해주시네요?"

"(훗!) 옛사람들은 송별할 때 술을 마셨으니 우리 술 마실까?"

"저는 술을 별로 안 좋아하는데요?"

"그럼 옛사람들은 송별할 때 시를 지어주곤 했으니 나도 시를 지어줄까?"

"시는 꼭 받고 싶은 게 아닌데요?"

"그럼 옛사람들은 송별할 때 글을 지어주곤 했으니 자네에게 글 한 편 지어줄까?"

"아! 좋아요!"

이렇게 해서 받게 된 글이다. 그러면서 유척기는 자신이 아직 어려서 독서하고 글 짓는 법을 잘 모르니 선생께서 책 읽고 글 짓는 법을 가르쳐주시면 앞으로 열심히 힘써보겠다면서 써줄 글의 내용까지 정해준다. 글을 얻어내는 참 깜찍한 방법이다.

이덕수는 자기도 뭐 내놓을 것 없는 사람이라며 한껏 자신을 낮춘 뒤 옛날에 얻어들은 말이라는 겸손한 수식어로 자신의 독서법과 글 짓는 법을 펼쳐놓는다. 그리고 처음 시작하는 말이 앞의 글이다. '독서는 푹 젖어 드는 것을 귀하게 여긴다.' 독서에서 가장 중요한 것은 그 책에 젖어 드는 것이다. 그 까닭에 대해 이덕수는 소나기를 예로 들어 설명한다. 쏴아아 쏴아아 소나기가 거세게 쏟아지면 봇도랑이 넘치고 당장 연못이라도 만들어질 것만 같다. 그러나 날이 개면 지면의 물은 씻은 듯 사라진다. 땅이 물에 푹 젖어 들지 못했기 때문이다. 지면은 촉촉해 보이지만 조금만 파보면 곧장 마른 흙이 나타난다. 만약 이 비가 장맛비라면 사정은 다를 것이다. 1년의 농사를 책임질 만큼 대지를 적시는 것이 장맛비가 아니던가?

시험이 끝나면 그동안 장황하게 외웠던 것이 머릿속에서 씻은 듯 사라져 하나도 기억나지 않는 것은 바로 공부를 이렇게 소나기 맞듯 했기 때문이다. 흠뻑 적시지 못했기 때문에 오래 머물지 못하고 해가 뜨니 몽땅 말라 사라져버린 것이다. 공부도 이런데 취미는 오죽하겠는가? 독서를 비롯해 무엇이든 마찬가지다. 처음에는 무슨 대단한 것이라도 만들어낼 듯 빠져들지만, 정말 민망할 정도로 잠시뿐일 때가 많다. 학원에 등록도 하고, 도구도 사고, 장비도 갖추지만 며칠 지나면 금세 시들해진다. 길어야 몇 달이다. 몇 년간 꾸준히 이어지는 취미를 갖기란 정말 쉽지 않다. 좋은 책을 읽고, 좋은 강의를 듣고, 좋은 음악을 듣고, 재미난 무언가를 알게 되고, 재미난 활동을 할 때면 내 삶에 빛이 드는 것 같다. '이걸 열심히 해봐야겠어!'라고 다짐해보지만 그리 오래 가지 않는다. 설령 오래간다 해도 그 깊이와 넓이가 충분히 깊어지고 넓어지지는 않다. 왜 이렇게 되는 것일까?

이덕수는 제대로 푹 젖어 들려면 '정밀함'과 짝을 이루어야 한다고 말한다. 정밀한 자세로 파고들어야 제대로 무젖게 된다는 것이다. 그렇다면 정밀하게 파고든다는 것은 무엇일까? 이것을 이덕수는 글짓기로 설명한다. 좋은 책은 사람을 끌어들인다. 그런 책을 읽으면 저자의 생각에 깊이 공감하게 되면서 자신이 글을 쓸 때도 영향을 받게 된다. 글을 쓸 때 가장 중요한 것은 '생각의 깊이'다. 인간과 세상과 관계를 통찰하는 나의 시선이 인류 보편에 닿을 수 있는 합리성을 갖추어야 하고, 그런 다음 다듬어진 생각을 제대로 펼쳐 보일 수 있는 문장을 연습해야 한다. 그래야 나의 글이 비로소 타인이 보기에도 좋은 글이 된다. 책을 읽는다는 것은 이 훈련을 하는 시간이 되어야 한다.

이렇게 보자면 정밀함은 '진일보'의 자세가 아닐까? 취미를 그저 시간 때우기용이나 오락 거리로 생각하는 것이 아니라 생각의 깊이와 기술을 더하면 정밀한 자세로 취미를 대할 수 있다. 정밀함은 다르게 표현하면 연구하는 자세라고 할 수 있을 텐데 그러려면 에너지가 많이 소모된다. 취미에 정밀함이 더해지면 처음엔 재미로 시작했던 것이 어느새 삶의 중심에 놓이게 된다. 에너지가 많이 소모되는 쪽을 중심으로 생활이 재편되기 때문이다. 정밀한 자세로 파고드는 글짓기에는 독서가 필수다. 좋은 글이란 글재주만 화려하게 펼쳐 보인 글이 아니라 내용을 담고 있는 글이다. 그러니 글을 쓰고 싶은 사람이 책을 읽지 않는다는 게 어찌 말이 되겠는가? 내 재주를 확장시키고 싶다면 외부의 도움이 필요하다. 숱한 분야의 숱한 전문가들의 숱한 지혜들. 결국 이덕수가 하고 있는 말도 좋은 글쓰기를 위한 만고불변의 법칙인 '다독多讀, 다작多作, 다상량多商量'을 벗어나지 않는다.

어떤 취미도 이와 크게 다르지 않다. 처음에는 재미로 시작하는 모든 것들이 파고들어 연구하다 보면 깊어진다. 이것과 나의 관계에서부터 시작해서 이것과 세상이 맺는 관계, 이것과 다른 분야가 맺는 관계, 이것의 역사, 이것의 미래 등등 작은 취미 하나로 넓힐 수 있는 세계의 폭은 무궁무진하다. 같은 물이라도 소나기는 장맛비의 업적을 알지 못한다. 문제는 알지 못하기 때문에 없다고 생각하기 쉽다는 점이다. 본 적도 없고 누린 적도 없기 때문에 누군가 장맛비의 효용에 대해 말해주더라도 '그럴 수도 있겠지만 좀 과장이 심한데? 뭘 그렇게까지?'라고 생각할 수 있다. 이덕수는 말한다.

"'서너 보 나아간 뒤에 멈춰서 대오를 가지런히 하고, 대여섯 보 나아간 뒤에 또 멈춰서 대오를 가지런히 하라.' 이것은 군대를 운용하는 법이지만 글쓰기에도 적용할 수 있다."

한껏 즐기며 좀 나아갔으면 정밀히 들여다보는 시간을 통해 자만으로 무질서해지지 않아야 한다. 취미는 어떻게 대하느냐에 따라 순간의 즐거움이 될 수도 있고 삶의 방향을 전환시킬 수 있는 거대한 계기가 되기도 한다. 얼만큼 젖어 들지, 어떻게 젖어 들지에 따라 그 결과가 달라지는 것이다. 이 가을, 단 하나의 취미를 붙잡고 제대로 깊게 젖어 들어가 보는 건 어떨까?

8. 나는 어떤 사람인가?

군자는 남의 좋은 점을 드러내는 것을 좋아하고, 소인은 남의
좋지 못한 점을 드러내는 것을 좋아한다. 성취한 사람은 항상
남도 성취하기를 바라고, 벽에 부딪힌 사람은 항상 남도 벽에
부딪히기를 바란다. 훌륭한 사람은 남의 장점 듣는 것을 좋아
하고, 못난 사람은 남의 단점 듣기를 좋아한다. 여유 있는 사람
은 항상 남을 칭찬하고, 부족한 사람은 항상 남을 헐뜯는다.

君子喜揚人善, 小人喜揚人不善.

군자희양인선, 소인희양인불선.

達人常欲人達, 窮人常欲人窮.

달인상욕인달, 궁인상욕인궁.

吉人喜聞人長, 庸人喜聞人短.

길인희문인장, 용인희문인단.

有餘者常譽人, 不足者常毀人.

유여자상예인, 부족자상훼인.

—

성대중成大中(1732년(영조 8)~1809년(순조 9)). 『청성잡기青城雜記』권2「이
치를 밝힌 격언들(질언)質言」중에서.

지은이 성대중은 조선 후기 홍해군수興海郡守를 지낸 문신이다. 군수는 낮은 관직이다. 물론 관직의 높낮음으로 인물을 평가해서는 안 되겠지만, 아예 관직에 진출을 안 했으면 또 모르겠으나 영조 32년(1756)에는 과거에도 급제하여 관직에도 진출했었는데 겨우 군수라니… 그런데 또 꽤 유명했던 인물이기도 하다. 조선 후기에 관해 공부한 사람이면 한 번쯤 이 이름을 들어볼 정도다. 대체 무슨 사연이 있는 인물일까?

　답은 바로 그의 출신에 있다. 그는 서얼庶孼이었다. 아예 과거도 못 보고 관직을 꿈도 꿀 수 없는 신분이 서얼인데, 그래도 영조 때부터 그 흐름에 변화가 생겨 서얼들의 신분

상승운동인 서얼통청운동庶擘通淸運動이 있었다. 이에 힘입어 청직淸職인 사헌부와 교서관 등의 벼슬에 진출하며 서얼통청의 상징적 인물이 되었다. 정조 임금에게도 보살핌과 아낌을 받고 학식과 글씨도 인정받았으나 신분의 한계에 매여 결국 지방관으로 벼슬길을 마감했다.

그가 쓴 『청성잡기』는 후대에까지 그의 이름이 알려지게 해준 유명한 책이다. '청성'은 그의 호이고, '잡기'는 말 그대로 잡다하게 이것저것을 모아 쓴 글이란 뜻이다. 이 책은 세 부분으로 나뉘어져 있는데, 1부는 '췌언揣言'이고, 2부는 '질언質言'이며, 3부는 '성언醒言'이다. 여기에 실린 글은 2부에 해당하는 '질언'의 내용 중에서 뽑은 것이다. 췌언의 '췌'자는 '높이를 재다'라는 뜻이다. 말 그대로 이 부분은 중국의 역사적인 사건의 일단이나 특정 인물의 업적을 기록하면서 그것의 장단득실을 따지고 재는 내용이다. '질언'은 '사물의 이치를 분석하여 단정하여 말함'이란 뜻이다. 일종의 격언집이다. 짧은 격언 146개가 수록되어 있는데, 이 글은 그중 24번째 격언이다. 마지막으로 '성언'은 여염의 설화, 자신의 체험담이나 목격담, 인물평, 중국과 우리나라의 역사적 사건에 대한 비화, 시詩에 얽힌 일화, 처세담, 각종 제도·조치 등에 따른 폐해 비판 등을 싣고 그에 따른 교훈을 남기고 있다. 제일 분량이 많고, 인용자료도 중국 것보다 조선 것이 3배 정도 많다. 성대중이 민간 풍속에 관심이 많았음이 잘 드러나는 부분이다.

이 책이 재미있는 점 중 하나는 스스로를 '간서치', 즉 '책만 보는 멍청이'라 불렀던 청장관 이덕무가 평설을 붙였다는 것이다. 성대중이 글을 다 쓰고 벗인 이덕무에게 원고를 보여주자 그는 글을 읽으며 자기 생각을 곳곳에 남겼다. 2부 질언에도 곳곳에 그가 쓴 촌평이 달려 있는데, 재치 있고 재미있다.

그런데 격언이 146개라니 엄청난 숫자다. 더 놀라운 건 그 내용이 모두 재밌고 알차다는 것이다. 앞의 글을 읽을 때도 '정말 그래, 진짜 맞아'라고 호응하지 않았는가! 인격을 갖춘 사람인지 아닌지는 남을 대하는 태도에서 드러난다. 인격이 훌륭한 사람은 다른 사람의 장점을 드러내려고 애쓴다. 반대로 소인배는 다른 사람의 단점이 잘 안 드러날까 봐 마음을 졸인다. 어떤 분야에서 최선을 다해 일가를 이룬 사람은 다른 사람도 그렇게 되기를 바라지만, 애를 써

봤으나 소망하는 바를 이루지 못하고 중간에 탁 멈춰선 사람은 다른 사람이 자기보다 먼저 성공할까 봐 전전긍긍한다. 어질고 훌륭한 사람은 다른 이의 장점에 대해 듣는 걸 좋아하지만, 못난 사람은 남을 흉보거나 남의 결점에 대해 듣는 걸 즐거워한다. 여유가 있는 사람은 다른 사람이 잘했으면 잘한 대로 칭찬하고, 부족하면 부족한 대로 격려를 해주지만, 부족한 사람은 마음에 여유가 없으니 다른 사람을 칭찬하기는커녕 부족한 부분을 더 찾아 헐뜯고 나무라기 바쁘다. 사람이 대개 그렇다.

그럼 이 글을 읽으면서 여러분은 어떤 생각을 했는가? '맞아, 걔는 좀 그래', '그 사람은 이런 걸 좀 알 필요가 있어', '우리 부장님이 딱 저렇지!' 하며 잘못하고 있는 다른 누군가를 떠올렸는가, 아니면 '아, 나도 남을 칭찬하고, 남의 장점이 드러나게 해주고, 남 잘 되기를 빌어주는 그런 사람이 되어야지!'라고 나를 돌아보게 되었는가? 아마 둘 다일 것이다. 나도 그렇다. 처음 이 글을 읽었을 때는 내 주변의 못난 사람, 부족한 사람들이 떠올랐다. 그러다가 문득 나를 돌아봤다. 남에게는 박하지만 스스로에게는 후한 내가 보였다. '그래도 그런 소인배나 못나고 부족한 사람만은 되지 말아야겠다고 생각했으니 그걸로 된 것 아니겠어?'라고 반성을 하는 동시에 스스로에게 후한 평가를 내리는 내 모습에서 예전에 읽었던 인도 속담이 떠올랐다.

그와 내가 다른 점은

만일 그가 일을 끝내지 않았다면 그를 게으르다 하고
내가 일을 끝내지 않았다면 나는 너무 바쁘고 많은 일에 눌려 있기 때문이라 하고
만일 그가 다른 사람에 관해서 말하면 수다쟁이라 하고
내가 다른 이에 관해서 이야기하면 건설적인 비판을 한다고 하고
만일 그가 자기 관점을 주장하면 고집쟁이라 하고
내가 그렇게 하면 개성이 뚜렷해서라고 하고
만일 그가 나에게 말을 걸지 않으면 콧대가 높다고 하고
내가 그렇게 하면 그 순간에 복잡한 다른 많은 생각을 하고 있었기 때문이라 하고
만일 그가 나를 친절하게 대하면 나에게 무언가 얻기 위해 그렇게 친절하다 하고
내가 그를 친절하게 대하면 그것은 내 유쾌하고 좋은 성

먼저 넘어서야 할 것은 '그'와 '나'를 다르게 보는 나의 시선이 아닐까? 스스로에게 엄격하기는 힘들다. 심지어 나에 대한 비판은 나만 할 수 있다고 생각하기도 한다. 그래서 고통과 좌절에 빠져 아무리 스스로가 원망스러운 순간에도 타인의 냉정한 비판은 참아내기 힘들다. 설령 그 사람이 나의 가장 친한 친구일지라도 말이다. 성대중은 어떤 마음으로 이 격언을 썼을까? 냉소에 빠지지 않으려는 지독한 노력이 담겨 있지 않았을까? 그의 출신은 재주 많은 그에게 너무 큰 짐이었을 것이다. 자기보다 훨씬 못하지만 출신 성분 덕에 저만치 앞서나가는 사람들을 보면서, 그런 그들이 어떻게든 해보려고 애쓰는 자신을 비웃는 것을 보면서, 절망해서는 안 된다고 저들과 똑같은 사람이 되어서는 안 된다고 자신을 채찍질하던 아픔이 보이는 것 같다. 인격도 학문도 망가져서는 안 된다고 스스로 닦아세우기 위해 그는 얼마나 많이 노력했을까? 이 글을 함께 읽어준 이덕무도 역시 서자였다. 글 잘하고 똑똑한 것을 온 조선이 알았지만 재주도 꿈도 펼칠 수 없는 처지였다. 이 글에 대해 이덕무는 이런 평을 썼다.

"내가 이전에 이런 말을 한 적이 있지. '나보다 나은 사람
을 사모하고 나와 어깨를 견줄만한 사람을 사랑하고 나만
못한 사람을 안쓰럽게 보고 품으면 천하가 태평할 것이다'
라고."

세상은 제대로 사랑해주지 않았으나 세상을 사랑하려고
애썼던 두 사람의 마음이 아프고 아름답다. 그러나 성대중
이 마냥 순하고 좋은 말만 담아놓은 것은 아니다. 세태에 대
해 격언인 듯 아닌 듯 슬쩍 이런 말을 덧붙여놓기도 했다.

"처신處身하는 것은 청탁의 중간에 있어야 하고, 집안을
다스리는 것은 빈부의 중간으로 해야 하며, 벼슬살이하는
것은 진퇴의 중간에 있어야 하고, 남과 사귀는 것은 깊고
얕음의 중간으로 해야 한다."

중간에 있으라니… 이 말의 진의를 간파한 이덕무는 이
렇게 평했다.

"세상을 조롱하는 공손하지 않은 뜻이 담겨 있으니 오직 지혜로운 자라야 알 것이다."

옛글을 읽으며 시대를 읽고 관계를 읽고 노력을 읽어내는 것은 즐거운 일이다. 두 사람의 우정 속에서 빛나는 수신修身을 본다. 그때든 지금이든 나와 남을 다르게 보거나, 자신은 돌아보지 않고 후안무치하게 자기보다 훨씬 나은 이를 내 이익을 위해 얼마든지 깎아내리는 세상이다. 잘못하고도 잘못했다 말하지 않는 세상이다. 하지만 세상에는 알아주든 아니든 자신의 삶을 사람답게 가꾸어가려 했던 사람들이 살았고, 그런 그들의 노력은 언제고 끊어지는 법이 없다. 이렇게 글로 써서 남겨놓으니 이렇게 이어받아 읽고, 감명받아 다시 글을 쓰며 오래오래 이어간다. 그래서 혼란한 듯 보여도 세상은 늘 더 나은 방향으로 발전한다. 오늘, 누가 뭐라든 바른 가치를 지키며 옳은 방식으로 살아가려 노력하는 그대, 내일의 후손이 오래오래 기억해줄 것이다. 그러니 부디 힘내시기를!

9. 진정한 롤모델

선귤자蟬橘子에게는 '예덕 선생穢德先生'이라는 벗이 있었다. 그는 종본탑宗本塔 동쪽에 살면서 매일 마을에서 똥지게를 지는 것을 업으로 삼고 있었다. 마을에서는 모두 그를 엄 행수嚴行首라고 불렀는데, '행수'라는 것은 막일꾼 중에 나이가 많은 자를 일컫는 호칭이고, '엄'은 그의 성이다. (중략) 선귤자의 제자인 자목子牧이 어느 날 선귤자에게 말했다.

(중략) "엄 행수라는 자는 마을에서 천한 일을 하는 막일꾼으로 빈민가에서 살면서 치욕스런 일을 하는데, 선생님께서는 자주 그의 덕을 칭송하면서 선생이라 부르시고, 앞으로 그와 교분을 맺고 벗이라 칭할 것처럼 하시니, 저는 매우 부끄럽습니다. 이제 스승님 문하를 떠날까 합니다."

박지원朴趾源(1737년(영조 13)~1805(순조 5)). 『연암집燕巖集』권8「별집別集」'예덕선생전穢德先生傳' 중에서.

蟬橘子有友曰穢德先生, 在宗本塔東, 日負里中糞, 以爲業.

선귤자유우왈예덕선생, 재종본탑동, 일부이중분, 이위업.

里中皆稱嚴行首, 行首者, 役夫老者之稱也, 嚴其姓也.

이중개칭엄행수, 행수자, 역부로자지칭야, 엄기성야.

(중략)

子牧問乎蟬橘子曰,

자목문호선귤자왈,

(중략)

"夫嚴行首者, 里中之賤人役夫, 下流之處而恥辱之行也.

"부엄행수자, 이중지천인역부, 하류지처이치욕지행야.

夫子亟稱其德曰先生, 若將納交而請友焉, 弟子甚羞之.

부자기칭기덕왈선생, 약장납교이청우언, 제자심수지.

請辭於門."

청사어문."

치열한 여름이 지나고 바람이 선선하게 불기 시작하면 나를 돌아보게 된다. '잘 살고 있나?' 그럴 때 우리는 무엇을 기준으로 삼는가? 성찰의 기준이 아름답지 않다면 성찰의 방향과 결과도 아름답기 어렵다. 그 기준으로 삼을 만한 사람을 우리는 흔히 '역할모델' 혹은 '롤모델'이라 한다. 여러분의 롤모델은 누구인가? 왜 그 사람을 롤모델로 선택했는가?

여기 조금 특별한 롤모델 이야기가 있다. '예덕선생전', 즉 똥지게꾼 이야기다. '예덕 선생'의 '예穢'는 '더럽다'라는 뜻이다. 그러니까 예덕 선생이란 더러움을 통해 덕을 갖춘 분이란 뜻이 되겠다. 지금이야 배설물이 쌓이면 정화조 청소 차량이 깔끔하게 해결해주지만 예전에는 전부 사람이 치웠다. 꼭 필요한 일이지만 그런 일을 하는 사람을 높게 쳐주었을 리 만무하다. 천한 사람 중에서도 천한 사람이었다.

이 이야기 첫머리에 등장하는 선귤자蟬橘子는 이덕무李德懋다. 지은이 박지원과 매우 친한 사이였던 것은 널리 알려진 사실이다. 제자로 나오는 자목子牧은 이서구李書九란 분인데 이 역시 정조 임금 시절 매우 대단한 문신이자 문인이다. 이덕무가 동네 똥지게꾼과 매우 가깝게 지냈던 모양인데, 그걸 매우 못마땅하게 여겼던 제자가 어느 날 불퉁거리며 말했다.

"예전에 제가 스승님께 벗의 도에 대해 배웠는데, 그때 '벗이란 함께 살지 않는 아내요, 핏줄을 같이하지 않은 형제와 같다'고 말씀하셨습니다. 그래서 벗이란 이처럼 소중한 존재라는 걸 알았지요. 세상에 이름난 사대부들 중 선생님 아래서 함께 더불기를 바라는 사람들이 많은데 선생님께서는 모두 거절하셨습니다. 그런데 엄 행수라는 자는 마을에서 천한 일을 하는 막일꾼으로 빈민가에서 살면서 치욕스런 일을 하는데, 선생님께서는 자주 그의 덕을 청송하면서 선생이라 부르시고, 앞으로 그와 교분을 맺고 벗이라 칭할 것처럼 하시니, 저는 매우 부끄럽습니다. 이제 스승님 문하를 떠날까 합니다."

명망도 높으신 스승님이 원래 두루 여러 사람과 잘 지내시면 아무 말도 안 할 텐데 정작 많이 배운 사대부들은 거절하고, 왜 하필 낮아도 저렇게 낮고 볼 것 없는 사람과 굳이 친하게 지내고, 심지어 친구 하자고 먼저 요청하려고 하냐는 것이다. 이에 선귤자는 웃으며 말한다.

"일단 좀 앉게. 내 먼저 벗을 사귄다는 것에 대해 말해보도록 하지. '의원이 제 병 못 고치고, 무당이 제 굿 못한다'는 속담이 있네. 사람마다 자기가 '이건 내가 좀 잘하지'라고 생각하는 게 있는데 그걸 남들이 몰라주면 답답해하면서 슬쩍 자기의 부족한 점에 대해 듣고 싶은 척하며 이야기를 꺼내곤 하지. 그럴 때 칭찬만 늘어놓으면 아첨하는 것 같아서 무의미하고, 냅다 단점만 늘어놓으면 비난하는 것 같아서 정이 떨어진다네. 잘하지 못하는 것에 대해 대충 둘러 말하면서 콕 집어 지적하지 않으면 크게 책망하더라도 성을 내지 않지. 그가 자신 없어 하는 부분을 건드리지 않았기 때문이라네. 그러다가 우연한 것처럼 상대방이 잘한다고 스스로 자부하는 것에 대해 야바위 놀음에서 콕 집어맞추듯이 그 부분을 딱 지적하면 상대방은 가려운 데를 긁어준 것처럼 완전히 감동한다네. 가려운 데를 긁어주는 데도 방법이 또 있지. 등을 토닥이더라도 겨드랑이 가까이에는 가지 말고, 가슴을 다독이더라도 목은 건드리지 말아야 하네. 뜬구름 잡듯이 말하다가 칭찬으로 끝나면, '역시 자넨 나를 알아준다니까'라며 뛸 듯이 기뻐하지. 이렇게 벗을 사귀면 좋겠는가?"

제자가 아니라며 펄쩍 뛰었다.

　"지금 선생님께서는 시정잡배나 종놈들이 하는 짓거리를 가지고 저를 가르치려 하십니까!"

나는 이 제자처럼 펄쩍 뛰진 못할 것 같다. 사실, 이런 친구가 편하니 말이다. 정확히 지적하는 사람은 무섭다. 어쩐지 내가 작아지고 자신 없어진다. 선귤자의 말은 정말 최고의 기술이 아닌가? 아닌 것처럼 가려운 곳을 정확히 긁어주기. 요즘 세상이 다 그렇지 않은가? 칭찬의 기술, 호들갑과 과한 칭찬. 그래도 선귤자의 제자인 만큼 기준이 나와 달리 매우 높았던 모양이다. 펄쩍 뛴 제자에게 선귤자는 이렇게 말한다.

"시장 바닥에서는 이해관계로 사람을 사귀고, 안면을 터두면 좋다고 생각하면 아첨으로 사람을 사귀지. 그래서 아무리 친한 사이라고 해도 아쉬운 소리를 세 번 하면 누구나 멀어지고, 아무리 묵은 원한이 있다 하더라도 세 번 도와주면 누구나 친해지기 마련이라네. 그래서 이해관계로 사귀게 되면 관계가 오래 지속되기 어렵고, 아첨으로 사귀어도 마찬가지지."

그러고는 엄 행수가 알아달라 한 적 없지만 자기가 왜 그리 그를 예찬하지 못해 안달이었는지 그 이유를 일러준다. 대단치 않다. 엄 행수는 그야말로 정직하게 사는 사람이기 때문이다. 끼니마다 착실히 밥 먹고 잘 걷고 졸리면 잘 자고 웃으면 껄껄 웃고 그냥 가만히 있을 때는 바보처럼 멍하니 있는다. 흙벽을 쌓아 풀로 덮은 움막에 새우등을 하고 들어가서 개처럼 몸을 웅크리고 잠을 자지만 아침이면 개운하게 일어나 삼태기를 지고 마을로 들어와 뒷간을 청소

한다. 9월에 서리가 내리고 10월에 엷은 얼음이 얼 때쯤이면 뒷간에 말라붙은 모든 똥을 긁어간다. 사람 똥, 마구간의 말똥, 외양간의 소똥, 홰 위의 닭똥, 개똥, 거위 똥, 돼지똥, 비둘기 똥, 토끼 똥, 참새 똥 등. 이것들을 보석인 양 긁어 가도 염치에 손상이 가지 않고, 똥으로 얻은 이익을 독차지해도 의에는 해가 되지 않으며, 욕심을 부려 더 많이 가져가려 해도 양보하지 않는다고 비난받지 않는다. 이렇게 정직하게 노동한 결과로 왕십리의 무와 살곶이의 순무, 석교의 가지, 오이, 수박, 호박이며 연희궁延禧宮의 고추, 마늘, 부추, 파, 염교며 청파의 미나리와 이태원의 토란들이 자란다. 모두 엄 씨의 똥을 가져다 써야 땅이 비옥해지고 수확을 많이 할 수 있게 된다. 그래서 수입이 꽤 되지만 아침에 밥 한 사발, 저녁에 다시 한 사발이면 충분하다. 고기를 먹으라고 권하였더니 목구멍에 넘어가면 푸성귀나 고기나 배를 채우기는 마찬가지인데 맛을 따져 무엇 하겠느냐고 대꾸하고, 번듯한 옷이나 좀 입으라고 권하였더니 넓은 소매를 입으면 몸에 익숙하지 않고 새 옷을 입으면 더러운 흙을 짊어질 수 없다고 하더란다. 그러면서 선귤자는 이렇게 말한다.

"새우젓을 먹게 되면 달걀이 먹고 싶고, 갈포옷을 입게 되면 모시옷이 입고 싶어지게 마련이어서 온 세상이 이로부터 크게 어지러워져 백성들이 들고일어서고 농토가 황폐하게 되는 것이라네. (중략) 의리에 맞지 않으면 만종萬鍾의 녹을 준다 하여도 불결한 것이요, 아무런 노력 없이 재물을 모으면 막대한 부를 축적하더라도 그 이름에 썩는 냄새가 나게 될 걸세. (중략) 선비로서 가난하게 산다고 하여 얼굴에 궁기를 내는 것도 부끄러운 일이고, 출세했다고 해서 거드름을 피우는 것도 부끄러운 일이니, 엄 행수와 비교하여 부끄러워하지 않을 자는 거의 드물 걸세. 그래서 나는 엄 행수에 대하여 스승으로 모신다고 한 것이네. 어찌 감히 벗하겠다고 말할 수 있겠는가. 이러한 이유에서 나는 엄 행수의 이름을 감히 부르지 못하고 예덕 선생이라 부르는 것일세."

엄 행수는 다만 자기 할 일을 하는 사람이다. 가장 지저분한 곳에서 정직하게 일해서 세상을 비옥하게 만드는 사람이다. 무슨 일을 해야 하는지 정확히 알고 있고, 그 일을 부끄러워하지 않으며, 그래서 자기 삶을 건강하게 살아간다. 그 가치를 잘 아는 이덕무는 그를 스승이라 부른다. 사람으로서 쉽지 않은 태도이기 때문이다. 좋다는 직장일수록 헛된 욕심과 그것을 부추기는 헛된 아첨이 정직한 노동을 앗아가게 마련이다. 세상은 언제나 잘난 사람들로 시끄럽다. 고시 같은 어려운 시험을 통과하고 각종 관문을 통과한 사람들이 남들이 선망하는 자리에서 되레 왜 칭찬받는 삶을 살지 못하는 것일까?

정직하게 노동하고, 노동한 만큼 대가를 받고, 그 노동으로 타인의 삶을 건강한 방식으로 풍요롭게 해주는 그것이 그렇게도 어려운 일이 되는 건, 지위가 높아질수록 이해관계를 위해 온갖 아첨꾼들이 늘어나기 때문일 것이다. 서로서로 끌어준다 끌어달라 요청하다 보면 내가 해야 할 정직한 일, 정직한 노동을 잊게 되기 십상이다. 정직하게 일하려면 내가 해야 할 일이 무엇인지를 정확히 알아야 한다. 그 일이 세상에 존재하는 이유 말이다. 나와 내 삶을 생각하기 이전에 일과 세상과 타인과의 관계도 생각해야 한다.

에덕 선생은 헛된 명성에 흔들리지 않고 정직한 노동과 정직한 삶에 집중할 수 있도록 그 존재만으로 선귤자를 도왔다. 우리는 언제나 롤모델을 '위'에서 찾는다. 그러나 어쩌면 '위'는 모든 욕망이 충돌하는 곳이기 때문에 롤모델을 찾기에 적합하지 않을지도 모른다. 예덕 선생을 찾은 선균자를 보며 나를 다잡아줄, 내가 롤모델로 삼아야 할 이를 찾는 새로운 혹은 역설적인 기준을 배워본다. 나의 시선을 바로잡을 때다. 가장 평범한 곳에서 가장 정직한 노동으로 가장 건강한 삶을 살고 있는 사람에게 우리의 시선이 찾아들고 그들을 벗으로 삼아 배우고자 할 때 나 자신도 우리 사회도 조금은 더 건강해지지 않을까 생각해본다.

10. 나그네 인생

사람이 하늘과 땅 사이에서 존재하는 것이 진짜로 있는 것인가, 진짜로 없는 것인가? 아직 태어나지 않은 상태에서 본다면 본래 없는 것이고, 이미 태어난 상태에서 본다면 전적으로 있는 것인데, 죽음에 임박하면 또 없는 상태로 돌아가는 것이다. 그렇다면 인생은 있음과 없음 사이에 잠시 부쳐 사는 것이다.

人之在天地間, 其眞有耶; 其眞無耶?

인지재천지간, 기진유야; 기진무야?

以未生觀則本乎無也, 以已生觀則專乎有也,

泊其亡也則又返乎無也.

이미생관즉본호무야, 이이생관즉전호유야,

박기망야즉우반호무야.

若然則人之生也, 寄於有無之際者也.

약연즉인지생야, 기어유무지제자야.

신흠申欽(1566년(명종 21)~1628년(인조 6)). 『상촌집象村集』 권23 「기記」 나그네 인생(기재기)寄齋記 중에서.

우수수 떨어지는 낙엽을 본다. 올해도 이렇게 다 끝나는 건가 싶어 마음이 싱숭생숭해진다. 이룬 것도 없이 바쁘기만 했던 것 같다. 세상사도 인생사도 언제나 별 소득도 없이 말만 많고 탈만 많게 흘러간다. 그래서일까? 걱정만 늘어나고 쌓여가는 느낌이다. 조용한 날 가만 나를 들여다보면 매일 무언가를 걱정하고 있는 것이 보인다. 이렇게 되면 어떡하지? 저렇게 되면 어떡하지? 일어나지도 않은 일까지도 미리 당겨서 걱정한다. 자꾸 걱정하니까 불안하고, 불안하니까 또 걱정하고, 걱정과 불안으로 신경이 자꾸 곤두서고… 언젠가 버스 안에서 이런 나에게 딱 맞는 문구를 발견했다. '걱정을 해서 걱정이 없어지면 걱정이 없겠네.' 티벳 속담이라는데, 진짜 맞는 말이다. 그래, 없어지지도 않을 걱정을 하면 뭐하나. 또 한 편으로 생각하면 그만큼 내가 생에 대해 집착하고 있는 것인지도 모르겠다. 헛헛함과 또 그만큼의 집착을 건강하게 견디고 지나가려면 우리에겐 어떤 지혜가 필요할까?

이 글은 신흠이 박동량朴東亮(1569년(선조 2)~1635년(인조 13))에게 써준 글이다. 조정에 출사한 뒤 경기도 관찰사, 호조 판서, 판의금부사 등의 관직을 거쳤고, 선조로부터 신흠과 함께 영창대군의 보필을 부탁받은 유교칠신遺敎七臣 중한 명이다. 그러니까 나라의 중요한 자리에 있었고, 영향력도 있는 인물이었던 셈이다. 그런데 이쯤에서 생각해봐야 하는 것이 있다. 사실 이들이 살았던 시대는 지금 우리가 사는 시대가 일이 많고 혼란하다고 말하기도 민망할 정도로 복잡하고 힘겨운 시대였다. 임진왜란과 정묘호란을 겪었고, 명나라와 청나라의 교체기라는 대외적 어려움에, 광해군 시대를 거치며 인조반정과 이후 이괄의 난 등 대내적 어려움까지 겪었던 시대다. 이런 시기에도 높은 관직에 있는 것이 과연 좋은 일이었을까? 혼란에 혼란을 거듭하고 있는 상황에서 높은 벼슬이란 원하든 원하지 않든 끊임없이 판단하고 선택하며 그 선택의 무게를 국가의 상황과 자

신의 삶으로 책임져야 하기 때문이다. 아니나 다를까 이들
의 운명도 그러했다.

이들은 1617년(광해군 9) 인목대비 폐비 사건과 이로 인
한 인목대비의 친정아버지 김제남金悌男의 부관참시剖棺斬屍
사건 때 연루되어 유배되는 처벌을 받는다. 선조가 영창대
군을 맡긴 일곱 명의 신하들에 포함되는 인물들이었으니
화를 입는 건 당연한 수순일 것이다. 신흠은 춘천으로 유
배되었고, 박동량은 충남 아산으로 유배되었다. 이 글을 쓴
것은 이렇게 두 사람이 모두 유배지에 있을 때의 일이다.
두 사람의 불안하고 답답한 마음을 어떻게 다 헤아려볼 수
있을까? 걱정에 걱정이 끊이지 않는 나날이었을 것이다.
박동량은 유배 간 귀양지의 처소에 '기재奇齋'란 이름을 붙
였고 신흠은 그 처소의 이름에 대한 글을 써주었다. 글의
첫 머리는 이렇게 시작된다.

"어떤 것을 가지고 있으면서 가진 것을 온전히 자기만
가지려 하는 것은 망령된 짓이고, 가지고 있으면서 마치 가
지려 하지 않는 것처럼 하는 것은 속이는 짓이며, 가지고
있으면서 그것을 잃을까 걱정하는 것은 욕심 사나운 짓이

고, 가지고 있는 게 없으면서 반드시 가지려 하는 것은 성급한 짓이다. 있으면 있고, 없으면 없고, 있거나 없거나 어디를 가든 고요하지 않음이 없어 자신에게는 더할 것도 덜어낼 것도 없는 것, 그것이 옛날의 군자였다. 기재 영감 같은 분은 이에 대해 들은 것이 있었던 것인가?"

'가진다'는 것, 즉 소유에 대한 덧없음으로 이야기를 시작한다. 독점하려는 소유욕도 안 되고, 지레 아닌 것처럼 손사레를 치는 것도 안 되고, 잃을까 걱정하는 것도 안 되고, 없는 것을 군이 갖겠다 하는 것도 안 된단다. 모두 올바른 마음이 아니기 때문이다. 그럼 어떤 마음이어야 할까? 신흠은 박동량이 찾은 '기寄'에 그 해답이 있을 것이라고 말한다.

"'부치다'라는 뜻의 '기寄'는 '임시로 머무르다'라는 뜻의 '우寓'와 상통한다. 즉, 있기도 하고 혹은 없기도 하며 오고 가는 것이 일정함이 없다는 것이다. 사람이 하늘과 땅 사이에서 존재하는 것이 진짜로 있는 것인가, 진짜로 없는 것인가? 아직 태어나지 않은 상태에서 본다면 본래 없는 것이고, 이미 태어난 상태에서 본다면 전적으로 있는 것인데, 죽음에 임박하면 또 없는 상태로 돌아가는 것이다. 그렇다

면 인생은 있음과 없음 사이에 잠시 부쳐 사는 것이라 할
수 있다. 옛날 우禹 임금이 말하기를 '삶이란 부쳐 사는 것
이고, 죽음이란 돌아가는 것이다'라고 했다. 그렇다면 삶이
란 나의 소유가 아니라 하늘과 땅 사이에 형체를 맡겨놓은
것임을 알겠다. 삶도 오히려 부쳐 사는 것인데 하물며 외부
로부터 오는 영예나 치욕을 더 말해 무엇하며, 외부로부터
오는 화나 복을 더 말해 무엇하고, 외부로부터 오는 얻음과
잃음을 더 말해 무엇하며, 외부로부터 오는 이로움과 해로
움을 더 말해 무엇하겠는가. 이 모두는 성명性命(천성과 천
명)이 아니라 일시적으로 부쳐 사는 것일 뿐이니, 어떻게
일정할 수 있겠는가. 영예와 치욕이 일정하지 않고, 화와
복이 일정하지 않으며, 얻음과 잃음이 일정하지 않고, 이로
움과 해로움이 일정하지 않은데, 사람이 그것들과 함께 모
두 변화하니, 일정하지 않은 것이 변화하고 일정한 것은 변
화하지 않는다는 것을 그 누가 알겠는가."

들고 보니 그렇다. 이런 것들은 원래 다 일정하지 않다.
내가 손에 쥐고 싶다고 쥘 수 있는 것들이 아니다. 좋은 것
이 찾아오면 꽉 쥐고 다시는 내게서 떠나지 못하게 하고 싶
지만 절대 뜻대로 되지 않는다. 그래서 사람이 이런 것들과

함께 변화한다고 말하고 있는 것이다. 사람의 삶도, 그 삶에 영향을 주는 외부 환경도 모두 변화한다. 원래 일정하지 않은 것들이었기에 변화한다는 것이다. 반대로, 원래 일정한 것은 변화하지 않는단다. 그럼 그 변화하지 않는 일정한 것이란 무엇일까? 이 글에서 '이 모두는 성명이 아니라 일시적으로 부쳐 사는 것일 뿐이니'라는 구절이 힌트다. 성명은 천성과 천명, 즉 하늘이 부여해 주는 것이다. 신흠은 "없어지지 않고 영원히 존재하는 것은 하늘이며, 하늘과 부합하는 자는 사람과는 절대 맞지 않는다"며 말을 이어간다.

"잠시 부쳐 살 것이 와도 그것이 없는 것처럼 여기고, 부쳐 살다가 떠나면 원래 없었던 것으로 생각하며, 사물이 내게 잠시 부쳐 살지언정 나는 사물에 부쳐 살지 말고, 형체가 마음에 잠시 부쳐 살지언정 마음은 형체에 부쳐 살지 않는다면 어디에서든 부쳐 살지 못하겠는가.

풀은 봄에 대해 무성하게 해주었다 감사하지 않고, 나무는 가을에 대해 잎을 떨구게 한다 원망하지 않는다. 내 생을 잘 사는 것이 내 죽음을 훌륭하게 하는 길이다. 잠시 깃들어 사는 동안을 잘 살면 돌아가는 것도 멋지게 되는 것이다."

참 멋진 말이다. '연연하지 말아라.' 삶이란 잠시 깃들어 살다 가는 것이고 그 사이에 겪는 모든 것도 잠시 깃들다 떠나갈 것들이다. 그러나 우리 생 자체는 하늘이 내린 것, 한결같은 하늘이 우리에게 한결같은 마음을 가질 수 있게 했다. 그러니 우리 삶은 이 땅에 잠시 기숙해 살다가는 것일지라도 하늘이 내린 우리 마음, 우리 천성은 일관성을 유지해야 한다. 감사를 받지 않아도 봄은 봄이 해야 할 일이 있고, 원망을 받을지라도 가을은 가을이 해야 할 일이 있다. 그것이 세상의 일정함을 유지하는 하늘의 법칙이다. 다만 그것을 지키며 살아가면 잠시 깃들어 사는 삶이 헛되지 않을 것이다.

신흠은 유배지의 거처에 '여암旅菴'이란 이름을 붙였다. '려旅'는 '나그네'라는 뜻이다. '부쳐 산다'는 뜻의 '기寄'와 비슷하다. 둘의 인생은 어쩔 수 없이 계속 신산했다. 신흠은 이 글을 쓴 4년 뒤에 유배에서 풀려났으나 이후 이괄의 난과 정묘호란 때 왕과 세자를 각각 수행하며 나라의 어려움을 온몸으로 겪어야 했고, 박동량도 이 유배에서 풀려나긴 했으나 인조 때에 다시 이전 광해군 때의 일로 탄핵을 받아 다시 유배되어 1632년(인조 10)에야 풀려났다. 어려움을 담담히 견디고 살아낸 선조들을 본다. 어려움이 닥쳐왔을 때 피하지 않고 어떻게든 잘 헤쳐나가 보려 했던 마음을 글과 함께 읽어본다.

사는 동안 어려움 없는 순간이 얼마나 있으랴. 다만 나그네 인생에 마음 하나는 꼭 지키며 살아가자던 선현의 다짐은 오늘날에도 충분히 의미가 있으리라. 기어이 붙잡으려 버둥거리던 미련은 내려놓고, 그래도 지켜야 하는 내 마음은 잘 간수하며 고비고비 어려움을 꾹꾹 밟아 건너면서 나그네 인생을 의미 깊고 멋지게 살아가 보면 어떨까?

5장

겨울, 마음챙김의 인문학

1. 공존을 위한 과학

여름은 덥고 겨울은 추운 것이 사계절의 정상적인 이치이니,
만일 이것을 반대로 한다면 괴이한 것이다. (중략) 그런데 여
기에 다시 토실土室을 지어 추운 것을 따뜻하게 바꾸어 놓는다
면 이는 하늘의 명령을 거스르는 것이라 할 수 있다.

夏熱冬寒, 四時之常數也, 苟反是則爲恠異.
하열동한. 사시지상수야. 구반시즉위괴이.
(중략)
又更營土室, 反寒爲燠, 是謂逆天令也.
우갱영토실, 반한위온, 시위역천령야.

이규보李奎報(1168(의종22)~1241(고종28)). 『동국이상국집東國李相國全集』 권
21 「설說」 '토실土室을 허문 데 대한 설(괴토실설)壞土室說' 중에서.

토실土室이란 흙을 파서 만든 방이다. 겨울에는 땅 아래 온도가 땅 위보다 높고 바람도 차단되니 추위도 피하고 먹거리도 저장할 겸 땅을 파서 만들어두는 방인 셈이다. 옛날엔 김장철이 되면 땅을 파서 묻은 항아리에 김치를 저장해서 겨울 내내 먹곤 했는데 요즘엔 김치냉장고가 이를 대신하니 통 볼 수 없는 모습이다. 그래도 김장은 여전히 우리나라의 문화여서 겨울에 들어서면 집집마다 김장을 하느라 고군분투한다. 김장독 묻기와 토실이 같은 건 아니지만 괜히 김장철이 되면 이 글이 떠오르곤 한다. 고려시대 사람이었던 이규보와 대한민국에서 21세기를 사는 우리가 똑같은 계절감을 느낀다니 기분이 색다르다. 타임머신이 별거겠는가? 글을 가지고 이렇게 시대를 넘나들며 계절의 감상을 함께 나누는 것도 일종의 시간여행이리라.

토실은 김장독을 묻는 것보다 훨씬 큰 공사였다. 이름이 벌써 '땅에 만든 방'이 아닌가? 어느 날 이규보가 외출했다가 집에 들어와 보니 집에서 부리는 하인 녀석들이 땅을 엄청 깊게 파고 있었다. 그가 물었다.

"왜 집 안에다가 무덤을 만들고 그러나?"
"아, 이건 무덤이 아니라 토실입니다."
"왜 이런 걸 만들지?"
"겨울에 화초를 기르거나 과일을 저장하기에도 좋고, 또 길쌈하는 부인들에게도 편리합니다. 아무리 추울 때라도 따뜻한 봄 기온처럼 유지되어서 손이 얼어 터지지 않거든요."

사람이 들어가 앉아서 길쌈을 할 정도라니 토실이 꽤나 큰 규모였음을 알 수 있다. 아마도 요즘의 비닐하우스 정도가 아니었을까? 그런데, 이규보는 이 말을 듣고 돌연 화를 냈다. 왜일까? 이때 한 말의 일부가 앞의 글이다.

"여름은 덥고 겨울은 추운 것이 사계절의 정상적인 이치니, 만일 이것을 반대로 한다면 괴이한 것이다. 옛날에 성인聖人들이 제도를 만들 때 겨울에는 털옷을 입고 여름에는 베옷을 입게 했으니, 그 정도 준비해서 대비하면 충분한데, 다시 토실을 만들어서 추운 것을 따뜻하게 바꾸어 놓는다면 이는 하늘의 명령을 거스르는 것이라 할 수 있다. 사람은 뱀이나 두꺼비가 아닌데, 겨울에 굴속에 웅크리고 있는 것은 정말이지 상서롭지 못한 짓이다. 길쌈도 그렇다. 그걸할 적당한 시기가 있는 건데 왜 하필 겨울에 한다는 것이냐? 또 봄에 꽃이 피었다가 겨울에 시드는 것은 초목의 정상적인 성질인데, 만일 이와 반대가 된다면 이것은 제철을 모르는 괴이한 생물이 되는 것이다. 괴이한 생물을 길러서 때에 맞지도 않는 구경거리를 삼는다는 것은 하늘의 권한을 빼앗는 짓이다. 이것은 모두 내가 원하는 바가 아니다. 빨리 헐어버리지 않는다면 아주 혼쭐을 내줄 것이니, 그리 알도록 해라."

그래서 결국 일하던 자들은 토실 짓기를 멈추고 철거했고, 그 틀로 사용하려고 마련했던 나무들은 땔나무로 사용되었다. 그러자 이규보는 마음이 비로소 편안해졌다고 한다.

이규보의 말이 참 맞는 말이다 싶기도 하고 좀 과하다 싶기도 하다. 왜 이런 글을 썼을까? 그가 하고 싶었던 말은 '적당함'을 지키라는 것이 아니었을까? 인간은 늘 '적당함'이라는 선에서 균형을 잡기 어려워한다. 사막에서 천막에 발을 조금씩 들여놓다가 주인을 내쫓고 천막을 다 차지해 버린 낙타처럼, '조금만 더, 조금만 더' 하다가 균형점을 아주 놓쳐버리곤 한다.

이규보의 말은 겨울에는 추위에 떨고 여름에는 더위에 지치란 말이 아니다. 옛날에 선인들이 제도를 만들 때 겨울에는 털옷을 입고, 여름에는 베옷을 입게 했다는 대목이 그렇다. 여름과 겨울에 대비할 지혜는 필요하고 그 지혜에 따라 부족하지 않게 마련해두는 것은 꼭 필요한 일이다. 그러나 잊지 말아야 할 것은 그렇게 대비를 하다가 '제철'을 지워버리는 잘못을 저질러서는 안 된다는 것이다. 김장독을 묻어서 겨우내 김치 먹겠다는 걸 말리는 것이 아니다. 그의 집 안에 지으려던 토실은 겨울에도 화초를 키우고 과일을 저장하며, 길쌈을 할 장소였다. 꼭 필요한 일이 아니라 없어도 그만인 일을 '더' 하려고 만든 공간이었다. 털옷을 마련할 형편이 안 되는 가난한 동네에서 겨울을 나기 위해 땅 아래 방을 짓고 있었다면 그는 화를 내지 않았을 것이다. 그들이 겨울을 나기 위해 꼭 필요한 작업이기 때문이다. 하지만 이미 부유한 자신의 집에는 이것이 꼭 필요하지 않다. 이규보는 그 차이를 알았던 것이다.

인간은 다른 동물들과는 다르게 필요에 따라 무언가를 만들 수 있는 능력을 가지고 있다. '호모 파베르(도구를 사용하는 인간)'는 인간을 인간 되게 한 매우 중요한 능력이다. 그 절정이 '도시'가 아닐까? 도시에서 인간은 자신이 '자연'의 일부라는 것을 잘 깨닫지 못한다. 다른 모든 생물들처럼 인간도 자연의 한 가지인 '동물'임을 자각하지 못하는 것이다. 도시에서는 인간도 자연도 온전히 '자연'인 것이 없다. 가장 자연과 가깝다고 할 만한 공원이나 동물원도 마찬가지다. 도시에서는 있는 그대로의 모습으로 생장하는 것은 좋지 않은 것으로 여기며, 사람의 손길을 거쳐 다듬어져야 아름다운 것으로 인식한다. 도시에서 인간은 '필요' 때문에 사용하던 지력을 점점 '반드시 필요하지는 않은 편리'를 위해 사용하기 시작했다. '필요'를 위해 과학이라는 이름으로 자연의 불편을 제거해버리기 시작했고, 이어 과학은 자본과 결합하면서 필요를 위해 기능하기보다는 편리와 오락을 위해 기능하기 시작했다.

과학의 발전은 실로 경이롭고 놀랍다. 겨울의 고역이었던 빨래에서 이제 거의 완벽하게 해방되었다. 동상이 걸리고 손이 텄다는 얘기를 들어본 적이 언제였는지 기억나지 않는다. 빨래는 세탁기가 하고, 말리는 건 건조기가 하며, 온수를 쓰는 게 낯설지 않고, 각종 보습크림이 항상 피부를 부드럽게 유지해준다. 그러나 과학이 발전하는 데는 자본이 필요하다는 그늘이 있다. 돈이 되는 곳으로 과학이 움직일 확률이 높은 것이다. 그런데 역설적으로 과학이 꼭 필요한 곳은 대개 그 비용을 감당할 경제적 여유가 없는 곳이 많다. 아직도 물을 뜨러 몇 킬로를 걸어갔다 걸어와야 하는 세상이 있다. 현대의 건축 자재를 아예 사용할 수 없고 아직도 자연물 그대로를 가지고 집을 지어야 하는 세상도 있다. 하수가 정화되지 않아 수인성 질병에 고통받는 세상도 작지 않고, 제약회사들의 외면으로 그 옛날의 풍토병이 여전히 숱한 사람들의 목숨을 앗아가는 세상도 작지 않다. 여전히 겨울이면 동상에 걸리고 손이 트는 세상이 그렇지 않은 세상보다 넓다.

도시는 성을 쌓으며 만들어졌다. 성은 외부와 내부를 차단한다. 내부에 들어가 정착하면 외부의 상황에 점차 눈과 귀를 닫게 된다. 그렇게 우리도 우리 삶에 성을 쌓는다. 타인과의 관계를 차단하는 성을 쌓고, 자연과의 관계를 차단하는 성을 쌓는다. 이규보의 이 글을 읽으며 우리가 잃어버렸을지도 모를 '균형점'을 찾아야 하지 않을까? 서면 앉고 싶고, 앉으면 눕고 싶은 것이 사람 마음이다. 스스로 기준을 세우고, 그 이외의 것은 타인의 몫으로, 자연의 몫으로 돌리는 시도를 이제 시작해도 좋을 것 같다. 추운 계절이 되었다. 사람이면 누구나 자신의 삶을 누릴 수 있도록 내 욕심을 멈추고, 내 편리를 멈추고, 과학의 방향을 공존으로 전환한다면 누구에게나 이 겨울이 따뜻할 수 있지 않을까 생각해본다.

2. 시련의 가치

왼쪽으로도 오른쪽으로 치우치지 않고, 무겁지도 않고 가볍지
도 않게 조절해서 배에 가득 실려 있는 것들은 지키고 그 가운
데서 삿대로 평형을 지켜야 기울어지지 않고 내 배의 수평을
유지할 수 있다오. 그렇게 되면 비록 풍랑이 몰아쳐 뒤흔들어
도 어찌 홀로 편안한 내 마음을 흔들 수 있겠소?

不左不右, 無重無輕, 吾守其滿, 中持其衡, 然後不欹不側,
以守吾舟之平.

불좌불우, 무중무경, 오수기만, 중지기형, 연후불의불측,
이수오주지평.

縱風浪之震蕩, 詎能撩吾心之獨寧者乎?

종풍랑지진탕, 거능료오심지독녕자호?

권근權近(1352년(공민왕 1)~1409년(태종 9)). 『동문선東文選』 권98 '늙은 뱃
사공 이야기(주옹설)'舟翁說 중에서.

『맹자』에는 '우환憂患' 사상이란 게 있다. 걱정과 근심이 사람을 살게 하고, 안일과 즐거움이 사람을 죽게 한다는 뜻이다. 국내 정치도 국제 정세도 시끄러운 시대다. 뉴스를 보다 보면 평화롭고 살기 좋은 세상은 언제 오나 하는 생각이 든다. 그럴 때면 맹자의 우환 사상을 떠올려보고 혼란스럽다는 건 오히려 우리가 잘 살아가고 있는 것 아닌가 하며 혼자 편안하게 마음을 다스려본다. 걱정이 없으면 좋을 것 같은데 걱정이 없으면 되레 망가지고 만다는 세상과 삶의 역설. 조용한 세상은 절대 좋은 것이 아니라는 역설. 이 늙은 뱃사공 이야기가 그 역설을 잘 말해주는 것 같아 이 글과 함께 연말을 역설의 희망으로 따스하게 보내보려 한다.

지은이 권근은 짧은 이야기 하나를 지어 우환이 주는 평안을 말한다. 어떤 나그네가 늙은 뱃사공을 만나 질문하는 것으로 이야기가 시작된다.

"당신은 배에서 살고 있죠. '고기를 잡는 건가?' 하고 보면 낚싯대가 없고, '장사를 하는 건가?' 하고 보면 화물이 없고, '나루의 관리 노릇을 하는 건가?' 하고 보면 강 중류에 머무르고 있을 뿐 오가지 않더라고요. 일엽편주를 깊이를 알 수 없는 물에 띄워놓고 만경창파를 넘나들고 있죠. 바람이 미친 듯 불고 물결이 놀란 듯 밀려와 돛대가 기울고 노가 부러지면 정신이 아득해지고 몸이 벌벌 떨려 목숨이 곧 끊어질 지경이 됩니다. 지극히 험한 곳을 다니며 지극히 위태로운 일을 무릅쓰고 있는 셈인데 그대는 되레 이것을 즐겨 세상을 멀리하고 돌아오지 않으니 어째서인가요?"

강에 가면 늘 있는 것이 뱃사공이지만 이 뱃사공은 좀 특이했던 모양이다. 업으로 삼는 게 없어 보였던 것이다. 고기를 잡아 파는 것도 아니고, 물건을 실어 날라 장사를 하는 것도 아니고, 나루의 관리 노릇으로 세를 받는 것도 아니고, 그저 둥둥 떠 있기만 했다. 강이 좀 컸던 모양인지 바람이 세차게 불면 물결이 크게 일었는데 그럼 그 작은 배가 뒤집힐 듯 출렁거려 뱃사공은 바람에 맞서 배를 안정시키기 위해 생명을 걸고 싸우느라 힘겨운 모습이었다. 상당히 힘들어 보이는 그 생활을 마다 않고 늘 강 중류쯤에 둥둥 떠 있는 뱃사공을 지켜보다가 결국 나그네가 이해 못할 그의 삶에 대해 질문을 던진 것이다. 늙은 뱃사공이 대답한다.

"아, 그대는 생각을 거기까지밖에 못합니까? 사람의 마음이란 잡고 놓음이 일정함이 없어서 평탄한 육지를 밟고 있으면 편안해서 방자해진다오. 그러나 험한 지경에 처하면 두려워서 벌벌 떨게 되오. 두려워서 벌벌 떨면 조심하면서 굳게 지킬 수 있지만, 편안하게 느껴서 방자해지면 반드시 제멋대로 굴다가 위태로워져서 망하게 된다오. 나는 차라리 험한 곳에 처하여 항상 조심할지언정 안일한 데 살다가 스스로 방탕해져서 나를 잃지 않으려는 것이외다. 더구나 내 배는 떠다니는 것이라 일정한 형태가 없어서 혹시 한쪽이 무거우면 반드시 기울어지게 되어 있소이다. 왼쪽으로도 오른쪽으로 치우치지 않고, 무겁지도 않고 가볍지도 않게 조절해서 배에 가득 실려 있는 것들은 지키고 그 가운데서 삿대로 평형을 지켜야 기울어지지 않고 내 배의 수평을 유지할 수 있다오. 그렇게 되면 비록 풍랑이 몰아쳐 뒤흔들어도 어찌 홀로 편안한 내 마음을 흔들 수 있겠소?

인간 세상이란 하나의 거대한 물결이요, 인심이란 하나의 거대한 바람이라오. 내 조그만 몸이 아득한 그곳에서 표류하는 것이 마치 일엽편주가 만경창파 위에 떠 있는 것과 같다오. 내가 배에서 지내면서 한 세상 사람을 보니 편한 것을 믿고 환란을 생각하지 않고, 하고 싶은 것을 맘껏 하면서 그 결국을 생각하지 않다가 세상의 물결에 빠지고 엎어지는 사람들이 상당히 많더이다. 그대는 어째서 이것을 무서워할 줄 모르고 되레 나더러 위태롭다고 하는 것이오?"

기약할 수 없는 것이 사람 마음이다. 상황에 따라 부평초처럼 흔들린다. 신경을 쓰지 않으면 어디로 흘러가는지 모른다. 그래서 맹자가 자나깨나 강조하는 것이 잃어버린 마음을 되찾는 것이다. 살다 보면 사는 데 바빠서 혹은 욕심껏 사느라고 정작 중요한 내 마음은 제대로 간수하지 못할 때가 많다. 부유한 부모 밑에서 자란 아이들일수록 구김살이 없어서 마음이 넓다고 하는 얘기를 많이 들어보았을 것이다. 그럴 듯해 보이지만 사실 그렇지 않다. 편안한 상태면 마음이 흔들리지 않고 잘 보존될 것 같지만 방자해지기 쉽다. 안전하다고 느끼면 긴장의 끈을 놓아버린다.

물 위에서 뱃사공은 '균형감각'의 소중함을 깨달았다. 물결이 일정하지 않은 물 위에서 소중한 생명을 지키려면 그 무엇보다 중요한 게 균형감각이다. 배에 물건이 실려 있든 말든, 누워 있든 서 있든 균형을 유지해야만 한다. 그리고 균형을 지키는 주체는 '나'다. 누구에게도 맡길 수 없고 어디에 의지할 수도 없고 내 배에 실린 모든 것의 균형을 내가 잡고 내가 지켜야 한다. 그래야 나도 살 수 있다. 그렇게 균형감각을 익히면 그 어떤 풍랑이 몰려와도 내면의 평안이 깨지지 않는 경지에 다다를 수 있다고 말한다. 우리는 외부의 풍랑이 잔잔해져야 내 삶이 고요해지고 평안을 찾게 된다고 생각하지만 뱃사공은 그렇지 않다고 말한다. 너의 평안은 온전히 네게 달렸다고, 외부의 풍랑이 너를 흔드는 게 아니라 균형을 잡지 못하는 너 자신이 너 스스로를 흔들고 있는 것이라고 가르쳐준다.

인간 세상이 하나의 거대한 물결이고, 인간의 마음이 하나의 거대한 바람이란다. 거기에 나라는 인간 하나가 표류

하듯 살아가는 것이 마치 일엽편주가 만경창파 위에 떠 있
는 것과 같은 거란다. 우리는 종종 그 사실을 잊는다. 바람
이 잔잔해지면 환란을 잊고 하고 싶은 대로 하다가 세상의
물결이 조금만 흔들려도 균형 잡는 방법을 몰라 빠지고 엎
어진다. 돌아보면 정말 그렇다. 개인도 그렇고 사회도 그렇
고 나라도 그렇다. 사람은 조금만 잘되어도 금세 힘들던 시
절의 자신을 잊고 오늘의 편안함에 취한다. 소년등과少年登科
는 재앙이란 말이 하나 틀린 것 없음을 어린 시절에 크게 성
공한 사람들이 몸소 보여준다. 한순간 돈과 명예가 쏟아지
면 교만해지지 않을 길이 없다. 마음은 환경에 흔들린다. 오
로지 나 자신만 흔들리고 엇나가고 있다는 걸 모를 뿐이다.
살이 찌거나 늙는 과정과 비슷하다. 매일 보면 미세한 변화
를 눈치채지 못한다. 시간이 흘러 그 변화가 엄청나게 쌓였
을 때야 한순간 눈에 들어온다. 그제서야 변해버린 자신을
발견하고 돌이키려 해봤자 다시 돌아갈 수도 없다.

반대로 역경이 닥치면 이겨내기 위해 스스로를 돌아보
기 시작한다. 부족한 부분을 찾고 메우고 견디는 법을 배
운다. 견디고 이겨내지 않으면 살아남을 수 없기 때문이다.
버티다 보면 강해진다. 강하고 단단한 심지가 생긴다. 단

단하게 길러진 맷집은 성공 후에도 자신을 잃지 않고 버틸 수 있는 힘이 되어준다. 소년등과한 사람에 비할 바가 아니다. 우리 사회도 마찬가지다. 민주주의를 위해 싸워온 시간은 혼란스러웠지만 그 혼란 속에서 우리 스스로가 주인임을 몸으로 익혔고 민주주의의 소중함을 뼈에 새겼다. 그렇게 독재를 청산했고 오늘도 권력의 향방을 주시한다. 마냥 조용한 나라였더라면 우리는 작은 시련이 몰려왔을 때 침몰했을 것이다. 외쳤고, 싸웠고, 아프고, 고통스러웠고, 혼란했기 때문에 그 상처 속에서 깨끗해졌고, 정의를 생각하게 됐고, 인권의 가치를 깨닫게 되었다. 사법 개혁이 지난해 보이고, 그래서 세상이 혼탁해 보이지만 지나온 역경이 있었기에 우리는 안주하지 않는다. 시민이 깨어 있어야 세상이 건강해진다는 것을 또 한 번 깊이 깨닫고, 온전히 일상으로 돌아가려 했던 발걸음을 돌려 다시 내 삶에 공적인 영역을 들여놓는다. 흔들림이 우리를 건강하게 한다. 균형을 잡을 필요가 없는 상황이 평안이라고 생각하지만 균형을 잡기 위해 안간힘을 쓰고 있을 때가 가장 건강한 평안이라고 옛 현인들은 역설한다. 여전히 숙제가 산적한 삶은 건강하다. 안일한 방탕보다 위태로운 평안을 즐길 줄 아는 지혜로 내년에도 우리 모두 건강하길 빌어본다.

3. 대화를 나누는 관계의 아름다움

진짜 강함과 진짜 용기는 드센 기세와 강한 말에 있는 것이 아니라 잘못을 고치는 데 인색하지 않고 옳은 것을 들으면 즉시 따르는 데 있다는 것을 알겠습니다.

乃知眞剛眞勇, 不在於逞氣强説, 而在於改過不吝, 聞義卽服也.
내지진강진용, 부재어영기강설, 이재어개과불린, 문의즉복야.

이황李滉(1501년(연산군 7)~1570년(선조 3)). 『퇴계집退溪集』 권16 「서書」 '기명언奇明彦에게 답함(답기명언)答奇明彦' 중에서.

2020년 2월 10일은 영화 〈기생충〉으로 대한민국이 아주 떠들썩했다. 아카데미 영화상 4개 부문, 그것도 매우 핵심적인 상이라는 작품상, 감독상, 각본상, 국제영화상의 4개 부문에서 수상했기 때문이다. 외국 영화가 아카데미 본상에서 이런 주요상을 수상한 것은 92년 역사상 처음 있는 일이라고 한다. 나도 영화 〈기생충〉 때문에 태어나 처음으로 아카데미 영화상 시상식을 처음부터 끝까지 다 봤다. 시상식만 봤겠는가? 각종 부대 영상들도 다 찾아봤다. 그런 영상들을 보고 있자니 봉준호 감독이 한 말이나 그에 대한 말 가운데서 생각해볼 만한 것들이 참 많았다.

봉준호 감독은 감독상 수상소감에서 영화를 공부할 때

"가장 개인적인 것이 가장 창의적인 것"이라는 마틴 스콜세지 감독의 말을 가슴에 새겼다는 말을 했다. 가장 개인적인 것이 가장 창의적이 되려면 어떻게 해야 할까? 일단 개인 스스로 자기 자신을 잃지 않도록 노력해야 할 것이다. 그런데 이렇게 할 수 있으려면 먼저 이를 위한 사회 분위기가 마련되어야 한다. 내가 아무리 나 자신으로 있고 싶어도, 나 자신의 말을 하고 싶어도, 사회 분위기가 민주적이고 자유롭지 않고 억압적이면 불가능하다. 사회 분위기가 민주적이고 자유롭다는 것은 무엇일까? 모든 개인이 평등하고 모든 관계가 근본적으로 수평적이라는 것을 의미한다. '자유Freiheit'는 인도게르만어의 '친구Freund'와 그 어원이 같다고 한다. 즉, 자유는 친구들 곁에 있음을 의미한다는 것이다. 사람들은 타인과의 행복한 관계에서 '더불어 함께'를 느낄 때 진정으로 자유롭다고 생각한다. 수평적 관계의 무한한 대화 속에서 나는 비로소 나다워진다. 그래서 권위적인 사회에서는 개인이 지워질 수밖에 없는 것이다.

이렇게 볼 때 봉준호 감독만의 봉준호 감독다운 특별한 영화가 '대화' 속에서 탄생하는 것은 전혀 놀랍지 않다. 그는 정말로 대화를 많이 하는 감독이라고 한다. 영화 〈플란

다스의 개〉에서 주연을 맡았던 배우 이성재 씨도 한 인터뷰에서 봉준호 감독만큼 대화를 많이 나눈 감독이 없었던 것 같다고 얘기했다. 또한, 봉준호 감독은 모든 영화 스태프와 '표준근로계약서'를 작성하고 주 52시간 노동을 지키려 노력한 것으로 유명하다. 결과물의 성과 이상으로 함께 일하는 사람에 대한 존중에 가치를 두어야 가능한 일이다. 함께 일하는 사람을 일의 성과만큼, 혹은 성과보다 더 중요하게 여길 때 비로소 대화가 가능한 수평적 관계가 형성된다. 상대의 인격에 대한 존중은 대화의 출발점이다.

이렇게 일하는 작업장은 조용할 새가 없다. 저마다 최선의 의견을 내고 최선을 다해 부딪치고 최선을 다해 의견을 수정하고 수렴해나가기 때문이다. 봉준호 감독의 영화 제작 방식을 생각하면 조선이란 나라가 떠오른다. 조선은 한 마디로 참 시끄러운 작업장이었다. 신하가 왕의 절대권력을 원천적으로 차단하며 시작한 나라였기 때문에 조선은 토론이 주특기인 나라였다. 그런 조선에서 가장 아름다운 수평적 관계의 예를 앞의 글의 주인공인 퇴계 이황과 고봉 기대승奇大升의 관계에서 찾을 수 있다. 본문의 기명언이 바로 기대승이다. 명언은 그의 자字이다.

퇴계 이황과 고봉 기대승은 21세기의 우리로서도 상상하기 힘들 정도의 정말 대단한 교분을 나누었다. 둘 사이의 만남이 시작되었을 때 퇴계는 58세, 고봉은 약관 32세였다. 이황은 전국의 학자가 다 아는 노성한 그야말로 조선 최고의 대학자였고, 기대승은 이제 막 정계에 얼굴을 내민 신출내기였다. 물론 기대승도 논쟁 시작 당시 과거에 장원으로 급제한 수재이긴 했지만 이황에게는 체급이 전혀 맞지 않는 상대였다. 기대승이 사단과 칠정에 대한 이황의 견해에 "아니요, 제 생각은 그렇지 않은데요"라고 반박하는 것으로 둘의 관계가 시작되었다. 이황은 자칫 무례하게 느껴질 수도 있는 이 시작을 기꺼이 받아주었다. 물론 불편한 기색을 내비치기도 했지만 이들은 무려 8년 동안 편지로 이 논쟁을 이어간다. 편지를 주고받으며 우정을 쌓아간 것은 이황이 죽을 때까지 무려 13년간이었고 주고받은 편지는 100여 통에 이른다.

두 사람이 주고받은 편지는 겸손하기 짝이 없다. 더욱 놀라운 것은 이황의 태도다. 노성한 학자가 약관의 젊은이에게 공손하기 그지없다. 그리고 그의 의견에 항상 세심히 귀를 기울이며 모르는 것은 알려달라고 청한다. 그의 지적에 자신의 이론을 기꺼이 수정한다. 거침없이 자신의 생각을 말하지만 언제나 상대의 의견을 수용하려는 자세가 갖추어져 있다. 한순간도 예의를 저버리는 일 없이 나이 차와 지위의 차이를 뛰어넘어 자신과 동등하게 상대를 대하는 이황을 보면 '자신을 바로 세우는 것'을 첫 번째 목표로 했던 진짜 학자의 모습이란 저런 것이겠구나 하는 생각에 깊이 감탄하게 한다.

한 번은 기대승이 "큰 도에 스스로를 두시고 일상의 법규에 집착하지 마시기를 바랍니다"라고 충고한 일이 있었다. 물론 정이 넘치다 보니 말이 방자해져서 선생님께서 웃으실지 모르겠다고 덧붙이긴 했지만 그래도 무려 26세나 위인 사람에게 충고를 한 것이다. 그러나 이황은 다음번 편지에서 참으로 장한 말이라면서, 고봉의 말처럼 해야만 비로소 대장부라고 할 수 있을 것이라며 관대하게 받아들이는 모습을 보였다.

대화는 대등한 수평적 관계일 때 비로소 가능하다. 연장자인 이황이 수평적 자세를 취했기 때문에 둘 사이의 대화가 가능했다. 이 글은 기대승과 이황이 편지를 교환하던 초

반에 이황이 기대승에게 해준 충고다. 이황은 기대승의 뛰어남을 인정했지만 아직 세밀하고 오묘한 정수를 꿰뚫지 못했으며 정돈되어 있는 면이 부족하다고 말했다. 이황의 문인인 황준량黃俊良도 기대승은 그 주장은 변화가 무쌍하고 위세가 당당하지만 제멋대로 비판하며 이기기를 좋아하는 측면이 강한 것 같다고 지적했다. 기대승이 주자(주희) 이론에 대해 너무 강하게 자기주장을 펼치자 그런 습속을 버리지 못하면 성현의 말씀을 몰아다가 자기 뜻에 맞춰버리는 폐단이 생길 것이라면서 "진짜 강함과 진짜 용기는 드센 기세와 강한 말에 있는 것이 아니라 잘못을 고치는 데 인색하지 않고 옳은 것을 들으면 즉시 따르는 데 있다는 것을 알겠습니다"라고 충고를 해준 것이다. 이황 자신이 그렇게 하기 위해 최선을 다한 인생을 살았으므로 기대승에게 그 충고가 받아들여질 수 있었던 것이리라. 저런 성품을 가진 사람이 아니면 큰 학문을 할 수도 없고 타인과 깊은 대화도 나눌 수 없다.

사단 칠정에 대한 의견이 끝내 합치되지는 못했으나 둘의 우정은 한결같았다. 이황은 끊임없이 성리학 개념의 해석에 대해 기대승의 의견을 물었고, 자신의 『성학십도聖學十

▣』를 수정할 때도 계속 자문을 구했다. 기대승이 탄핵의 위기에 처했을 때는 변론해주기도 했고 선조의 인재 추천 요구에 그를 천거하기도 했다. 기대승에게 선친의 묘갈명을 부탁하기도 했고, 자신이 세상을 떠날 때는 자기 비문을 기대승에게 쓰게 하라는 유언을 남겼다. 토론은 어떠해야 하는지, 아름답게 관계를 맺는 건 어떠해야 하는지 정말 교본처럼 보여준 관계다. 앞서 가장 개인적인 것이 가장 창의적인 것이라 했는데, 그 말을 증명이라도 하듯 둘의 이 놀라운 대화는 가장 조선다운 성리학의 장을 열었다. 오늘날 우리의 대화는 어떤지 돌아보게 한다. 이황처럼 기대승을 받아주지 않는다면, 기대승처럼 이황을 존경하고 사랑하지 않는다면 개인의 찬란한 결과물은 없다. 사회와 국가의 결과물도 마찬가지다. 아름다운 사회와 국가는 내가 타인을 보는 시선에서 출발한다. 오늘 나는 다른 사람을 어떤 시선으로 바라보았는지 찬찬히 돌아봐야겠다.

4. 진지하게, 머뭇거리지 말고

외조카 허순옥^{許純玉}이 예전에 거의 죽을 지경으로 아팠던 적이 있었는데 사람들은 모두 걱정했지만 나는 걱정하지 않았다. 또 한 번은 바다를 건너다가 굉장히 심한 풍랑을 만난 적이 있었는데 그때도 사람들은 모두 위험하다고 여겼지만 나는 신경 쓰지 않았다. 그런데 어느 날 그 조카가 나에게 말하기를,

"제가 제 사는 곳에 편액을 달려고요, 이름을 '가이소^{可以所}'라고 하려는데 어떤가요?"

라고 하였다.

許玡純玉, 嘗有疾幾殆, 人皆憂之, 余不以爲憂.

허생순옥, 상유질기태, 인개우지, 여불이위우.

又嘗涉海風濤甚惡, 人皆危之, 余獨否間.

우상섭해풍도심악, 인개위지, 여독부간.

嘗告余曰, 吾欲額吾居曰, 可以所, 何如?

상고여왈, 오욕액오거왈, 가이소, 하여?

———

이가환^{李家煥}(1742년(영조 18)~1801년(순조 1)). 『금대시문초^{錦帶詩文草}』 권2 '외조카의 처소 이름을 듣고 쓰다(가이소설)^{可以所說} 중에서.

어느새 연말이다. 하여 시간 앞에 허무함을 느낄 때 읽으면 좋은 글을 함께 나누어보려 한다. 지은이 이가환은 조선 후기에 천재로 이름을 날린 인물이다. 아는 것이 많고 기억력이 뛰어나서 정약용은 그에 대해 "기억력이 뛰어나 한 번 본 글은 평생 잊지 않았고, 한 번 입을 열면 줄줄 외는 것이 마치 호리병에서 물이 흘러나오고 비탈에 돌을 굴리는 것 같았다. 무엇을 물어보든 막히는 것이 전혀 없이 쏟아 놓는데 모두 깊이 연구한 것이고 사실을 고증한 것이어서 마치 그것을 전공한 사람 같았으니 물어본 사람이 놀라 그가 귀신이 아닌가 의심할 정도였다"라고 하였다. 무려 정약용의 칭송이 이와 같았으니 말 다 했다고 볼 수 있다. 특히 천문학, 지리학, 기하학에 정통했는데, 스스로 "내가 죽으면 이

나라 기하학의 맥이 끊어질 것이다"라고 말할 정도였다.

이 글 '외조카의 처소 이름을 듣고 쓰다可以所說'는 이가환의 철저한 면모를 잘 보여주는 글이다. 어느 날 조카가 재밌는 행동을 한다. 자기 사는 곳의 이름을 '가이소可以所'라고 지어 편액을 만들어 달겠다는 것이다. '가이소'는 '(무언가를) 할 수 있는 곳'이란 뜻이다. 뭘 할 수 있다는 것이었을까? 그냥 뭐든 할 수 있다는 뜻이었을까? 조카는 나름 재기발랄한 이름이라고 생각한 듯싶다. '가능성으로 가득한 곳' 정도의 의미가 아니었을까? 좋아하는 삼촌에게 이름을 들고 와서 어떤가 물었다. 아마 '저의 이 독창성과 이 열려있는 자세, 이 진취성, 멋지지 않나요, 삼촌?' 하는 마음이었을 것이다. 이가환의 반응은 어땠을까?

이 말을 꺼냈을 때가 식사 시간이었던 모양이다. 한창 밥을 먹다가 조카가 "아, 삼촌, 그런데요. 제가 편액을 하나 만들려고 하는데요"라는 식으로 대수롭게 여기지 않고 꺼낸 말이었을 텐데, 이가환은 무려 식사하던 젓가락을 떨어뜨렸다. 얼굴색이 변한 것은 말할 것도 없다. 조카는 매우 놀랐다. 대체 왜 그러는지 조카가 물었다.

"이전에도 제가 야단맞을 만한 일이 여러 번 있었는데 외삼촌 표정이 변한 건 이번이 처음이에요. 왜 그러시는 건가요?"

이가환은 숨을 고르고 얼굴색을 풀고 낮게 탄식하면서 이렇게 말했다.

"예전에 네가 병들었을 때 내가 걱정하지 않았던 건 네가 일찍 죽을 리 없었기 때문이었지. 바다를 건널 때 내가 두려워하지 않았던 것은 배가 미리 위기 상황을 대비하고 있었고 사공이 숙달된 사람이었기 때문이었고. 지금 너는 '가이可以'로 네가 사는 곳 이름을 지으려 하는데, 이건 온전한 말이 아니야. '가이' 그러니까 '~할 수 있다' 아래에는 반드시 뭘 할 수 있는지 가리키는 말이 있을 테지. 그런데 나는 그 가리키는 말이 훌륭한 순舜 임금인지 악하기 그지없는 도척盜跖인지, 아니면 사람인지 짐승인지 모르겠거든. 그래서 얼굴색이 변했던 거야."

그렇다. 세상 사람들은 병이나 사고 같은 눈에 보이는 것을 위험하다고 생각한다. 그러나 이가환은 '가능성'에 위험을 두었다. 가능성은 무엇에 대한 가능성이냐 하는 기준에 따라 결과가 완전히 바뀌어버린다는 점을 간파하고 있었던 것이다. 가능성보다 중요한 것은 가능성이 지향하는 바다. 우리는 그 지향을 아주 단순하게 생각한다. '당연히 훌륭한 사람이 되고 싶어 하지 설마 최악의 인간이 되고 싶어 하겠어?', '당연히 사람이 되고 싶지 설마하니 짐승이 되고 싶어서 집에 이름까지 내걸겠어?'라고 말이다. 조카도 그렇게 대답했다.

"저도 당연히 순 임금과 같은 훌륭한 사람이 되기를 바랄 뿐이죠. 삼촌은 그렇다고 어떻게 도척이나 짐승을 말씀하실 수 있나요?"

그러나 이가환은 짐짓 엄격하게 말을 이었다.

"그게 그렇지가 않다. 너도 저울에 무게 다는 모습을 봤을 테지. 처음 저울추를 놓을 때는 내려갔다 올라갔다 해서 추를 당길 수도 있고 밀 수도 있어. 하지만 잠깐 머뭇거리면 순식간에 크게 어긋나서 저울추가 땅에 떨어지기도 하고 혹은 저울대가 하늘로 치솟아 위태로워지기도 하지. 이런 상황이 눈앞에 닥치는데도 네가 장난하듯 하니 내가 한심하지 않을 수 있겠니?"

이가환의 통찰이 놀랍다. 우리 인생은 사실 저울대 위에 놓여있다. 세상이 평화로울 때보다 혼란할 때가 더 많은 것도, 성선설보다 성악설이 맞는 것 같다고 하는 사람들이 적잖은 것도 분명 좋은 사람보다 나쁜 사람이 많기 때문이다. 겪어볼수록 좋아지는 사람보다 겪어볼수록 실망스러운 사람이 많지 않던가? 내가 그렇다면 타인도 나에 대해 그렇게 느낄 것이다. '저 사람 괜찮은 줄 알았는데 점점…' 누구나 대놓고 악한 사람이 되자고 남을 괴롭히거나 처음부터 남의 인생을 망치자고 결심한 사람은 없다. 그러나 복잡한 인생에서 나를 지키고 내 몫을 챙기자니 저울대 위에서 깜빡 머뭇거리다가 혹은 주저하다가 저울대가 휙 휘어버리는, 중심을 더는 잡을 수 없을 정도로 균형이 망가지는 삶을 살게 될 뿐이다. 가능성보다 중요한 것은 기준이다. 그 기준을 중심으로 가능성이 성장하기 때문이다. 그제야 조카도 자신의 허점을 깨닫고 놀라서 삼촌에게 말했다.

"그렇다면 제가 이제 결단을 내려 내일부터 순 임금이

되려는 노력을 시작하겠습니다."

이가환의 멋진 모습은 여기서 끝나지 않았다. 조카가 간과하고 있는 것을 다시 지적한다.

"음, 안 되지. 오늘에 서서 본다면 내일은 내일이지만 내일이 되고 나면 내일은 내일이 아니고 오늘이지. 이렇게 하는 사람은 분명 또다시 내일을 기다리면서 끝내 결단하지 못한다."

조카가 다시 대답한다.

"아, 그렇다면 이 식사만 마치고 시작하겠습니다."

하지만 이가환은 여전히 아니라 한다.

"안 된다. 네가 식사 마치기를 기다리겠다는 것은 일을 하고 있는데 그 일을 마치지 못했기 때문에 그 일이 끝날 때까지 기다리겠다는 것이지. 그런데 말이다, 사람이 일생을 마칠 때까지 어떤 일을 끝내고서 어떤 일을 결단하려 하

면 일이 끝날 때가 없어. 식사를 마치면 분명 해야 할 또 다
른 일이 있겠지? 그 일을 끝내고 나도 마찬가지겠지. 이렇
게 하는 사람은 끝내 어떤 것도 결단할 수 없단다."

조카는 드디어 약간 짜증이 났다. 하겠다는데 자꾸 삼촌
이 왜 이러나 싶다. 이맛살을 찌푸리며 물었다.

"그러면 어떻게 해야 하나요?"

이가환은 말한다.

"결단해야 할 거라면 즉시 결단해야지. 어째서 당장 하
지 않지?"

꼭 해야 할 일이라면 '지금 이 순간'이 결단해야 할 때라
는 것이다. '내일부터'도 안 되고, '이따 퇴근하고 나서'도
안 되고, '이따 회의 끝나고 나서'도 안 된다. '휴가만 끝나
고'도 안 되고, '가을바람이 불면'은 더욱 안 되며, '내년부
터'는 더더욱 안 된다. 무조건 '지금부터'여야 한다. 가능성
만으로 이뤄지는 것은 없다. 살다 보면 '구슬이 서 말이라

도 꿰어야 보배'라는 속담이 진리임을 실감할 때가 정말 많다. 가능성은 실현될 때만 가치가 있다. 실현되어야만 가능성이 있었다는 것이 증명되기 때문이다. 가능성도 이러할진대 바람은 더더욱 말할 필요가 없을 것이다. '무엇이 어떻게 되었으면…, 내가 어찌어찌 되었으면…' 하는 바람은 결단과 실행 전에는 아무 의미가 없다. 물론 그 전에 먼저 생각해야 하는 것은 그 결단이 지향하는 것이다. 무엇을 결단하려 하는가? 왜 그것을 결단하려 하는가? 그 지향을 살피려면 자신을 가만히 들여다보아야 한다. 그 지향이 정말로 유의미하다면 결단이 더 쉬울 것이고 그 지향이 모호하다면 결단은 자꾸 미뤄질 것이다. 오늘, 지금, 여기, 이 순간에 나는 무엇을 꿈꾸고 있는가? 한 해가 다 지나고 있어도 오늘은 역시 오늘이다. 의미 있는 결단이라면 지금 이 순간을 놓치지 말자.

5. 제대로 의심해야 바르게 시작할 수 있다

경전을 존중하고자 한다면 먼저 주자朱子를 존중할 줄 알아야 한다. 주자를 존중하는 데는 요령이 있으니, 그 요령은 의심이 없는 데에 의심을 가지고 의심이 있는 데에서 의심하지 않는 것에 달려 있다.

欲尊經者, 當先知尊朱, 而尊朱之要,

욕존경자, 당선지존주, 이존주지요,

又在於無疑而有疑, 有疑而無疑.

우재어무의이유의, 유의이무의.

정조正祖(1752년(영조 28)~1800년(정조 24) 6월). 『홍재전서弘齋全書』 권50 「책문策問 3」 중에서.

2020년은 코로나19로 기억될 한 해가 아닐까? 처음 중국에서 코로나 바이러스가 퍼지기 시작했다는 뉴스가 보도되었을 때, 전 세계는 이 바이러스의 위력을 전혀 짐작하지 못했다. 하지만 얼마 지나지 않아 어마어마한 전파속도에 경악했고, 그저 백신을 기다리며 속수무책으로 당하고 있는 형국이었다. 우리는 알지 못하는 길에 서 있다. 어떻게 헤쳐나가야 할지, 이 길에 정말 끝이 있긴 한 건지 도무지 알 수가 없다.

코로나 사태가 터지고 몇 달 뒤 우연히 〈시사자키 정관용입니다〉라는 라디오 프로그램에서 '포스트 코로나'라는 주제로 코로나 이후의 시대에 대해 이야기하는 것을 들었다. 그날 방송에서는 이번 코로나 사태를 통해 지구 문명 상황이 전혀 다른 형태로 바뀌게 될 것이라고 말했다. 즉, 현재 세계를 이끄는 주요한 중심축인 지구화, 도시화, 금융화가 그 기능을 상실하게 될 거라는 것이었다. '지구화'는 단순히 세계를 오가는 것이 아니라 산업 과정이 전 지구적으로 연결되어 있는 것이고, '도시화'는 거대도시의 출현과 거대도시끼리의 긴밀한 연합, 도시로의 인구집중과 도시가 중심이 되어야만 살 수 있는 시스템 등이 구축된 것을 말한다. '금융화'는 경제의 중심에 금융이 있다는 것이다. 즉, 산업 활동과 사회를 조직하는 기본원리가 금융자산의 가격을 가지고 결정된다는 것이다. 그간 자본이 모든 시장을 예측해왔기 때문에 가능한 일이었다. 그런데 이 요소들이 오히려 코로나19를 전 지구적으로 아주 빠르게 확산되게 만들었다. 거대도시로 인해 사회적 거리두기가 사실상 매우 힘들게 되었고, 자국에서 필요한 필수품을 언제 구할 수 있을지조차 모르는 위기를 불러왔다. 앞으로는 자본의 예측마저 거의 불가능해진 상황이 펼쳐질 것이라 보고 있다. 이런 이야기를 들으면 갑자기 찾아온 낯선 미래가 아마 아주 무섭고 암담하게 느껴질지 모르겠다.

그러나 흥미로웠던 것은 그다음 이야기였다. 이제 예측 가능한 미래의 시대는 끝났기 때문에 오히려 역설적으로 새로운 미래를 그려볼 수 있고 그려야만 하는 시기가 도래했다는 것이다. 새로운 미래라… 새로운 미래를 위해서는 어떤 준비를 해야 할까? 문득 정조 임금의 저 글이 떠올랐다. 오래된 미래가 지금의 우리에게 작은 지혜를 줄지도 모르겠다는 생각이 들었다.

정조는 호학好學 군주로 유명한 임금이다. 스스로를 군사君師로 자임할 정도였다. 군사는 '임금이자 스승'이라는 뜻이다. 그에 걸맞게 그는 '초계문신抄啓文臣'이란 제도를 만들어 인재를 양성했는데, 이는 젊고 유능한 문신을 양성하기 위한 제도로, 여기에 소속된 문신들은 37세 이하의 참상관과 참하관 중에서 선발된 사람들로 규장각에서 교육받았다. 이들은 선발된 것 자체가 영광이기도 하겠지만 정말 지독하게 공부하고 시험을 치러야 했다. 교육과 시험은 강경講經과 제술製述로 나누어 시행되었는데, 강경은 친강親講과 과강課講으로, 제술은 친시親試와 과시課試로 나누어 시행되었다. 친강은 매달 20일에 규장각에서 임금에게 여쭈어 날짜를 잡아 행하였고, 과강은 매달 10일 이전과 20일 이후로 나누어 두 차례씩 행하였으며, 친시는 매달 20일에 규장각에서 임금에게 여쭈어 날짜를 잡아 행하였고, 과시는 20일 이후에 한 차례 행하였다. 그러니까 한마디로 공부, 시험, 공부, 시험의 연속이었다. 바로 여기서 살아남은 정도가 아니라 정조 눈에 완전히 들었던 사람이 정약용이다. 물론 이때의 경험이 너무 힘들었는지 나중에 "과거시험을 통과했으면 이미 실력을 인정받은 것인데 왜 자꾸 시험을 치라고 하는가? 이것이 인재를 대우하는 옳은 방법인가? 많은 이들이 너무 기가 죽는다"라는 비판을 하기도 했다.

앞에 소개한 글도 『대학大學』에 대해 초계문신에게 낸 친시親試 시험문제 가운데 있는 내용이다. 정조가 초계문신을 양성한 것은 단지 자신의 학자적 면모를 드러내 보이기 위해서가 아니었고, 신하보다 똑똑하다는 것을 보여주기 위해서도 아니었다. 인재를 양성하기 위해서였다. 정조는 조선 후기의 임금이다. 나라의 여러 병폐들이 개선되기는커녕 악화일로에 놓인 것을 본 정조는 어떻게든 바로잡기를 원했다. 국운을 새로운 방향으로 전환하자면 무엇보다 인재가 필요했다. 새로운 나라를 위한 인재에게 가장 필요한 것은 무엇일까? 발상의 전환이었다. 조선의 인재들은 유학, 그중에서도 성리학을 뼛속 깊이 배우고 받아들인 자들이었다. 성리학은 조선이 오래 지속된 만큼 구태하게 고착되는 양상을 보였다. 이들이 만들어갈 나라가 새로워지려면 이들이 세상을 보는 창이 바뀌어야 했다. 그래서 정조는 끊임없는 질문을 요구했다. 이 글에서처럼 질문하지 않은 곳에 질문을 던지고 모두가 질문을 던져온 곳은 과감하게 지나치라는 것이다. 그것이 당시 조선의 학자들이 그렇게도 제대로 읽어내길 원하는 주희의 학문을 제대로 읽어내는 방법이라면서 말이다.

당시의 선비들도 물론 뭔가 새로운 것을 원했다. 그래서 경학에서는 고증학이, 문학에서는 일상의 정감이 구체적으로 묘사되는 자유로운 글쓰기 형식인 패관문학, 즉 소품小品이 유행했으며, 새로운 사조인 서학西學이 바람을 타기도 했다. 그러나 이런 현상에 대해 정조는 도피하지 말라고 말했다.

"학술을 지탱하는 것은 서적이다. 그러나 거기 혹이나 종기처럼 붙은 주석이나 해설 같은 것은 보탬이 되지 않을 뿐만 아니라 오히려 학문을 어지럽히고 더럽힐 뿐이다. 진

시황이 경전을 불태움으로써 경전이 보존되었고, 한나라 때에 유학이 경전을 주석함으로써 경전이 쇠잔하게 되었다는 말이 바로 이 뜻이다. (중략) 육경六經을 침실로 삼고, 『좌전』과 『사기』를 거실로 삼고, 팔대가를 대문 담장으로 삼자 하니, 건너야 할 나루는 안개가 자욱한 바다와 같고, 걸어가야 할 길은 얽힌 실타래처럼 어지러우니, 저력을 갖추지 못한 작은 그릇들이 바다를 바라보지 못해 머리를 돌리지 않을 수 없다.

사람들은 그 좌절감으로 지금 곁으로 난 쉬운 오솔길 하나를 택하고는 거기를 치장하고 기름을 발라 수치도 모른 채 큰소리를 치고 있다. 옛사람들이 자질구레하다고 좋지 않게 여긴 것을 우연히 집어 들고는 큰 발견인 양 스스로 알았다고 소리 지르고 야유하며 떼로 일어나 본을 받으니 아아, 참 쓸쓸하다. 뭘 좀 아는 자들이 이것을 본다면 우물 안 개구리가 높이 오르려고 용쓰는 것과 상당히 비슷하다 하지 않겠는가?"

진시황이 경전을 불태운 것이 되레 경전을 보전한 것이고, 한나라 때 경전의 주석이 흥기한 것이 경전을 쇠약하게 만들었다니… 참으로 대담한 선언이다. 정조의 문체반정은

그가 복고주의를 지향했다기보다는 당시 조선 안에 깊이 박힌 정서적·학문적 뿌리를 제대로 직시해야 새로워질 수 있다는 외침이었다고 보는 것이 옳지 않을까? 뿌리가 썩어가는데 용케도 어느 가지에 잎사귀 하나가 새로 돋았다고 해서 나무의 미래를 푸르게 점치는 것은 어리석은 일이다. 낡고 병든 것은 그대로 두고 새로운 것을 시도하는 것이 겉보기에 당장 더 나은 성과를 가져올지도 모르겠지만, 가장 깊고 큰 뿌리가 썩어가는 것을 방치한다면 결국은 나무를 죽게 만들 것이다. 그렇기에 정조는 그럴듯해 보이는 새로운 것에 혹하지 말고 너의 뿌리가 되는 것을 돌아보고 네 의식이 새로워질 수 있게 하라고 요구한 것이다. 가장 익숙한 것을 앵무새처럼 되풀이할 것이 아니라 전혀 다른 시각으로 바라보는 훈련을 하라고, 그래야 진짜로 새로운 국면을 열어갈 수 있다고.

코로나19가 처음 닥쳤을 때, 다들 조금만 견디면 예전으로 다시 돌아갈 수 있을 거라고 생각했다. 그 생각은 지금도 마찬가지일 것이다. 하지만 세상은 이전의 방식으로는 더는 건강한 세계를 만들 수 없다고 말하고 있다. 익숙하고 편한 것이 옳은 방법은 아니다. 지금 당장 좋다고 영원히

좋은 것도 아니다. 나에게 유리하다고 많은 사람에게도 유리한 것이 아니다. 더 많은 사람에게 유리한 방법이 아니라면 결국에는 나에게도 유리한 방법일 수 없다. 위기는 바라보는 시각에 따라 서로가 망가지는 순간이 아니라 재건되는 기회로 활용될 수도 있다. 보다 적극적인 상상력이 필요한 시기다.

혁명보다 개혁이 어렵다는 말이 있다. 사람들의 마음 하나하나가 변해야 세상이 변한다. 변화는 언제나 변수를 끌어안아야 한다. 변수는 그 자체로 불안이다. 사람들은 불안을 원하지 않는다. 조선의 선비들도 그랬을 것이다. 조선이 낡은 병폐들을 고치고 새로워지기를 바랐지만, 그 과정에서 스스로 감수해야 하는 변화의 불안을 감당하고 싶지 않았을 것이다. 변화를 시작하려면 판을 흔들어야 하고, 판이 흔들리면 모두가 불안을 느끼고, 불안을 느낄 때 우리는 희생양을 원하고, 잘못 나섰다가는 자칫 그 희생양이 될 수 있는 눈에 띄는 자들, 즉 지식인이나 정치인들은 그 자리를 어떻게든 모면하려고 애쓴다. 흔들린 판이 어디로 갈지는 모르겠는데 자기 위치나 삶이 비난으로 얼룩지는 건 분명해 보이기 때문이다.

그래도 우리는 전 세계에서 이 위기를 가장 잘 헤쳐나가고 있다. 늘 스스로 부족하다고 생각했었는데 어느새 우리는 세계가 부러워하는 나라가 되어 있었다. 그리고 이제 우리는 우리가 원하든 원하지 않든 가치를 제시해야 하는 위치에 서 있다. 오히려 지금의 위기는 기존의 잘못된 관행과 개념들을 뿌리 뽑을 기회인지도 모른다. 안정된 상태에서는 판을 흔들 수 없지만 이미 흔들리는 판에서는 새 질서를 기획할 수 있기 때문이다. 너에게 익숙한 것에, 네 의식의 뿌리를 형성하고 있는 것에 질문을 던지라고 말했던 정조 임금과 그래도 될까 끊임없이 의심하며 언제고 같은 답만 내놓았던, 똑똑했지만 똑똑하지 못했던 당시의 선비들을 생각한다. 결국, 대부분의 선비들이 경전의 한 구절도 제대로 의심하지 못해서 조선은 내리막길을 걸었다. 지나간 역사이므로 우리는 그랬던 선비들을 안타까워하고 혹은 비난한다. 그 역사가 안타깝거든 스스로 가장 익숙한 옷을 벗고 기꺼이 흔들림을 감수해야 한다. 가장 빛나는 내일은 결코 쉽게 오지 않는다. 우리의 새해는 우리 각자가 기꺼이 용기를 내어 낡은 모습을 고치고 새롭게 도전하는 만큼 찬란한 빛깔로 찾아와 안길 것이다.